小学館文庫

警視庁特別捜査係

サン&ムーン

鈴峯紅也

小学館

主な登場人物

月形涼真《つきがたりょうま》……湾岸警察署刑事組織犯罪対策課、俗称刑事課の強行犯係所属の巡査。日向英生《ひゅうがひでお》と月形明子《あきこ》との間に生まれる。

日向英生……月形明子の元夫。警視庁刑事部刑事総務課刑事指導係所属の主任警部補。ノンキャリア。

月形明子……日向英生の元妻。警視庁交通部長にして、警視監。キャリア女子の星、シングルマザー・キャリアの魁《さきがけ》。

中嶋美緒《なかじまみお》……月形涼真の恋人。大手証券会社に勤務。涼真と警察学校の同期で、教場では相部屋でもあった、中嶋健一《けんいち》の妹。

警視庁特別捜査係　サン＆ムーン

序

〈物心〉というものの一番奥底の記憶に拠《よ》れば、父はいつもよれよれの格好で、母はピシッとした制服を着ていた。

それが警視庁の私服警察官と、警察庁のキャリアというものだと月形涼真《つきがたりょうま》が知るのはずっと後の話だ。

ずいぶん長い間、父は涼真の〈物心〉から消滅し、母はたまに姿を現す存在になった。

父・日向英生《ひゅうがひでお》と母・明子《あきこ》が離婚したのだということ、これは涼真にとって、両親が警察官だと理解するよりもずっと早く腑《ふ》に落ちた話だった。

しばらく顔を見ることさえなかった父の存在は遠く、それよりは頻繁に現れる母との距離は、少なくとも父よりは近かった。

そう、涼真は母とは、〈ときどき〉は一緒に暮らしたりもした。

とはいえ、転勤がちな母の手触りは実感として薄く、涼真にとって最もたしかな肉親は、〈育ての親〉でもある母方の祖父母だった。

そもそも涼真が生まれたのは千葉で、乳児期を育ったのは千葉市内にある母の実家だった。平成六年（一九九四年）十二月のことだ。母が二十七歳の年だった。

〈グレーな異動〉によって明子が警視庁「警務部付き」警視に昇任した時期の出産だったようだ。

やがて、母は千葉県警の地域課長になり、涼真が幼稚園の間には、さいたま市にある関東管区警察局に異動になった。

幼稚園を転園しても、この頃までは涼真も母と一緒だった。

祖母も一緒に来て家事育児を手伝ってくれたからだと母から聞いた。たしかに、いつも傍《そば》にいてくれたのは祖母だった。

涼真の記憶にある一番身近な肉親はだから母方の祖父母、特に祖母だった。

小学校は、千葉に戻って祖父母の家から通えるところを選んだ。これは幼いながらも、初めての涼真の〈意思〉だった。母の仕事には転勤が多いとわかってのことだ。

——そう。それもいいでしょ。

首元で揺れる髪に指を差し入れ、母は少し悲しそうな顔をしてくれた、かもしれない。悔しいことに、涼真はよく覚えていない。

いずれにしても、案の定この翌年には、母は岐阜《ぎふ》県警捜査第二課長へと異動していった。

その後、母は警視正になってほぼ二年ごとに転勤を繰り返す〈身分〉になった。

平塚警察署長くらいは小学生でもわかるが、警察庁刑事局組織犯罪対策部組織犯罪対策企画課犯罪組織情報官となるともう肩書はただ漢字の羅列でしかなく、きちんと理解出来るようになるのはもっと後年の話だ。

ただこの、ちょうど小学校から中学校へ進学する時期に、涼真は都内の官舎にいた母から打診を受けた。

官舎に同居して、東京の中学校へ進む。

涼真の答えは一も二もなく、NOだった。

この頃すでに、母とはそういう距離感で接するものという認識だった。

このときには母も、実は涼真と同じような感覚になっていたのかもしれない。

「そっかぁ。そうだよね。私はいい妻だけじゃなく、いい母親でもなかったもんね。うん。すっきりした」

意外なほど、母はあっけらかんとそう言った。

「なぁんだ。結局、私に残ったのは仕事だけじゃない。振り出しに戻る、ね。ま、いいわ。それならそれで。〈一回休み〉でないなら、いつだって、いくらだって足掻《あが》いてやるわ」

このとき握った拳が何を意味するものかは、十二歳でもまだ涼真には理解は出来なかった。

以降、四十一歳で母は警視庁第二方面本部長に昇任した。この頃にはもう、母は〈キャリア女子の星〉であり、〈シングルマザー・キャリアの魁《さきがけ》〉として経済誌のインタビューを受けたりするようにもなったものだ。

それでも忙しさの合間を縫って、涼真の記憶の中に母はたびたび登場した。中学の三年間、涼真は陸上部に所属し、一一〇メートルハードルで県大会にも出場したが、その応援席でも母は目立っていた。

母は、母であろうとしてくれた。にも拘《かかわ》らず——。

涼真の高校の入学式で、桜の木の下で一緒に写真に写ったのは、やはり祖父母だった。母は時を同じくして、遠く熊本県警へ警務部長として赴任していった。

そうして遠いまま二年後の秋には警視長に昇任し、中部管区警察局総務監察部長になった。

この後はもう、涼真にとっては記憶というよりも今に続く現実だった。

同じ年、涼真は千葉大学法政経学部を受験することを決めた。

「どうなの」

「任せて」

「そう。頑張りなさい」

「了解」

「あ、それと」

「何？」

「ううん。なんでもない」

電話でのやりとりはそんなものだったが、おそらく千葉大と聞いて、息子の志望動機については母にも考えるところはあったろうと思う。

このとき、七十三歳になる祖父の具合がよくなかった。ステージ2の癌《がん》が見つかり、千葉大学医学部附属病院で手術と治療を受けていた。

涼真が傍にいることによって、母は少なからず安心はするはずだった。

平成二十五年（二〇一三年）初春、涼真は志望大学に合格した。大学では体育会系陸上部ではなく、トライアスロン系のサークルに所属した。

「系、だからね。本式じゃないよ。でもさ、自分の足で走ってばっかりきたから、自転車乗ったり泳いだりって、良くない？」

病室で祖父に、お道化《どけ》てそんな話をしたものだ。

祖父は異動ばかりの娘を待つことなく、涼真が大学三年の秋、三年半の闘病を経て他界した。

「お前の就職までは、見届けたいものだったがな。さて、涼真は何になるんだろう」

死期を悟ったような祖父の言葉に、漠然とだがこのとき初めて、〈警察官〉という言葉が浮かんだ。

残された祖母は二人分を生きるように明るく元気で、母はこの一年半後、久し振りの警視庁に、警務部人事第一課長として帰ってきた。

人事一課は警部職以上の担当ではあったが、面白いものだ。

この年、涼真は晴れて警視庁警察官採用試験一類に合格した。

それから五年が経《た》った現在、祖母はますます元気で、母は警視監に昇任し、警視庁交通部長になった。

涼真はと言えば、湾岸警察署刑事組織犯罪対策課、俗称刑事課の強行犯係に所属する巡査として、湾岸エリアの埋め立て地を駆け回る毎日だ。

ところで――。

そういえばと、ときに思い出すくらいで、同じ警視庁に奉職しているはずの父とは、邂逅《かいこう》すらまだなかった。

一

五月最後の火曜日は、麗《うら》らかに晴れ渡る外出日和になった。風もなく、雲も少ない。

この日、月形涼真は午後になってから、恋人の中嶋美緒《なかじまみお》と一緒に浅草に出ていた。

「なんかさ、いい天気過ぎない？」

浅草寺《せんそうじ》境内のベンチに腰掛け、涼真はアイスのカップを片手に空を見上げた。

細面に、緩い天然パーマを上が長めのアイビーカット。警察官の見栄えとしては少し緩い気もするが、本人的にはそのくらいで満足していた。なんといっても手入れが簡単だ。

ちなみに涼真の場合、色素が薄いライトブラウンの瞳は間違いなく母譲りで、この細面の輪郭と緩い天然パーマは父譲り、らしい。

「そうね。衣替え前だから長袖にしちゃったけど、半袖でよかったわね」

隣でベンチに座り、二色のソフトクリームを舐《な》めながら美緒が答えた。

「袖まくりすればいいじゃん」

涼真が提案するが、

「いやよ。警察官じゃあるまいし」

ショートヘアの良く似合う卵型の顔を少し俯《うつむ》け、美緒は涼真の方を見ることなく忙しそうにソフトクリームを舐めた。

そうしないとすぐに溶けるほど、この日はたしかにいい天気だった。

「おい。それって警察官じゃなくて、主に兄ちゃんだろ。全員を一緒にしないでくれる？」

「わかった。じゃあ、たいがいの警察官」

「——はいはい」

涼真は苦笑いで肩を竦《すく》め、食べ終えたカップを潰して立ち上がった。

身長は一七五センチほどで、まず昨今の平均程度か。だが、遊びとは程遠かった大学でのトライアスロンで鍛えた身体《からだ》は、今も十パーセント前後の体脂肪率をキープしている。ボクサー並みというやつだ。

ゴミ箱にカップを捨て、常設屋台の出店でラムネを二本買って戻る。

美緒もちょうど、ソフトクリームを食べ終えたところだった。

「ほい」

「ありがと」

また並んで座り、ラムネを飲み、手足を投げ出す。

それにしても、いい天気だ。

浅草に来ることは予定通りだったが、この日は特に何を目的として来たわけではなかった。

出来るなら、本当は十日ほど前に終わった三社祭《さんじゃまつり》に来たいと、そんな再来の話を、正月の初詣で浅草寺を訪れたときに美緒としていた。

それが、この年はお互いの都合で駄目になった。

それでとにかく、三社祭の残り香でもあれば、と十日遅れでやってきた。

この日、涼真は当番明けだった。それでデートを午後にしたのだが、勤務地の湾岸署は独身寮がほぼ併設で、裏手から上がればすぐに自室に入ることが出来た。無事に当番が明ければ、簡単な申し送りですぐに寝られた。

すぐに寝られれば昼には起き出せる。この日はそうだった。

美緒の方はと言えば、この春に国立大を卒業し、晴れて兜町《かぶとちょう》の証券会社に就職した。前々週から、その会社の研修施設で二週間に及ぶ新人研修があり、この週はその代休ということらしい。

これが三社祭を断念した美緒側の都合だが、代休という響きが羨ましい限りだ。

そして涼真側の都合は、巡査部長昇任試験を受けたから、ということになる。

まず前月の、一次SA（択一）試験に問題なく合格した。次に、今月三週目に論述の二次試験があった。それが祭とぶつかった。

GW《ゴールデンウィーク》も何もあったものではなかったが、この二次試験までは大学受験の頃を思い出して集中した。

取《と》り敢《あ》えず手応えはあった。この後は一か月ほど置いて三次試験になるが、二次試験に合格出来れば後はもう流れだろう。

面接と術科の三次はそれこそ野となれ山となれの気分だが、なるべきは巡査部長で、司法警察員だ。

それで気持ち的にも、ようやく解放された休みらしい休みが、今だった。

自慢ではないが、頭の回転は決して悪いわけではないと思っている。キャリア試験を受けなかったのは、母の轍《てつ》、いや、同じ道は歩まないつもりだからというのは、半分は言い訳だが半分は本気だ。

それにしても、実際に警視庁に奉職してみて、警視監という母の階級には驚いた。くれぐれも〈母に〉ではない。〈階級には〉だ。

わかっているつもりだったが、警視監はなんとも雲の上の存在だった。かえって、母と階級が涼真の中では乖離《かいり》した。不思議なものだ。

入庁して周囲にまず感じた〈職場〉感情には、やっかみも羨望も、はたまた嫌悪もあった。上司であっても思い切り擦り寄ってくる者もあり、逆にイジメにも近い無視を決め込む者もあった。

思えば〈物心〉ついた頃から涼真は、母と一緒にいるとその母の前で、涼真の存在に関係なく歪《いびつ》な笑顔と擦り切れそうな揉《も》み手を作る大人達を数多く見てきた。

反抗期にはそんな大人達にイラつきもした。

だが、それを態度に表すことはなかった。

――お前も大変だな。なあ、涼真。

今は亡き祖父は、そんなことを言いながら肩を叩《たた》いてくれた。

——寂しいね。涼ちゃん。ごめんねえ。

祖母はおおらかで優しかった。

イラつきで道を外し、そんな祖父母を悲しませることは本意ではなかった。

周囲に流されることなく、抗《あらが》うことなく、人の道のど真ん中に自分の意志で立ち、なおかつ、自分の力で自分の存在を確立する。

感情のコントロール。頭脳の集中と弛緩《しかん》。全体として、心身におけるオンとオフ。

その思い、その願い、その努力。

これは今に始まったことではなく、涼真の人生そのものだったかもしれない。

「ねえ。涼真。これからどうする？」

ラムネを飲みながら美緒が聞いてきた。

「そうだなあ。どうしたい？」

ラムネを飲みながら涼真は答えた。

「ボーッとしたい。会社の研修がめっちゃハードだったから」

「いいねえ。じゃあまず、ここで日向ぼっこ。三十分」

「ん」

頷《うなず》くと、美緒は涼真の肩に頭を乗せた。

「そういえばさ。昇任試験って聞いて思ったんだけど」

耳のすぐ近くで、のんびりとした美緒の声が聞こえた。

「お母さんとは、同居しないの？　もう遠方への異動はないんじゃない？」

「うへ。そうだとしても、マジ勘弁」

「なんで？」

「去年のクリスマス、覚えてるだろ」

肩で一瞬、美緒が揺れた。笑ったものか。

「ああ。あれね」

どう調べたのかは知らないが、デートの現場に涼真の母・明子が公用車で乗り付け、真っ赤なスーツ姿で現れたときのことだ。

――竹田《たけだ》。

――あ、交代しまして、私は島崎《しまざき》です。

――そう。なんでもいいわ。花。

――は、はい。

公用車付き運転係員が慌ててトランクから取り出したのは、馬鹿みたいに大きな花束だった。クリスマスカラーのバラの花束だ。

明子は受け取り、

——メリークリスマス。始めまして。涼真の母です。息子をよろしくね。

言いながら美緒に手渡して背を返すと、

——竹田。

——島崎ですが。

——そう。行きます。

——は、はい。

その後、いったん足を止め、

——職権乱用じゃないわよ。この近くでこの後、区長主催の官民合同懇親会があるから。公私混同かはノーコメント。

と聞きもしない疑問への回答も示して、嵐のように帰っていったエピソードで、つまり、語り草というやつだ。

「格好良かったじゃない。憧れるわ」

美緒はおそらく本気でそう思ってくれている。そのときも、派手な花束を抱えながらそう言ってくれたものだ。

「でもさ。あの花束、邪魔だったし。結局飯を食っただけで、どこにも行けないで帰ったし」

「まあ、それはそうだけど」

「あの人はさ。昔から人の都合はお構いなしでね。一事が万事だよ。一事が万事ってことは、のべつ幕なしとも年がら年中とも言ってってさ」

「いいじゃない。それって、涼真が愛されてるってことでしょ」

「うーん。そうなのかな。弄《もてあそ》ばれてるだけって気もするけど。玩具《おもちゃ》的な」

「それでもさ、うちのお兄ちゃんより全っ然まし」

「ああ。そりゃまあ、中嶋に比べれば」

お兄ちゃん、中嶋健一《けんいち》は涼真とは警察学校の同期で、しかも同教場の相部屋だった男だ。それが縁で美緒とも出会った。

中嶋は単純だが些事《さじ》に拘《こだわ》らない気のいい奴《やつ》で、現在は葛飾《かつしか》署の地域課に勤務している。

そんな中嶋兄妹《きょうだい》は、中嶋が柔道の推薦で入った体育大学の一年生、美緒が中学三年のとき、不慮の事故で両親を亡くしたという。

縁者はいるにはいたがみな九州在住で、兄妹は東京でほぼ、天涯孤独も同然だった。

幸い、葛飾区の青砥《あおと》に父母が残してくれた3LDKの自宅マンションと保険金があり、それで二人の生活と大学と高校の学費は賄えたようだ。

だが中嶋は、

――警察は安定してるからな。美緒のためには、なにより安定だ。柔道はもう、いいんだ。

と、警察学校の相部屋で寂しく笑った。

その後、卒配の本所《ほんじょ》警察署時代から、高校生の妹のことを考慮され、中嶋は独身寮入りを免《まぬが》れた。現在の勤務地にも自宅から通っている。

そんな中嶋の庇護《ひご》の下、けれど妹の美緒は兄に頼るだけでなく自分でも考え、努力し、大学は見事に都内の国立大に合格した。

——俺は嬉《うれ》しいんだ。月形。お前も付き合え。

とわけもわからず中嶋に呼び出されたのが、美緒の合格祝いの席だった。

このとき涼真は、初めて美緒と出会った。

三人だけの宴席だったが、いいものだった。親代わりでもある中嶋は、酔って泣いた。妹がその涙を拭いてやった。

生きてはいても親は遠く、一人っ子でもある涼真には、そんな兄妹は眩《まぶ》しかった。

大学入学後、美緒はサークルには所属しないでアルバイトに精を出した。

少しでも兄の負担を減らそうと思ったというのは想像に難くない。そういう娘だった。

涼真は四年間、折につけ、その健気《けなげ》で一生懸命な美緒を見てきた。

恋人としての付き合いは、七月で一年になる。就職の相談なども受けるようになり、それで距離が縮まったというのが大きかった。

兜町に本社がある大手証券会社に就職が決まった、その直後だった。涼真から申し込み、美緒が笑顔で頷いてくれた。

嬉しかったというか、昨日のことのようだ。

親代わりにして妹を溺愛する兄からは怒鳴られる覚悟もあったが、意に反して中嶋は、

――よかったなあ。おい。よかった。月形になら、託せる。美緒なら、太鼓判だ。

どっちもよかった。

そう言いながら涙を零《こぼ》し、妹がまたハンカチでそれを拭った。

以降、兄とも妹とも、現在に至るまで関係は至極良好だった。

「でもさ、今日は本当、朝から憂鬱だったのよ」

美緒がラムネの瓶を傾けた。残りも少ないようで、ビー玉が鳴った。

「えっ。なんで」

「お兄ちゃんもね。明け番だったから」

「ああ」

それだけで涼真は納得した。

仕事以外で美緒が出掛けようとするところに出くわすと、中嶋は必ず、誰とどこへ

行く、タイムスケジュールはどうなっている等々、それはほぼ、職務質問に近いという。

　まあ、仕事柄、と言ってしまえば涼真も同類ではあるが。

「でも、お兄ちゃん。なんか変だったなあ。帰ってくるなり寝ちゃって。私達もほら、午後からだったでしょ」

「うん」

「お昼頃に起き出してきたからさ。こっそり出るつもりだったけど、仕方ないじゃない？　いつもの職質覚悟で、ご飯作って行こうかって声掛けたんだけど。即答よ。要らないって。それでなんか、いきなり身支度して私より先に出掛けちゃったの。こっちの予定とか、なぁんにも聞かないでよ。あれは絶対に変。何かあるわね」

「おお。あの兄にして、この妹有りか」

「なにそれ」

「いいえ。別に」

涼真もラムネの瓶を傾けた。空になった。

世は事もなし。

「さぁて」

涼真は立ち上がった。美緒も続く。

「ねえ。どこ行く」

「取り敢えず、お参り」

「あ。賛成」

歩き出す。

いつの間にか、そよぐ風が出ていた。

植え込みのサツキがざわめき、散り落ちた花弁《はなびら》が美緒のスカートに絡んだ。

二

部屋の空気を掻《か》き混ぜるような異音によって、暗闇の中で涼真は目覚めた。

異音ではあるが、耳には慣れた音だった。すぐになんであるかは理解された。

ベッドからは手を伸ばしても届かない場所で、携帯電話が振動していた。

振動を拾ってやけに耳障りな音を立てる、自分で選んで買ったミニテーブルの上だ。

異音であることによって、どんな時間であっても覚醒は、それまで所持してきたあらゆる目覚まし時計よりも格段に上だった。

緊急事態に対応するためには、今の涼真にとってマストアイテムだ。

今の涼真とは、つまり警察官になって以降ということで、緊急事態はアラート、署からの呼び出しだった。

「よっ」

跳ね起きてそのままベッドを降りる。

暗闇に光る携帯の液晶画面には、三時三十三分というゾロ目の時刻表示と、村瀬《むらせ》の文字が浮かんでいた。

相棒でもある主任の、村瀬智樹《ともき》巡査部長からの電話だった。

そう言えば、この日は村瀬が刑事当直の担当だったことを思い出す。係長や課長といった上司以外に、当直時の案件は相棒に連絡するのがセオリーだ。

――遅くに悪いな。いや、早くにか。

寝惚《ねぼ》け眼《まなこ》で携帯を取ったとしてもすぐに誰だか分かる。

村瀬とは、こういうものの言い方をする男だ。

「いえ。事件ですか。事故ですか」

所轄の刑事課は盗犯や強行犯、知能犯や暴力犯などの担当に分かれているが、よほど特殊で専門的な知識や経験が必要となる案件でない限り、刑事当直当番に当たったときは基本的に、当たった当番がなんでも扱うことになっている。

少数精鋭という名の経費削減はもう警察や消防だけに限らず、日本中どこへ行っても当たり前になった感がある。

その分、組織は脆弱《ぜいじゃく》にもなり、ただ、逆に個人のスキルは否応《いやおう》なく強くなったか。

などと考えつつ顔をひと撫《な》でると、

――東海《とうかい》三丁目の、東京港野鳥公園で火事だ。

村瀬は涼真の思考の斜め上を答えた。

事件と事故、どちらの可能性も火事という言葉の中にはあった。

「ああ。火事ですか。なるほど火事場検証なら強行犯係の担当ですから。野鳥公園で。

――えっ。野鳥公園ですか？」

我ながら間が抜けた感じだと思いつつ、聞き返した。

――そうだ。そう言った。まだ寝惚けてるのか？

「いえ。そうじゃなくてですね」

東京港野鳥公園は、その名の通り野鳥の楽園として自然保護区に指定された都立の公園だった。環状七号線と首都高速湾岸線が交差する東京湾埋め立て地にあり、大田《おおた》市場に隣接するという好立地ながら、三十六万平方メートルという広大な面積を誇る自然公園だ。

所管は東京都港湾局で、公園の所在地である東海三丁目は湾岸署の管轄となる。

都立の自然公園とは言いつつ、決して利便性の高い場所ではなく、夜間は閉園されているただのうっそうとしてだだっ広い森だ。

そんなところが何故《なぜ》、という思いが、間抜けだと感じつつも思わず村瀬に聞き返した理由だった。

――とにかく向かってくれ。

「了解です。他には」

などと肩と耳で挟んだ携帯で確認をしつつ、手足は躊躇《ちゅうちょ》なく今日着て脱いだ服を、そのまま逆再生のように着始めていた。

淡いブルーのカッターシャツにストレートのブラックデニム、麻混のジャケット、ワンショルダーバッグ。少し考え、バッグのベルトに新たにタオルを縛り付ける。

火事の現場は、とにかく汚れることが多い。煤《すす》だらけで、時間によってはまだ多少の火の粉も、そこここから滴る黒い放水の残滓《ざんし》もある。臭いもきつく、足場も悪い。だからクリーニング上がりの服を着ていく気には到底なれない。出来ればレインコートで行きたいところだが、それだと季節に関係なく蒸れて仕方がない。

前職の赤坂署では同じような火事の現場検証で、

――本音を言えばよ。刑事は誰もが、任せられるものなら消防に任せたいと思っているんだがな。

と、そのときの上司にぼやかれたものだが、実際にはそういうわけにもいかない。

消防法で放火や失火の原因究明の責任及び権限は消防長または消防署長にあると明

記されているが、それは原因の究明であって犯人の捜査・逮捕のことではないからだ。事件性の疑われる火事に際しては、警察は自らの職分として動かなければならない。

——他には、か。そうだな。

電話の向こうで村瀬は少し考えた。

——そう。係長が。

「係長？」

村瀬が言う係長は、湾岸署刑事課強行犯係長の上川義明《かみかわよしあき》警部補のことだ。今年で四十六歳になる妻帯者で愛妻家で、六歳下の元警察官の奥さんとの間に、中学校三年生と小学校五年生になる女の子が二人いる。

捜査の鬼という印象で、疑問や不審があれば捜査指揮の管理官にも真っ向から異を唱えるが、時間が許す限り自分と子供達の弁当は作るという、マイホームな一面も持つ。

——そう。係長だ。そう言った。今になってもまだ寝惚けているのか？

「いえ。どうぞ」

すでに支度は出来ていた。聞きながら玄関に向かう。

——俺は当然、お前より先に係長に連絡した。話を通そうと思っただけだったんだが、臨場するそうだ。火事は燃えるよなぁとか、当たり前のことを言っていたが。

「え、いや。当たり前っていうか、不遜のような」

村瀬は真《ま》っ直《す》ぐで堅物で、冗談や機微に疎い。そんな村瀬も妻子持ちで、奥さんがなんとデパガというのが現状、涼真が知る湾岸署七不思議の一つだ。

いや、不思議は実際には七つもないが、とにかく村瀬はどうやって引っ掛け、いや、知り合ったのだろう。

……。

そんなことはどうでもいい。

涼真は靴を履いた。

「今から出ます」

――そうしてくれ。

それにしても、係長が住む戸越《とごし》公園のマンションから現場は、涼真が住む湾岸警察署内待機寮から同じような距離だ。時間的に向こうの方が、深夜帯のタクシーだと割高だが割増しに早い。

「自転車だな」

涼真は即決した。私物の自転車が独身寮一階の屋根付き駐輪場に置いてあった。

大学時分のトライアスロン用ではない。それは譲り、卒業旅行に行く代わりにバイト代をつぎ込んで買った、ウン十万はする外国メーカー製のフルカーボンロードバイクだ。

〈卒業記念号〉と秘《ひそ》かに命名したが、現状は〈私物〉と書いた紙をトップチューブに張っている。張っているだけで〈私物〉は公私兼用だ。

事実、自転車のペダルはSPDとフラットの両面仕様にしたが、SPD用のビンディングシューズはこのところ履いた覚えがなかった。逆に、二十三区内で一番広い面積を管轄するにも拘らず中規模署の人数で、お台場《だいば》などの一大観光スポットの安全を確保する湾岸署の刑事として、フラットペダルを普通の靴で踏んだことは、それこそ日常茶飯事だ。

だからこのときも、迷うことはなかった。

涼真にとっては、通常の出動であり、臨場だ。

(そう言えば去年、係長がパトライトを付けようとしたっけ)

そんなこともあった。苦笑が漏れた。

ロードバイクを押しながら、まだ夜気に包まれた外に出る。

と、東京湾岸の海を隔てた対岸の暗闇に、やけに赤々とした揺らぎが見えた。

近い波浪の騒《ざわ》めきに、かすかにサイレンの音も聞こえるようだ。

「ふうん。もうずいぶんと賑《にぎ》やかだ」

現場まで、およそ八キロメートル弱。日中でも十五分あれば着く。

ロードバイクにまたがり、ヘルメットを付ける。

「よっ」

目標、十三分以内。

そんなことを考えながら、涼真は目一杯でペダルを回した。

三

青海《あおみ》から橋を渡り、八潮《やしお》に入るまでは問題なかった。順調だった。

ただ、そこから都道三一六号線で南下を始めた辺りから、雲行きは怪しくなった。

すぐに自転車でよかったと痛感した。

八潮から東海地区を縦貫する湾岸高速道路の東側は、メインとなる通りはどこも、近隣の大田市場前交番から駆け付けた地域課員や消防署員によって交通規制がなされているようだった。通りによっては封鎖されてもいるに違いない。

時刻はすでに、市場開始も近づく頃おいだ。

トラックやトレーラーだけでなく、買い付け業者や個人業者、果てはセリの見学を目的とした観光バス、一般車両までが出始めていた。

まだ明けやらぬ夜の中ではあったが、間違いなく渋滞が始まっていた。

涼真は自転車の身軽さで脇道に逸《そ》れたが、実はそちらの方が逆にどうにもならなかった。かえって時間が掛かってしまったかもしれない。

先を急いで一《いち》か八《ばち》かで入り込み、身動きが取れなくなったトレーラーやコンテナが道幅を一杯に埋め、自転車一台の隙間もないほどの有様だった。

結局は四苦八苦しながら最初の通り、都道に戻って南下したが、それも、火元の野鳥公園まであと七、八百メートルまで近付いたコンビニの辺りでもう駄目だった。

渋滞に痺《しび》れを切らして降りてきたトラックやトレーラーのドライバーや観光客だけでなく、明らかに市場内から出てきたと思《おぼ》しき格好の野次馬やらが道路の隙間を埋め、大田市場近辺には時ならぬ喧騒《けんそう》が巻き起こっていた。

自転車を降り、車道も歩道も緑地もなく掻《か》い潜《くぐ》って進むと、三百メートルほどで消防指揮車を発見した。上川係長の姿もあった。

短く刈り込んだ髪に、火事場を見越したジャージに長靴に警視庁の腕章に、ウエストバッグを付けたやや短軀《たんく》。

自宅からタクシーで来たことを考慮しても、この準備の良さが、上川義明という警部補の真骨頂でもある。

「係長」

呼べば、

「おう、月形。ご苦労さん」

上川は右手を上げた。

「俺も、今さっき到着したばかりだ。上り方向だからまだよかったが、いや、下りは大変だ」

「ですね」

寄って行けば、上川は視線を涼真のロードバイクに移した。

「私物号でもこの渋滞じゃあ、結構苦労したようだな」

どうにも〈私物〉と張った紙によって自転車の名前と勘違いしている節があるが、今はさておく。

時間を確認すると、四時十五分だった。

東の空が白み始めていた。日の出までおそらく、あと十五分くらいだろう。

「すいません。近道のつもりが、逆に遠回りになりました。――で、火災現場はどんな様子ですか」

夜明けから逆側の空が一部派手に燃えているように見えたが、その一部だけという言い方も出来る。火事は終息しつつあるのかもしれない。

「発見が早かったみたいでな。思うよりは大事にならずに済みそうだって話だ。カラッカラになる真冬じゃないってのも、条件的にはよかったらしい」

案の定、上川は状況をそう説明した。

着いたばかりと言いながら、格好はどうあれ、さすがに仕事は早い。

「ただまあ、火事としては激しさっていうより、全体としての範囲がずいぶん広いようでな。それで見た通りに、消防車があちこちに散らばってるってのが現状らしい」

聞きながら確認すれば、なるほど、火事の現場方向の封鎖された路肩には、止められた消防車両が遠くまで列のようになっていた。

銀色のヘルメットにベージュの防火服を身に付けた通常の消防中隊の他に、金色のヘルメットに漆黒の防火服の特別消火中隊の隊員の姿も見えた。こちらは消火活動に特化した中隊で、大森消防署の場合は山谷《さんや》出張所に配備されていると涼真は記憶していた。

係長が言うように、広大な野鳥公園での火事は風向きや消火の範囲によっては、たしかに手の付けられないほどの大災害になる危険性を秘めている。

「まあ、その辺の規模のことがあったからな。さっき村瀬には連絡しておいた。交通課から地域課から、なんでもいいから手当たり次第に寄こせってな」

「あれ。そうなんですか。なんか係長の話を聞く限りだと、そこまでしなくてもって気もしますが」

「まあ、ここいら辺りだけならな」

上川は大きく息をついた。

「それが、ここだけじゃなくてな。だから、広く交通整理や野次馬の整理が必要なんだ」

「ここだけじゃない」

反芻《はんすう》のように繰り返す。

そうだと言って上川は腕を組み、顎をしゃくった。

「ここいらで一番奥の、東海ふ頭公園の方も燃えてるらしい。こっちより激しいって話だな」

「えっ」

さすがに涼真も驚いた。

「それも、こっちからの飛び火じゃないぞ。消防に通報があったのは、東海ふ頭公園の方が先だ。ま、管轄外だが発見と通報は、うちの市場前交番の巡査だがな」

同時に二か所。

当然涼真の脳裏には、放火、という文字が浮かぶ。

と同時に、

「面倒ですね」

などと、思った言葉が口を衝《つ》いて出た。

「おいおい。直接言っちゃいけねえよ。面倒になるかも、くらいにしとけ」

上川が苦笑した。

涼真は肩を竦めた。

「大して変わらなくないですか？」

東京湾の埋め立て地であり大田市場があるこの場所は、島としての名前もなく、大井ふ頭その一として認知され、住居表示だけは実施されている。

島の南側は大田区東海、北部は品川区八潮に該当し、南東部から東部に掛けては、大井ふ頭その二である城南島《じょうなんじま》と接するという複雑な場所だ。

しかも、首都高速湾岸線が縦貫し、その東側は湾岸署の管轄だが、西側は京浜運河を挟んで両岸が大森署の管轄となる。

東海ふ頭公園はその、大森署の管轄だった。ただし、直近の交番と言えば、湾岸署の大田市場前交番になる。大森署の交番は京浜運河のこちら側にはない。

それにしても、この同じ夜でほぼ同時刻の二か所の火事に、まったく関連を疑わない馬鹿はいないだろう。そうなると間違いなく鎮火後には湾岸署と大森署で合同調査になり、おそらく合同捜査までもある。

署の方針、署長のプライド。

合同になって面倒なのは、その辺りだ。

「ま、取り敢えず大森ならそう面倒臭くならないとは思うがな。あそこの署長はうちの署長の元部下だったっていうし、同じのんびり系だし」

「あ、そうですか。杉谷《すぎたに》署長の」

「ああ。たしか牧田《まきた》って言ったかな。杉谷署長と同じノンキャリで二個下のはずだ」

現在の湾岸署署長は杉谷徹《とおる》という、今年で五十二歳になる警視だ。その二個下ということは、大森署の牧田署長は五十歳になるということか。

杉谷がのほほんとした性格なのは、身近に接しているから涼真でもわかる。同じのんびり系ということは、昼食後にソファで毛布を掛けて昼寝をするとか、署長室の窓辺の花に人知れず話し掛けるとか、まあ、その辺と同類、推して知るべしということなのだろう。

「署長はわかりましたけど、刑事課の面々はどういう」

「署長達の逆で、課長の金山《かなやま》ってのが俺の二個上でな。生意気だ。係長の加藤《かとう》はまあまあ出来るぞ。今年で四十になったかな。いや、まだ三十代だったか」

そんな話を上川としていると、サイレンを鳴らしたパトカーや白チャリに乗った湾岸署員が次々に到着した。

「おう。ご苦労さん。早速だが、ここと、ふ頭公園のどっちも燃えてるのは聞いてるな」

上川が問えば、何人かが「はい」と返事をした。また何人かは涼真と同じように驚いている。

「ま、いいや。なんにしろ、高速の向こうは大森署の管轄だ。連中に任せとけ。だから、こっち側だけでいい。集中して誘導しろ。通行止めは簡単だけどな。市場が止まるってのはなんとしても回避しろ。野菜も果物も、花もよ。東京中どころか、世界へのマーケットだ。奥の手前の、場内への誘導口までならなんとかなるだろう。少しずつでもいいから流せ」

やるときはやる係長は、そんな堂々とした指示を出した。

溌剌《はつらつ》とした上司の言葉は部下の活力になるものだ。集まった交通課や地域課の面々が威勢良く動き出し、交通整理を始める。

さて、ならば刑事課強行犯係の涼真はと言えば、

「月形。どうせ、ふ頭公園の辺りはまだ今は危険だってことだ。管轄でもないし、ひとまずそっちの細かい様子は後だ。俺達もこっちで、出来ることをするか」

「了解です」

「でも、あれだな。同じこっちの埋め立て地でも、火事が大井署の管轄じゃなくてよかった。あそこの今の署長は、イケイケのガチガチのピチピチのキャリア様だからな」

そう。湾岸線の向こう側は、すべてが大森署の管轄というわけではない。

京浜運河に沿って南北に細長い地域は、一番北側から八潮橋までが湾岸署の管轄になり、そこから新平和橋までの一番大きな面積を占める八潮四、五丁目が大井署の管轄で、最南端の東海一、二丁目が大森署の管轄になる。

「係長。そういうのって、口に出すとそうなっちゃいますよ」

「まさか」

そんなことを言いながら、阿吽《あうん》の呼吸で上川と二人、ゆっくりと歩きながら出来るだけ広範囲に目を配る。

ロードバイクは一時的に消防指揮車の脇に立て掛けた。

周辺調査。

例えば放火だったとして、愉快犯などの場合、近くで見ている可能性が大だ。その辺を初動捜査が専門の機捜も、どこかで睨《にら》んでいるはずだ。

行きつ戻りつ、ときに隘路《あいろ》までに目を光らせていると、黎明《れいめい》の陽《ひ》がいつの間にかしっかりとした朝陽に変わった。

陽射《ひざ》しの中を立ち上る黒煙も、その頃になるともう見るからに少なくなっていた。炎が下火になったのは間違いない。

時刻は、六時に近くなっていた。

「よう。お早うさん。月形。自転車で来たのか？　寮の下になかったからな」

湾岸署刑事課からの応援で、佐藤健太郎《さとうけんたろう》巡査が到着したのはこの頃だった。三十二歳になる佐藤は、刑事課内では年齢的に涼真に一番近い。本来の担当は暴力犯係だが、少数精鋭、経費削減だ。

消防司令と事後の話を詰めていた上川が、消防指揮車の中から現れた。

「おっ。佐藤が来たのか」

「お早うざぁっす。ご苦労さぁっす」

なんとなく体育会系のノリで佐藤が頭を下げる。

「ちょうどいいや。司令に詳しい話を聞いてきたが、鎮火しても現場検証までは五、六時間は掛かるってことだ。佐藤が来たなら、俺は署に向かうから、後は二人で頼む。署の方で何もなければ、午後には強行犯から誰か寄こす」

「わっかりましたぁ」

じゃあ、と上川は手を上げて踵《きびす》を返し、思い出したように、

「ああ。大森署の係員とは、あとでいいからよ。挨拶だけはしておいてくれな」

とそれだけを言い残し、火災現場を離れていった。

四

すべての消火活動が終了したのは、それから一時間以上が過ぎた、午前七時半近くのことだった。

それからさらに三十分近くが過ぎて、ようやく火災現場の総責任者である消防司令が、二か所の公園における火災に対し、鎮火を宣言した。

鎮火とは、火事が再燃する可能性のない状態になったと司令が判断することを指す言葉だ。

この宣言によって、近隣の道路に掛けられていた交通規制はひとまず、すべてが解除になった。

ただし、溜《た》まりに溜まった搬出入の大型車や観光バスの通行を日常に戻すには、まだまだ交通課や地域課による車両の誘導作業は必要だろう。

消防隊はと言えば、すでに山谷出張所の特別消火中隊は十五分ほど前に引き上げ、大森本署と森ケ崎《もりがさき》出張所の中隊も後始末に入っていた。

涼真が上川に指示されていた、大森署の担当とようやく落ち着いて顔を合わせたのは、この鎮火宣言の後のことだった。

涼真は消防指揮車の近くにいた。そこが一番、立ち働く消防隊員の邪魔にならない位置だった。

佐藤と二人、まだ野鳥公園から吹き上がるような水蒸気を眺めていると、こちらに近づいてくる者達があった。

涼真達同様、防火服を着ていない、どちらかと言えば軽装の二人だった。

いや、たとえ堅苦しい格好をしていてさえ、消防隊には消防隊の匂いがあるように、刑事には刑事の匂いがある。

大森署の、しかも刑事課の人間で間違いないだろう。

埋め立て地を縦貫する高速湾岸線の東と西にいて、同じようなことをしていたはずだが、やけに遠い感じがした。

だが、と同時に、顔を合わせた途端に、不思議な連帯感も生まれた。

向こうからやってくる二人組もこちらの佐藤も、涼真自身も含め、全員が見事に煤けて薄汚れていた。

「どうも」

先に低い声を掛けてきたのは、大森署の背の高い方だった。

吉本利雄《よしもととしお》と名乗った。強行犯係の主任だという。年齢は三十半ばくらいか。細身だが、バネはありそうだった。

もう一人は涼真と同じ巡査で、船山仁志《ふなやまひとし》と言った。歳《とし》は、聞きはしないが船山の方が二つか三つ上か。少し丸いが、動ける身体ではあった。

こちらも挨拶を返した。

必然的に、巡査部長・主任である吉本がリードする形になる。

「巡査二人？」

「責任者はいないのか？」

巡査イコール若い、あるいは未成熟というわけではないが、この場合の吉本が言う責任者とは、巡査部長以上、を指すのだろう。

涼真達巡査は正しくは司法巡査と言い、巡査部長以上職である司法警察員とははっきりと区別され、本来であれば何かと制約も多い立場だった。

ただ、刑事課や組対、公安課やその他、捜査に従事する特務課員にはそれでは不便が多いということで、刑事訴訟法または都道府県公安委員会規則によって、司法警察員に〈指定〉されてはいた。

されたがつまり、こういうときにはっきりと差はわかる。

吉本は〈司法警察員に指定された司法巡査〉ではなく、正式な司法警察員そのものの所在を聞いたのだ。

「今まで係長がおりましたが、ちょっとした交代のブランクです」

同じ巡査だが年長の佐藤ではなく、この場合は現場に最初から張り付いていた涼真が答えた。

「そうか。ま、どこも手一杯は同じだな」

吉本はあっさり首肯した。

話の通りは悪くなさそうだ。

上川が言う、大森署の生意気な課長と合同捜査になった場合のことはさておき、少なくとも吉本となら、合同調査はスムーズに進むだろう。

まず渋滞の様子から、互いの管轄における現状を報告し合ったところで涼真の携帯が鳴った。上川からだった。

失礼します、と吉本に断り、少し離れて電話に出る。立て掛けたままにしてあったロードバイクの近くだ。

「はい」

――ああ、月形か。悪いんだが。

火事の状況を聞くためかと思ったら、意外な反応だった。

悪いんだが、とくれば当然というか必然として、いい話のわけもない。

「なんでしょう」

少々、心構えを整える。

――そっちはあれだろ。まだ実況見分までずいぶん時間があるはずだな。

「ええ」

――大森署の連中とは会ったか。

「はい。挨拶と状況の確認は、今さっき済ませましたが」

――結構。なら、そっちの連中の相手は佐藤に任せて、お前はみなとが丘ふ頭公園に向かってくれ。

「え。みなとが丘、ですか」

疑問はあったが、みなとが丘ふ頭公園は今の場所から、三一六号線に沿って約一キロメートルほど北上した交差点にある公園だ。住所的には品川区八潮三丁目で、湾岸署の管轄内になる。総面積は野鳥公園ほどではないが優に五万平方メートルを超え、お台場方面に展望が開けた小高い丘の展望広場を持つ。その他にも噴水池や自然池、BBQ《バーベキュー》も楽しめる芝生広場も備えた公園だ。

――優先順位ってやつだ。先に主任が向かってるよ。

「ああ。村瀬主任が。あ、でも」

主任は当番明けなんじゃ、とは、聞こうとしたが止《や》めた。

そんなことは日常茶飯事だと、粛々と受け止めないといけない。

さもないと、少数精鋭を経費節減なのかもな、などと笑い飛ばして得る仕事へのモチベーションは、本当にただの経費節減でしかないのだという卑屈に成り下がる。

なんにせよ、強行犯係の村瀬が当番明けを無視され、同係の涼真に係長が、火事の現場から引き上げて合流しろということは――。

――機捜はもう入っている。鑑識もそろそろ現着する頃だ。

「傷害ですか」

――他殺体だな。

やはり、そういうことになるか。

――鋭利な刃物で背中からひと突き。他にもあるが、これが致命傷のようだ。緊配も考えたが、おそらく死後五、六時間は経《た》ってるだろうってことで、どうにも今更感が強い。それで、方面本部には連絡したが、市場周りの混乱のこともあるしな。特別な配備は見送ることになった。

「そうですか。て、あれ。鑑識はそろそろ現着する頃って言ってませんでしたっけ?」

――なんだ。

「つまり、まだですよね。その割に、係長がやけに詳しいなって」

――そりゃ、発見者がうちのサポーターだからな。

「えっ」

――変死体の通報は七時三十二分。見つけたのは公園前にある、うちの地域安全センターのサポーターだ。

「ああ」

それで腑には落ちた。

地域安全センターとは、こと警視庁管内においては、統廃合によって閉鎖予定だった空き交番を再活用する形で開設された施設の名称だ。サポーターはそこに勤務する者達のことを指し、再雇用された警視庁のOBやOGで構成されている。

この再活用・再雇用を十把一絡《じっぱひとから》げに、どこかの庁の雲の上の方では、一石二鳥の名案だと言ったとか言わないとか。

いずれにせよ、二〇〇七年当時に実施された統廃合によって、八十七か所もの地域安全センターが誕生した。

ということは単純計算でも、そこに再雇用されたOB・OGの数は、交代勤務制ということも加味すれば当然、三桁の人数になる。

現職をひよっこと呼ぶ権利を有した者達ばかりのラインナップと言い換えることも出来、どこかの庁の下々の署の地域課の中には、やりづらくて仕方ないという声もチラホラ、あるとかないとか。

そんな地域安全センターは湾岸署の管轄内には、幸か不幸か新木場《しんきば》と大井ふ頭の二か所にしか存在しないが、今回はまさにそのものずばりだ。

上川が言う公園前の地域安全センターとは大井ふ頭地域安全センターのことを指し、みなとが丘ふ頭公園がある交差点の、ほぼ角にある。

――ま、新木場と言いふ頭と言い、そもそもうちの安全センターのサポーターはベテランって言うか、優秀だからよ。じゃ、よろしくな。

「了解です」

上川との通話を終え、涼真はまず大森署の吉本に近付いた。船山はすぐ近くにいたが、佐藤は少し離れていた。消防指揮車を物珍しそうに触っている。

たしかに、本来であれば同じ刑事課でも、火事場の検証は強行犯係の職分であり、佐藤は暴力犯係の刑事だ。

「あの、申し訳ないんですが」

涼真は吉本の前に立ち、上川からの指示を簡単に説明した。

吉本は、ほう、と感嘆を漏らした。

「あっちもこっちもで、ご苦労さんなことだ。それにしても、アカイヌだけじゃなくてコロシか。湾岸署はやっぱり派手だな」

アカイヌとは捜査員がよく使う隠語で、火事のことだ。放火はアカウマで、連続放火はアカネコになる。

「いいえ。そんなことは――」

言い掛けると、今度は吉本の携帯が鳴った。

「ちょっと失礼」

今度は吉本が離れて電話に出る。

「なんですって？」

それだけは聞こえた。ふいに声が大きくなったからだ。

待っていると、吉本が寄ってきた。離れる前よりだいぶ厳しい顔つきだった。

「月形。そっちだけじゃなく、こっちにも今、別件の臨場要請が入った。申し訳ないんだが、うちも違う連中がここに入る。すぐだと思うが、来るまで、そっちに任せていいか？」

「え。あ、佐藤さん、どうですか？」

指揮車に手を当てたまま、俺は構わねえよ、と佐藤は言った。

先を急ぐ身としてまず涼真が動き、そこでふと、先程の吉本の様子が気になって足を止めた。

「吉本主任。もしかして、そっちも」

振り向き、コロシですか、と小声で言った。吉本は一瞬、目を泳がせた。

「いや、予断になっちゃいけないからな。こっちはまだはっきりしない、と言っておこう。ここからは近いが、発見者は一般人で、まだ機捜も到着していない。そっちはもう断定なのか？」

「どうでしょう。ただ、こっちの第一発見者は、まあ、元プロです」

「そうか」

口を引き結んだまま、吉本は頷いた。

「二件の火事、二件のコロシだとすると、月形」

「はい」

「すぐにまた会うことになるかもしれない。これもまだ予断だが」

連続放火事件及び、連続殺人事件。

どう考えてもこれは捜査本部、帳場が立つだろう。

下手をしたら特別捜査本部までが出来る。

吉本に一礼し、涼真は火災現場に背を向けた。

五

渋滞を逆流するようにロードバイクを走らせる。

こういうときに自転車は便利だ。数分でもう、涼真は目的地前の交差点に到着した。

横断歩道の向こう側に、赤色灯を乗せたマークXとキャラバンが二台、それにハイゼットカーゴが止まっていた。

マークXは初動捜査を受け持つ機捜の物で間違いなく、キャラバンは署の鑑識車と遺体搬送車、ハイゼットカーゴは同じく署の予備車だ。おそらく村瀬が乗ってきたものだろう。

車群の間にロードバイクを止める。

公園のエントランス広場は池に球体のオブジェが浮かび、その奥には緩く幅の広い階段のカスケードが長く続いていた。

「さて」

涼真はハンカチを取り出し、額の汗を拭きながら広場に足を踏み入れた。

ハンカチの色は淡い緑色だったが、ひと拭きで黒くなった。火災現場に充満した煤のせいだ。

「うわ」

折り畳まれたハンカチの面を変えつつ顔中を拭いた。どの面も黒くなった。

階段の下に、黄色い規制線のテープが長く張られていた。

その手前に初老の、地域課の警察官と見紛《みまが》う制服に防刃ベストを身に付けた人物が立っていた。

見紛うが、間違いなく警察官ではない。その証拠に、頭にかぶっているのは制帽ではなく、ライトブルーのアポロキャップだ。

地域安全センターに勤務する、安全サポーターだった。

その人物が第一発見者にして通報者なのだろう。中肉中背だが、やけに背筋が伸びて姿勢がいい。そのことが印象的だった。

近付くと、涼真に視線を当ててきた。

なるほど、元警察官だということが頷ける鋭い目だった。

「こういう初動は、どこも手が足りないだろうからな。私が立っている」

老人はゆっくりとした、低い波動のような声でそう言った。

〈地域安全サポーター〉の文字とエンブレムの入った胸の証票には実枝道明《さねえだみちあき》とあった。

あとで確認してみよう。

「お疲れ様です。お手柄でした」

涼真は立ち止まり、腰を折って挨拶した。

実枝は、ほう、と声を発した。

「礼儀は合格だな。最近の若いのは、いや、最近の刑事は、礼儀を知らんのが多いが」

言いながら少し俯き、アポロキャップの中で笑ったようだ。

「上司はもう到着している。部下なら、急ぐことだ」

手にした赤い誘導バトンで、実枝は階段の上の方を示した。

「あの先を右。現場の噴水広場の方へは、そのままとにかく真っ直ぐだ」

そちらはどうやら、樹木が茂った小道になっているようだ。散策路、ということだろう。

「そうですね」

一礼して向かおうとすると、階段上から機捜の腕章を付けた二人組が小走りに下りてきた。

一人は三十代の半ばくらいか。もう一人は、涼真と歳の変わらない若い男だった。最近の機捜は、特に若い刑事には本庁刑事部への登竜門らしい。配属になるだけで優秀さの証明のようなものだが、その分、鼻っ柱と気位だけ高いのも多いようだ。

「お疲れ様です」

礼儀として、涼真は頭を下げた。

年嵩《としかさ》の方は外に向かいながらも白手袋の右手を上げて応えたが、若い方は涼真の方を見もせず無言でテープを飛び越えた。

「おいっ！」

一喝したのは実枝だった。

若い機捜は驚いたように振り返った。

「どんなに若かろうが、どんなに急いでいようが、挨拶くらいはするもんだ」

「――へっ」

苦々しげにしつつ、わざと大げさに必要のない挙礼を見せ、そのまま階段を駆け下りて行く。

「すまないな」

代わりに上司だろう隊員が、涼真の脇で手袋を取りながら言った。

「次に急がなきゃならん。次も、その次も。それが仕事なもんでな」

「わかってます。あ、次って、もしかして大森署の案件ですか」

「違う」

交差点の方で、マークXが赤色灯を回した。

権藤《ごんどう》さん、と若い隊員が喚《わめ》くように呼んだ。

「管轄は、大井署だ」

そう言って実枝に一礼し、権藤と呼ばれた機捜隊員はマークXに走った。

すぐにサイレンもけたたましくマークXは去っていったが、涼真はもう見ていなかった。

階段を上がる。

その先はやはり間口こそ広いが、すぐに両側が背の高い垣根のような小道になっていた。

実枝の指示通り右に向かうと、開けた場所が噴水広場だった。地面は苔生《こけむ》したレンガタイルで覆われ、さして広いわけでもなく、特に何があるわけでもない。展望台への休憩地、といった意味合いの広場だったか。

長方形の池の向こう側にブルーシートが広く張られていた。

その手前に、見覚えのある地域課の制服警官が立っていた。大田市場前交番ではない。第五台場交番の係員だ。

互いに見知った仲であり、軽く頭を下げて涼真はブルーシートの中に入った。

すぐ内側で、村瀬が通話中だった。

現場を確認する。

広場の向こう側の、広場と雑木林の境目から奥で、鑑識が忙しく働いていた。笹《ささ》や、背の高い雑草の繁茂する中だ。

ちょうど、村瀬の通話が終わった。通話の相手は上川係長のようだった。

「なんか今、機捜が大井署の案件って言ってましたけど」

「ああ。係長も今、電話の向こうでそんなこと言っていた。重なるもので、大森署もだそうだが」

「はい。それは火事の現場で向こうの主任に聞きました」

「どういうことだろうな」

「さて。まだ何もわかりません。大森署の主任は手堅く、予断は禁物って言ってました」

「賢明だ」

村瀬が頷いた。

やがて、

「よぉし」

と、鑑識の班長、赤井《あかい》が中腰の姿勢から起き上がった。

「まずはこんなもんだな」

腰を叩きながら涼真達を手招きする。

「さて。こっちもまず、俺達に出来ることをしよう」

「了解です」

使い捨てのシューズカバーにヘアキャップ、それにラテックスの手袋をして入念に検証する。〈いろは〉は警察学校以来、叩き込まれている。

ただ、そう言った技術や理論をどう自分に馴染《なじ》ませるかは、これは感覚とセンスの問題だと、教官も配属になった先の現役の刑事達も口を揃《そろ》えた。

――足りなきゃ、磨くんだ。擦り切れるまでな。それでも、なぁんも磨いても光らねえようなら、刑事は無理だ。辞めちまえ。

そこまで言ったのは、卒配で勤務した築地《つきじ》署の課長だったか。

遺体は、広場から雑木林に十メートルほど入った雑草の茂みの中に仰向《あおむ》けに横たわっていた。

大柄な、固太りの男性だった。胸の辺りに赤黒い染みが広がっていた。

「胸を二度刺されてる。ただ、致命傷になったのは、背中側から心臓を狙ったひと突きだ。出血のほとんどはそっちだからな」

離れた位置から、赤井がそんな説明をしてくれた。

「ホシに躊躇がまったく無いってのは間違いないな。言い方は悪いが、思い切りはいい」

「そうですか。有り難うございます」

声に反応しながらも、目は遺体から離さない。

――コロシは、とにかく遺体をじっと見ろ。焼き付けろ。その苦しみや、無念までよ。そういうのが、ここぞってときの、刑事のエネルギーになるんだ。

先の教えが築地署の課長だったら、これは係長だ。

涼真は丁寧に、出来得る限りで検証を進めた。

村瀬が証拠品袋の携帯電話に手を出した。涼真は同様に財布だ。

現金は無し。カード類は手付かず。

免許証もあった。

「丸茂俊樹《まるもとしき》。四十五歳か」

そう呟《つぶや》いたとき、ブルーシートの向こうから本庁捜一の庶務担、庶務担当管理官の一行が到着した。

殺人事件の現場は、必ずこの庶務担が確認する。

そちらの対応は村瀬が担当した。

「コロシだな」

庶務担の判断は早かった。慣れてもいるだろうし、当然揺るぎのない自信もあるのだろう。

「よし。次だ」

引き際も鮮やかだった。

次ということはそのまま、大森署の現場に向かうのだろうか。

捜一の確認が終わると、赤井が、もういいかいと遺体の搬送を促した。

「結構です」

村瀬が遺体のそばを離れ、署に電話を掛けた。

「ああ。係長。村瀬です。——コロシですね。解剖は必要でしょうが、全体としては実枝さんの見立てで間違いないんじゃないかと。――ええ。火事の大騒動もありましたし、時間が経ち過ぎてます。緊配は、どうだったでしょう。無しで判断は間違いなかったと思います。――はい。――はい」

その間に、赤井の部下が搬送袋に遺体を〈収納〉していた。

電話を掛けながら広場の方へと歩き始めた村瀬に、涼真はついていった。

「では、よろしくお願いします」

電話を終えた村瀬は、ヘアキャップを取りながら地面を指さした。

「見てみろ」

指示に従って目を凝《こ》らせば、広場と雑木林の際の、苔生したタイルにかすかな二本の線があった。雑に絡んだような二本の線だ。

線はそのまま縁石の上に、こちらもうっすらと白い引っ掻き傷のようになって乗り上げていた。

一瞥《いちべつ》ではよくわからないが、言われれば何かを引き摺《ひず》った〈跡にも〉見える。結果から見れば、おそらく遺体か。

「実枝さんは、朝、センターに来たら必ず公園を回るそうだが、そのときにこれが気になったらしい」

「えっ」

「ちなみに、昨日の午後三時にはなかったそうだ」

涼真は、暫《しば》し絶句した。

村瀬は涼真の反応をたしかめ、頷いた。

「大いに不審に思ったらしい。それで周辺を丹念に探ったんだと。出てきたのが、そのホトケさんだ」

「へえ」

なんという観察眼。なんという集中力、記憶力。

凄《すご》いとしか言いようはなく、それ以外の言葉は見つからなかった。

遺体が搬送され、ブルーシートが撤去された。代わりに、新たな規制エリアとしてテープが張られる。

第五台場交番からもう一人やってきた。火事もあり、なんといっても人手が足りないのは明らかだ。

束《つか》の間《ま》だが手伝っていると、村瀬の携帯が振動した。

「係長からだ」

はい、と出て、話をするうちに次第に村瀬の表情が険しくなった。あまり表に出る表情ではないが、相棒だからわかる、というものか。

観察眼、特にノンバーバル・コミュニケーション能力は、実枝の話を聞いた後ではロには出来ないが、涼真は警察学校でも高い評価をもらった。

「了解です。じゃあ、一度帰らせてもらいますが、帳場が決まったら連絡ください。

——はい。月形は戻します」

全体はわからないが、村瀬が一旦帰ると言うのは納得だった。

殺人事件だが、当番明けだ。間違いなく帳場は立つだろうが、そうなったら暫く家には帰れないだろう。着替えの準備くらいは、簡単でも絶対に必要だ。

「署に帳場ですか。久し振りですね」

「どうかな」

携帯を仕舞い、村瀬は歩き出した。

「あれ。どうかって、なんですか?」

特別捜査本部、と村瀬は言った。

「本庁かもしれないぞ」

「本庁?」

特別捜査本部は社会的反響が大きい、あるいは大きくなる恐れがある事件の場合に組織される。

通常の捜査本部はその設置及び解散は主幹部課長に一任されるが、特別捜査本部になると警察本部長、警視庁では警視総監となり、警察本部、つまり警視庁本庁に捜査本部が置かれるようにもなる。

「それって」

村瀬は向こう向きに、大きく頷いた。

「今、係長が言ってた。お前が話していた大森署の件も、さっき機捜が向かった大井署の件も、両方コロシの線が濃厚だそうだ」

「ああ」

二件の火事、二件のコロシ、と大森署の吉本は口にした。

しかし、事態はそれだけでは収まりそうもなかった。

二件の放火と、三件のコロシかもしれない。

村瀬の後ろに続きながら、濃い案件になりそうだと、涼真は覚悟した。

六

元来た小道を戻り、カスケードの階段を下りる。

その前からエントランス広場の様子は広く見下ろせた。

規制線の外に、決して少なくない数の野次馬の姿があった。十数人はいたか。

ジャージ姿もサンダル履きのスーツ姿もあったが、涼真はその中に二人ばかり、署で見掛けたことのある記者の姿も認めた。

いや、見咎《みとが》めた。

改めて、規制線の外は公の場だと気を引き締める。

階段を下りると黄色いテープの外側から、半袖シャツの間にネクタイをねじ込んだ無精髭《ぶしょうひげ》の男が待ちかねたように手を挙げた。

見知った二人のうちの一人だ。

「どう。コロシ？　火事との因果関係は？」

若いと侮ってか、ずいぶんフランクに聞いてくる。

この動きに反応した人間が、野次馬の中に他に四人いた。一人は見知ったもう一人の記者で、同じような反応ということはマスコミが都合で五人ということか。

とにもかくにも、涼真は無視を決め込んだ。

警察発表は涼真の仕事ではなく、ブラフや情報操作は、一介の巡査からはさらに遠い仕事だ。

規制線の内側に警官、外に安全サポーターの実枝が立っていた。

警官の方は見知っていたが、当然大田市場前交番の係員ではなく、第五台場交番の人間でもない。距離はさほど変わらないが、第五台場交番とは周辺への人出が桁違いの、こちらはお台場海浜公園駅前交番から駆り出された係員だった。

少数精鋭と人手不足は紙一重だと思い知るが、なんにしても重なったものだ。

いや、わざと重ねたのか。

地域課の警官と実枝に、しばらくよろしくお願いします、と頭を下げつつ規制線をまたぐ。

二人の記者だけでなく、五人と踏んだマスコミの連中がそれぞれに口を開いた。勝手気ままな発声はただ雑音にしか聞こえなかった。

「大ごとか」

実枝がよく響く、件《くだん》の波動のような声で聞いてきた。

「えっ」

記者を前にして何を、と一瞬、涼真は咎めるような目を実枝に向けた。

対して、実枝はと言えば平然としたものだ。

それで考えた。意図はおそらく、すぐに読めた。

マスコミ対応としての涼真の無言を、狭い了見だと諭しているのかもしれない。

涼真は頷き、声を張った。

「些事《さじ》で済むことを願ってます」

実枝は口の端を片方だけ歪《ゆが》めた。

先ほど一度見た。笑ったようだ。

「その通りだな。いい答えだ」

一礼し、記者達の間を割るように進む。

――村瀬さん。せめてコロシかどうかだけでも。

――ねえ、月形君。

なおも追い縋《すが》ろうとしてくる記者の前には村瀬が立った。

「皆さん。先を急ぎますので。いずれ正式発表は署の方で。――ああ。月形。先に出ろ」

主任の指示だ。阿吽の呼吸で従うに限る。

「了解です」

涼真はロードバイクにまたがった。すぐにペダルを回す。

市場から離れるにつれ、渋滞は明らかに緩和されているのが分かった。火事の後始末、殺人事件のこれからはさておき、交通事情がほぼ日常の落ち着きを取り戻しつつあるようだった。

待機寮の一階にロードバイクを止め、そのまま湾岸署内に入る。また何人かの記者がたむろしていたが、隙を与えず階段を駆け上がった。

「戻りました」

さて、お早うございますが正しかったか、などと考えつつ刑事課の大部屋に入ったのは、午前九時半を過ぎた頃だった。

始業からずいぶん過ぎているが、一番奥の定席に刑事課長の姿は見えなかった。

そのすぐ手前、強行犯係のデスクには上川係長と柏田太志《かしわだたいし》巡査がいた。

柏田は階級こそ涼真と同じ巡査だが、今年でたしか三十五歳になり、この三月に結婚したばかりの新婚だった。

「よお。ご苦労さん」

柏田が片手を上げた。いつもは陽気な男だが、このときは難しい顔をしていた。

「月形」

上川係長が手招きしていた。

「はい」

寄っていくと、上川はデスク上の湯飲みを手の中に丸めるようにしながら、

「課長なら本社だ」

と、先回りするように涼真の疑問に答えてくれた。

「本社ですか」

本社とは、本庁のことだ。警察も会社のようなものだということで、警視庁本庁を本社、所轄を支社などと言ったりする者は多い。

ただし、当然ながら所轄の人間は自分達の署を支社などとは言わない。言うのは本

庁の人間達だけだ。

　呼ばれたんだ、と係長は言った。

「大騒ぎになる前にな。いや、しないように、かね。立て続けだからな」

「ということは、大森署の件もコロシですか」

「だけじゃねえ。大井署もだってよ」

　と、絞るような声で言ったのは柏田だった。

「へっ。月形。それだけじゃねえぞ。その三件ともがご丁寧に大田市場の周辺だってよ。全部があの離れ小島だってんだから、笑っちまうよな。――いいや。ちっとも笑えねえか」

「え、全部が」

　さすがに驚く。そこまでは涼真の思考にはなかった。

　みなとが丘ふ頭公園、大井ふ頭中央海浜公園の南北、とこちらは上川の説明だった。

　大井ふ頭中央海浜公園は、野鳥公園をさらに上回る約四十五万平方メートルもの面積を誇り、京浜運河に沿って南北におよそ一・二キロメートルにも及ぶ長大な公園だ。

　公園を貫く中央通りによって、面積の多くを占める東側のスポーツの森と、西側のなぎさの森に分かれる。

　実は、公園としての区分はそれだけだが、ここは始末が悪いことに南北の中央辺りで住所が八潮四丁目と東海一丁目に分かれる。

そうして、八潮四丁目は大井署の管轄であり、東海一丁目は大森署の管轄だ。

上川が南北と言ったのは、つまりはそういうことだろう。

「そうだ。まあ、まだうっかりしたことは言えないがな」

上川は頷いた。

「機捜の後、発生順を巡るように、お決まりの捜一の庶務担と現場資料班の連中が回った、その結果だ。現場が近いんでゴチャゴチャと多少の前後はあったらしいが、まあいい。――予断もへったくれもなく、三件ともコロシだって断定されたよ。だからうちだけじゃなく、大井からも大森からも、それぞれ刑事課長が呼ばれてる。しかも、だな」

言い掛けたところで、上川は湯飲みに口をつけた。

言いにくい話のようだ。

その目が泳ぎ、湯飲みに沈んだ。

「しかも、大井署の管轄で殺されたガイシャは、その、なんだ、葛飾署の奴ってことらしい」

「えっ」

話がさらに複雑になる。

ただ、それ以上に引っ掛かるものがあった。胸の奥がチリついた。

「──葛飾署」

「そう。臨場した大森署の、なんて言ったか。とにかく主任が、その前にいた本所署で顔見知りだったそうだ」

「本所ですか。本所から葛飾」

胸騒ぎがした。いや、胸騒ぎを超えた。

「まさか中嶋、なんて」

上川は眉根を寄せた。しかし、一瞬だ。

最初からわかっていたのかもしれない。それで言いにくそうだったのか。

「月形の同期だったな。たしか、妹さんが」

付き合っていることは、そういう仲になってすぐに申告した。

隠すことでもなく、隠すことは元来、何事も嫌いだった。

「その中嶋だよ。しかも、これは鑑識の報告待ちになるが、おそらくこちらのガイシャに使用された凶器な。中嶋のポケットから発見されたみたいだ」

聞いた途端、世界が反転した。膝から力が抜ける感じだった。

「その中嶋を殺したナイフは、今度は大森署管轄内のガイシャが持ってたってことだ。コロシの順番を示すようにな。しかもご丁寧に、中嶋は何かのインカムを装着していたらしいが、同じものを大森署のガイシャもしてたそうだ。で、この大森署のガイシャの凶器は今のところ発見されていないが、問題はこのガイシャにも大いにあってな。
こう――」

上川が左手を右肩に回し、背中を叩くようにした。

「こっちにな、観音菩薩《かんのんぼさつ》の紋々を背負ってたってことだ」

最後の方は、聞こえてはいたが耳に入ってこなかった。

中嶋の馬鹿野郎――。

何に巻き込まれた。

何をした――。

それだけが頭の中を巡った。

いいやその前に――。

なんといっても、その死が悲しく、胸に苦しかった。

残された美緒のことが思われた。

美緒はこれで、ほぼ天涯孤独ではないか。

しかも――。

両親の死はある意味、天の道と人の道が交わった結果として、運命だったと受け入れることも出来るかもしれない。しかしコロシは、人為であり悪意だ。

今のままでは美緒は、涙も感情も捨て場がないだろう。

寄り添ってと痛切に思うが、その一歩は出ない。

少なくとも刑事である自分は今、美緒の側《そば》にいて一緒に悲しむことは出来ない。すべきでもない。

――遺体をじっと見ろ。焼き付けろ。その苦しみや、無念までよ。

それだけではない。改めて知る。

残された遺族の悲しみも受け止める。エネルギーにして捜査に当たる。

管轄から言えばみなとが丘ふ頭公園の事件が主だが、すべてが繋がっていると思えば、中嶋の事件にも刑事としての責務はある。

中嶋の苦しみや無念を焼き付ける。そうしてせめて、

(犯人は俺が挙げる)

それ以外、美緒のいずれ笑える日のために、涼真に出来ることは今はない。

(挙げるんだ)

そんな覚悟を思うともなく腹の底に練り上げ、知らず拳の中に握り込む。

上川のデスクで内線電話が鳴った。

それで涼真は我に返った。

「はい。――そうですか。――はい。了解しました。なら、すぐに動きます」

通話を終えると、上川は涼真を見上げた。

「帳場が立つ」

優しげな眼《め》だった。

「どうする?」

「行きます。いえ、行かせてください」

「やっぱり、お前ならそう言うだろうな。——とはいえ、しかし、だ」

上川は椅子の背を軋《きし》ませた。

涼真にも分かっている。

刑事には遵守しなければならない、捜査に関する規範があった。

〈警察官は被疑者、被害者その他事件の関係者と親族その他特別の関係にあるため、その捜査について疑念をいだかれるおそれのあるときは、上司の許可を得て、その捜査を回避しなければならない〉

これがその、犯罪捜査規範第十四条だ。

「まあ、捉え方次第だろうが、四角四面に受け取られたら、すぐに帰されるかもしれないぞ」

「それでも行きます。しがみつきます。駄目ならダメでも」

「おいおい。そこから先は口にしてもらっちゃ困る。言っても聞いても、問題にしかならない話だ」

「すいません」

頭を下げた。

近くで柏田が笑った。

上川は肩を竦め、

「ま。ダメ元で行ってみるか。それもこれも、あっちもこっちも。全部が全部、これからのお前にとっちゃ勉強だ」

と言いつつ、湯飲みをまた両手の中に丸め込んだ。

七

署に出てきた村瀬と合流してから、涼真は大井署に向かった。

正午を回った頃だった。

係長の上川と柏田は身の回りを整え、すでに三十分ほど前には出発していた。

そのとき上川からは、

「主任が来たら、飯を食ってからでいいぞ」

と言われたが、食事はなんにせよ喉を通る気はしなかった。

すいません、と村瀬に頭を下げれば、

「家で軽く食ってきた。気にするな」

と、嘘《うそ》か真《まこと》かは別にして、そう言いながら肩を軽く叩いてくれた。

村瀬も、中嶋や美緒のことを涼真との関わりとして知り、かつ、理解してくれる一人だった。

ワンショルダーバッグを肩に引っ掛ける。

そう言えば火災現場に出た格好のままだと思ったが、気にしない。気にする場面でもない。

涼真は村瀬と二人、バスと電車を乗り継いで大井署に向かった。

公共交通機関を使うときは、普段からあまり多くを語ることはないが、このときはとにかく、終始無言だった。

村瀬が気を使ってくれているようなのは、涼真には肌合いでわかった。それが有り難かった。

二人が向かう大井署は、JR横須賀《よこすか》線・西大井と京急線・立会川《たちあいがわ》のちょうど中間地点にあった。道路的には、池上《いけがみ》通りの大井警察署入口交差点から地域の生活道路でもある滝王子《たきおうじ》通りを西に入った辺りに位置した。

警視庁第二方面に属し、品川署から分離して同区内の東南部を管轄するこぢんまりした署だ。署員数も約二百二十名で、中規模署の内でもやや小さめだろう。湾岸署でも署員数は二百五十人を数える。

とはいえ、対管轄面積当たりの担当人数は、湾岸署の方がはるかに少なくはなる。

今回の一連は、本来なら特別捜査本部が組まれてもおかしくない案件だったが、現職の警官が巻き込まれるようにして殺され、さらにはマル暴関係も絡む公算が大きいということもあり、本庁上層部では本部長、つまり警視総監以下主幹部課長までの鳩《きゅう》首《しゅ》に拠って、出来る限り事を大きくしないという方針で一致を見たようだ。

このことにより、特別捜査本部の設置は見送られ、通常の捜査本部を立てることが決定されたらしい。

それでさて、ではどこにという段になって、大森・湾岸・大井の三署の中で、一番大きな大森署ではなく、小さいながらも何かと注目される新興の湾岸署でもなく、こういってはなんだが、一番小さく場所的にも地味な大井署に白羽の矢が立った。

捜査の陣容も、事件の内容からすれば三桁の捜査員が動員されてもおかしくないと思われるが、本庁捜一からの出動はごくごく限られた人数に制限されたようだ。そうなれば比例するように動員される所轄の人数も、道理として少なくなる。

要するにこれは警視庁としての、〈口さがない世間の目〉対策、マスコミ対策の一環だろう。

そうして通常なら、捜査本部の設置と運用に掛かる費用のすべては、置かれた署の年間予算の内で賄われることになる。

まかり間違って特別捜査本部などが振られたりすると、間違いなく署の一年分の予算などは軽く吹き飛ぶが、捜査本部でもその費用は馬鹿にならない額になる。

刑事としての経験年数の浅い涼真が思うにも、三署の中では大井署が一番小さな予算しか持っていないことは明白だ。

そこに本部を置くということには、必ず一悶着《ひともんちゃく》有ると誰もが思ったようだが、これには上手《うま》いことに、当事者である大井署の署長が進んで手を挙げた。

その代わり、とお偉方の鳩首の場に自ら乗り込み、滔々《とうとう》と持論を捲《まく》し立てたらしい。

大井署の署長は古沢将司《ふるさわしょうじ》という、今年三十三歳になるキャリアの警視だった。

涼真には縁もなく興味もないが、来年には自動的に警視正に上がるのがキャリアの通例、普通に敷かれたレールのようだ。涼真の母・明子も、そんな通例、レールに乗って昇任し、各地に異動したクチだ。

古沢は、そのレールから外れたり、あるいは汚点を残すことを極端に恐れる小心な男だったようだが、同時に、立身出世には貪欲な男でもあったようだ。

マスコミへの対応は署長である古沢が一手に引き受け、あらゆる情報の発表の仕方、時期、あるいは隠蔽《いんぺい》まで、すべてを立案・実行する。その代わり大井署は、署から動員される捜査員の他には場所と内勤の応援係員だけを提供し、各種レンタルや備品、仕出し弁当や食事などに掛かるすべての費用は、他の湾岸署と大森署の二署で折半する。

と、そんなバーターな発案を本庁上層部に持ち掛けたのだ。

古沢には、マスコミの前に立って名を売り、しかも署の予算を一円たりとも使うことがないとは、一石二鳥の名案だったのかもしれない。

本庁側にしたところで、文句のつけようもない提案だ。かえって渡りに船とばかりに提案を受け、条件を飲んだという。

本庁の鳩首会議では、加えて二件の火災事故も議題には上ったようだ。

ただし、上川係長が課長から聞いたという話では、

――二件の火災も、暫定的には放火だってことで捜査本部の中にな、組み込まれてる。まあ、誰が見たってこりゃ、関連がないって思う方が無理があるわな。ただ、コロシの方とは切り離して、大森とうちがそれぞれに動く。三件のコロシだけでも、本式に特捜の帳場を立てたら大ごとだ。そこに放火も加えるとあっちゃあ、それこそ駄《だ》洒落《じゃれ》みたいだがよ。マスコミの注目の的になるって意味じゃあ、火に油を注ぐだけだろう。今はメールでもなんでも、捜査に関する情報交換はそう面倒じゃない。お互いに報告は上げるし、もらうことになってる。

というこらしい。

対マスコミ対策は、周到な上にも周到だ。些細な瑕疵《かし》でも突っ込まれ、わずかな漏洩《ろうえい》もあっという間に拡散される。

事態は常に、狐《きつね》と狸《たぬき》の化かし合いの様相を呈する。

京急のバスと電車を乗り継ぎ、このときは立会川から徒歩で向かった。急ぐ場合は、そこからまたバスになるだろう。

十五分ほどで大井署が見えた。三階建ての、比べれば現在では湾岸署の別館となった、旧東京水上警察署より明らかに小さい。

「月形。今のうちに言っておくぞ」

並んで歩きながら、村瀬が話し掛けてきた。

「これから、大井署へは一緒に入る。ただ、入ったらもう、お前の上司であって、上司だけではない。捜査本部の捜査員に組み込まれる。お前の援護は出来ないし、しないぞ。わかるな」

「はい。わかってます。係長にも言われてますから」

場合によっては帰される、ダメ元。

上川はそう言っていた。

言われなくとも、覚悟は腹に据えたつもりだ。

「係長に？　そうか。わかっているならいい」

もう、大井署のエントランスが目の前だった。

「湾岸署の刑事として、しっかりやらなきゃな。俺も、お前も」

村瀬はそう言って、また肩を軽く叩いてくれた。

不思議なことに、同じような強さにして、先の一触は温かく、今のひと叩きは重かった。

(感じ方か。それとも、伝わり方かな)

警察証票を開き、身分証を表にして胸ポケットに差して垂らす。

大井署の前で、立番の制服警官がさりげなくそれを確認して敬礼をした。

十五度ほどの角度で礼を返し、涼真は村瀬に続いて大井署の中に入った。

八

大井署には入った途端にわかる、なんとも言えない緊張感が漂っていた。

それはそうだろう。特別捜査本部から限りなく縮小されたとはいえ、帳場には間違いない。本庁から捜一の面々もやってくる。

間違いなく、事件が起こったのだ。

「身が引き締まりますね」

涼真が囁《ささや》けば、村瀬は無言で頷いた。

どの署に行ってもたいがい、入ってすぐは両サイドが長いL型のカウンターで、真正面は署長室へのアプローチになっている。

カウンターの左右どちらかは警務課で、もう一方のカウンターは交通課になっているのが定番だ。

そして、署によって副署長が置かれている場合、その警務課内に副署長のデスクがある。

折につけマスコミの連中が寄り付くのがこの辺りで、記者発表も特段のことが無い限り、この警務課内で副署長か課長によって処理される。

大井署はこのアプローチの手前、一階に入ってすぐの右手に、上階への階段があった。おそらく同様の階段が、奥の署長室の脇にもあるだろう。三階建てでは設置義務はないが、奥はもしかしたらエレベーターかもしれない。

所轄の番記者、と目される男達が、二人ほど奥にいて涼真達の方を見た。

「月形」

村瀬が一声掛けつつ階段に足を掛けた。

「はい」

この辺の呼吸は卒配以降どの署でも同じで、湾岸署でも慣れたものだ。

村瀬に続き、涼真は一度も足を止めることなく上階へ向かった。

落とし物の受付もあったりして、一般人も多く出入りする一階はどちらかと言えば公共スペースに近い。開かれた警察は昨今のモットーでもある。

その分、逆に言えば上階は警察としての聖域に近い。

署自体の建物にもよるが、三階建ての大井署は二階がすでに聖域であり、上がってすぐに、さらに三階への案内スタンドが立てられていた。

〈大会議室　三階へ〉

わかる者にだけわかる案内だが、それでいい。それがいい。

三階へ上ると、右手は小部屋の連続だが、左手の少し入ったところに大会議室が整えられていた。手前と、いくつかを飛ばした奥側のドアの前にそれぞれ置かれた案内スタンドが、矢印でそれを示していた。

ドア脇の壁から突き出した室名札を数えるとどうやら、普段ならパーテーションで仕切られている〈会議室〉という名の三部屋をぶち抜き、必要なときに大会議室にして広さを確保するようだった。

手前にある出入り口のドアにはストッパーが掛けられ、開け放されていた。おそらく奥側も今は同様だろう。

開けっ放しのドアから大井署の総務や庶務方の職員達が長机やパイプ椅子を運び込み、固定電話や無線、ＰＣ類の配線に大わらわだった。

「失礼します」

誰にともなく断って、涼真は手前のドア、部屋としては後方に当たる入り口から大会議室に入った。

ドアの内側に、ひっそりと事件の〈戒名〉が張り出されていた。

〈ふ頭公園連続殺人事件及び近隣公園連続放火事件捜査本部〉

まあ、コロシに関しては三現場ともたしかにふ頭が名称に入る公園だ。簡潔明瞭な戒名だと言える。

会議室内に、上川係長の姿は見えなかった。柏田はいた。雑然とした中で、大井署の事務署員を手伝って机を並べていた。

「よお。月形」

聞いた覚えのある声が会議室の左方、ずらりと並んで明るい窓際の方から掛かった。

見れば、先ほど会ったばかりの大森署の吉本が手を上げていた。

隣に船山と、他に見知らぬ二人が立っていた。

それがおそらく、大森署から捜査本部に送られた四人なのだろう。

「言った通りになったな。ここで会うとは思わなかったが」

よく通る声だった。

涼真は無言で会釈をした。

大ごとにはしないという雲の上の方針だったが、捜一からは管理官と第四強行犯捜査殺人犯捜査第三係の係長が、十二名の実働部隊を率いてやってくることになっていた。

捜査本部では捜査に当たって、〈道案内〉と称する所轄の捜査員と捜一の刑事が組むのが通例になっている。〈捜査のプロ〉である捜一の刑事と、〈地元に根差した〉所轄の捜査員が一緒なら、〈なにかと〉便利だという理屈らしい。

このことに、一理も二理もあると思う人間は本庁に多く、一理か二理しかないだろうとぼやく人間は所轄に多い。

――捜一ったって、あいつぁ、この署の近くの待機寮にもう七年も住んでんだぜ。この辺の事情には断然、俺ら全員よりあいつの方が詳しいや。

などというぼやきを実際、涼真は卒配の築地署で聞いた覚えがあった。

ただ、通例はよほどの不備やアクシデントを伴わなければ吉例ともなる。スポーツや賭け事ばかりでなく、捜査も意外とジンクスを大事にする傾向にある。

まあ、ある意味、捜査も賭け事のような要素が強い気もするが。

いずれにせよ、捜査本部では捜一と所轄の捜査員がコンビを組む関係上、最低でも所轄側は捜一と同数の捜査員を工面、確保しなければならない。

湾岸署は上川係長以下の四名、大森署も大井署も同数の四名ずつで都合の十二名、と涼真は聞いていた。

湾岸署はその他に、火災犯捜査を主にしつつ緊急時にはコロシの方も手伝う予備班として、火災現場に関わった行き掛かり上、暴力犯係の佐藤を筆頭に四人を掻き集めた。

同様の事情を抱える大森署も、同四人を配備する予定らしい。

ここまでの総人数でも、捜査本部内だけですでに三十二人を数える。

この他に捜査本部内には、大井署の事務方から常に十数人が、総務庶務として応援に入るという。

都合で五十人を超える体制は、さすがに単なる捜査本部の規模ではない。

署全体に漂う緊張感には、そんな常ならぬ捜査本部に対する構えというか、力みのようなものも入っていただろうか。

涼真が漠然としたことを考えていると、前方の出入り口から、かつてよく見た顔の男が入ってきた。

考えるまでもなく大井署にいて当然の男だったが、同時に、あまり考えたくも会いたくもない男でもあった。

会議室に入ってくるなり、男は涼真に向けて片手を振った。

「おっ。いるかもと思って来てみたが、やっぱりいたか」

現在、この大井署刑事組織犯罪対策課に勤務する、荒木竜彦《あらきたつひこ》という今年で二十七歳になる男だ。

涼真がそのことを何故知っているかと言えば、警察学校で部屋こそ違うが、同じ教場の同期だったからだ。

仕立てのいいスーツ、やや崩して七三に決めた髪、細い顎、高い鼻。

人によってはいい男、の範疇《はんちゅう》に入れるだろうが、涼真はどうにも、カマキリに見えて仕方なかった。

それで当時は直接、荒木をカマキリと呼んだこともある。

陰に隠れて何かを言うのは、母の周囲を埋める腰巾着達で見飽きていた。

そうなるまいと決めたのは、反面教師というやつだろう。

そんなカマキリ、荒木がテーブルの間を擦り抜けるようにして寄ってきた。

「よう。久し振りだな」

笑顔で握手を求めてくる。

こういうところが、昔からどうにもキザったらしくて馴染めなかった。

第一、コロシの捜査本部で、ホシも挙がっていない段階で握手もないものだ。

涼真は荒木の差し出した右手を、同じく右手の指先で軽く弾《はじ》いた。

「荒木。いいのか。こんなところで油売ってて。お前、盗犯係だったんじゃないのか」

弾かれた右手を顔の横に上げ、荒木はそのまま肩を竦めた。

やることなすこと、一々が大げさなポーズだ。

「サボってるわけじゃないぜ。俺もお前と同じだ。れっきとした捜査員として、ここに回された」

「ああ。そうなんだ」

「貧乏暇なしはどこも一緒だろう。中でもうちは、括《くく》りばかりは中規模署でも、特に小さいからな。なんたって、刑事課の係長が強行犯と盗犯を兼務してるくらいだ。手が空いてると見たら、生安や交通課からだって引っ張られるよ」

「まあ。たしかに。うちも大して変わりはしないけどな」

それより、と言って荒木は涼真に身体ごと寄り、顔を近づけてきた。

そこはかとなく、ムスクの香りがした。

「なあ、月形。中嶋だって？」

荒木が声を落とし、その名を口にした。

まったく気に入らないが、警察学校の頃からそういう奴だった。成績はたしか五本の指に入っていたはずだが、それはありとあらゆる手を使って担当教官の数人に気に入られたとか、弱みを握ったとか。

なんにせよ、これも、涼真が幼い頃から母の周囲によく見た連中と同じだった。

カマキリ、と呼んだことをこのとき、ああ、同類だからか、とやけに納得したものだ。

「月形。わかってるか。あいつとは一緒にならなかったが、俺も以前、葛飾署にいた」

「葛飾？　そういえば、そうだったか」

「俺は生安だったけどな。それでも同期は同期だろ。今回のヤマは、何か因縁を感じるんだ」

生活安全課と地域課、それでも同期。

言葉の端々に、情以外のものが見え隠れする。

感じはどうにも、久し振りに会ったが、だから久し振りに悪かった。

「荒木。これまでもこれからも、異動は俺達に付き物だぜ。それをいちいち因縁に感じるな。言葉が軽くなるぞ」

「それでもだ。だっておい、同期だぜ」

「お前。本当にそう思ってるのか」

「当たり前だろう。だって月形、名簿は変えられないだろうが」

――ああ。

それが、荒木にとっての同期という存在か。

溜息《ためいき》も出ない。

黙っていると、「いいのか」と荒木がさらに、丸出しの興味を響かせて聞いてくる。

ことさらに平静を装った。

「いいって、何がだ」

「惚《とぼ》けるな。知ってるぜ」

美緒のことだろう。顔には出さないが、さすがに驚く。

まあ、荒木のような奴に限って、どこからでもネタを取ってくるものだ。そういう情報網を構築出来るという手腕は買える。

涼真個人の好き嫌いは別にして、捜査員としての能力は認めざるを得ない。

「いい」

あくまで素っ気なく、素っ気なく。

「そうか？　いいわけないと思うけどな」

荒木はまったく納得はしていない様子だったが、タイミングが涼真を救った。

ちょうど、上川係長を先頭に三人の男達が、大会議室に入ってくるところだった。

「ああ。あの二番目の人がうちの鈴木《すずき》係長だ。ほら、さっき兼任だって話した」

荒木がそう言った。

ということは、最後尾が大森署の係長で、たしか加藤雅史《まさし》という名の警部補だったと思う。

見るからに、入ってきた順が歳の順のようだった。間違いはないだろう。

荒木が上司である鈴木の近くに向かった。

行き違うように上川が寄ってきて、涼真の読みが正しかったことは証明された。

鈴木光久《みつひさ》警部補は四十三歳、加藤警部補は四十歳になるらしい。

「一階の交通課の奥でな、部屋借りて顔合わせしてたんだが、裏に捜一の連中が到着したんで上がってきた。始まるぞ」

大井署の鈴木も大森署の加藤も、部下達に同じようなことを話しているのだろう。

涼真も村瀬も柏田も、上川の言葉に大きく頷いた。

九

「全員。席に着けっ」

と、大会議室に響き渡るような声が掛かった。

大井署の刑事課長、新庄《しんじょう》だ。今回の大井署の面々で、係長の鈴木のことは知らなかったが、新庄は前職の頃に一度、見掛けたことがあった。

涼真は、一度会ったことのある顔は忘れない。鉄則だと教わったが、不思議と周囲に完璧にこなす者はほとんどいなかった。

（おっと。あいつがいたな）

思えばそう、死んだ中嶋だけは、確実に涼真より上だった。荒木がどう思おうと、地域課はある意味、中嶋の天職だったろう。荒木などに真似《まね》出来る芸当ではない。

「ほら。急げっ」

新庄がもう一度、吠《ほ》えるように言った。

そのまま左右に分かれた長机の真ん中を進んで正面、〈ひな壇〉の脇に立った。

いよいよ捜査会議が始まるのだろう。

議場のセッティングは一時中断で、大井署の職員達は作業の手を止め、いったん退席した。

所轄の面々は、誰に言われたわけでもなく、全体として窓際方向に陣取って座った。

十列ある長机の最前列は空け、二列目と三列目が大井署で、その後ろに大森署と湾岸署がまばらにバラバラだ。涼真は、村瀬と一緒に最後列に座った。

新庄の後に続き、本庁捜一の面々がゾロゾロと入ってきた。

室内を睥睨《へいげい》するようにして先頭を歩くのが、第四強行犯捜査殺人犯捜査第三係長の椎名光広《しいなみつひろ》警部だ。四十四歳のノンキャリと聞くが、年齢以上の威圧感がある。本人なりのプライド、が醸すものだろうか。

椎名係長と実働の十二人、計十三人全員がスーツ姿だった。

それぞれの襟元に、赤の丸い地に金文字と金枠が入った、〈S1S mpd〉のバッジが光る。

警視庁刑事部捜査一課の課員だけが付けることを許されたバッジだ。刑事を目指した者の憧れ、と言っては話が過酷な現実から逃避の夢にシフトするか。裏を返せば、〈S1S mpd〉のバッジを付ける限り、捜一の面子《メンツ》と誇りを汚すような行動や半端な仕事は許されない。

右側の長机の最前列に係長の椎名が一人座り、四係の面々は二列目から二人ずつ順番に座った。

捜査会議の司会は椎名の役割のような気もしたが、初回ということでひな壇には向かわなかったようだ。

考えれば三署に本庁の合同だ。

そもそもひな壇に人が多過ぎる。

着席し終えた捜一の面々は皆、口を引き結んで前を見据えて動かなかった。なかなか、一種独特の雰囲気だった。

本庁と所轄の捜査員の二十四人が入っても大会議室にはまだ十分な広さがあったが、やがて火災捜査の員数が入る。そこに事務方の手も入り、あちこちに仮眠の連中が転がるようになれば間違いなく手狭になるだろう。

本庁からの捜査員が席に着くと、しばらくの間が空いた。

上川を始め、三署の係長がそれぞれに椎名のところに挨拶に行った。同じ係長でも扱いは違う。椎名は警部で、三署の係長は警部補だ。

涼真はこの間、特に周りに気を配ることはしなかった。

時が来れば勝手に会議は始まる。事件に関することはそれからでいい。

だから、美緒にＬＩＮＥを送ることにした。

涼真にとっては大事なことだった。

少なくとも、もう彼女は兄の死を知っているはずだった。

知って、どう受け止めたか。

何を聞いていいかはわからなかった。

書いては消去し、書いては消去し、なかなか送信出来なかった。文字は、どう書いても今の涼真の気持ちを正しく表すものにならなかった。

結果として、

〈何か、言いたいことはないかい〉

拙《つたな》い心のままに、そんな言葉を書いてやっと送った。

返事はおろか、すぐには既読にもならなかった。

「おい、月形。見ろ。刑事部長と一課長の揃い踏みだ」

そのまま携帯に目を落としていると、前の席から上体を捩《ね》じって、柏田が少し興奮気味の声を掛けてきた。

顔を上げると、先ほど入ってきた捜一の捜査員達より明らかに平均年齢の高い、歩調も何もバラバラな人の列があった。ひな壇の面々だ。

涼真にとってもたしかに見たことのある顔が、先頭から二人目を歩いていた。ただ、見た記憶は警視庁入庁以前で、母・明子とセットだ。中学生と高校生のとき、警視庁主催の何かのイベントだったと思う。

その頃から恰幅《かっぷく》がよく、どこを見ているかわからない細い目はしかし、なんでも見えていると噂《うわさ》の目だ。

それを中学生の涼真に、

――第三方面の眠り狸よ。

と紹介したのは母だった。

高校生のときには、

——警備の古狸。あら、知ってたかしら。

と、そんな紹介に変化した記憶がある。

それが現刑事部長、佐々岡晃《ささおかあきら》だった。当時は所属も階級も知らなかったが、年齢だけは覚えている。母より二つ下だったはずだ。今なら五十二歳ということになる。

そのすぐ後ろ、佐々岡との対比で枯れ枝のように見える痩身が、捜査一課長の大野《おおの》一学《いちがく》だ。口をへの字に結んだ胡麻塩《ごましお》の短髪は、そろそろ定年が近いようにも見えるが、どうしてどうして、年齢的には母・明子と同期のはずだから五十四歳ということは、まだまだ枯れるような年齢ではない。

「あれが管理官だな。俺達の当面の上司か」

隣の村瀬が、興味深そうに大野の後方に顔を向けて言った。

刑事部長や一課長は、常に捜査本部にいる人間ではない。実質的に捜査本部の総指揮を取るのは、捜一の管理官ということになる。

年齢は、四十後半から五十前半くらいだろうか。顔も名前も涼真は知らなかったが、精悍《せいかん》な顔つきは自信に満ちているようで印象的だった。

この本庁からの三人を間に挟んで、まず列の先頭を歩く制服組は、大井署の署長・古沢将司で間違いないだろう。今年で三十三歳だという若いキャリアは、本庁捜一のトップを従えて、光るような銀縁眼鏡もやけに誇らしげだ。

そうして最後尾につく三人の制服組のうち、一番前は湾岸署の署長・杉谷徹で、続くのは大森署の牧田健三《けんぞう》だった。かつての上司と部下だというこの二人が、一緒のところを涼真は何度か見たことがあった。

最後尾の一人は顔は知らないが、大森署刑事課長の金山警部で間違いないだろう。大井署刑事課長の新庄は今現在ひな壇の脇に立ち、涼真の上司である湾岸署の刑事課長は多忙につき欠席だ。

やがて、やけに長い列がくねるようにして、ひな壇の向こう側に回る。回って後ろの方が余るのがなんとも滑稽だった。

人数が多過ぎて、大森署の課長は所轄の最前列に弾き出された。

その間にひな壇では、古沢が勧める真ん中の席を佐々岡が固辞するのが動作で見て取れた。

代わりにその席に管理官、向かって右には大野捜査一課長、大外に佐々岡刑事部長がオブザーバーのように斜めに座る。

向かって左側は、まずこの大井署の長である古沢から順に、杉谷、牧田の並びになった。

一番左端には初回の司会進行も兼ねるようで、大井署の新庄課長がかろうじて席を得たようだ。

新庄以外の全員がひな壇に着席して、会議室の前後のドアが閉められた。

新庄が咳払《せきばら》いをした。

「では今から〈ふ頭公園連続殺人事件及び近隣公園連続放火事件〉、初回の捜査会議を始める。ただしこの、近隣公園連続放火事件については現在、現場検証中であるからひとまず先に送る。まずはふ頭公園連続殺人事件についてだと、そう心得て頂きたい」

卓上にマイクは置かれているが、これは儀礼上だ。よほど大人数で広い特捜本部でもない限り、通常の捜査会議内では滅多に使わない。

捜査情報をマイクに乗せて朗々と語るなど、愚の骨頂だ。

「では、捜査本部として本件を預かる捜査本部長の中から、当大井署長の古沢将司より、ひと言」

紹介されて古沢が立ち上がった。

これがだいたい、午後二時過ぎのことだった。

古沢は、僭越《せんえつ》ながら若輩ながらと間に何度も挟みつつ、自己紹介と居並ぶ面々の紹介をして席についた。さすがにマスコミ対応を引き受けると豪語しただけあって、紙を見るでもなく弁舌に澱《よど》みもなかった。

涼真には特に、管理官の名が中村恭二《なかむらきょうじ》ということがわかっただけで意味があった。

その後、古沢に場を譲られた刑事部長の訓示になった。俺はいいよ、顔見せだけだ、と佐々岡は固辞したが、場所を貸す大井署の古沢が押し切った格好になった。

そんじゃ、と佐々岡が立ち上がるだけで部屋の空気が変わった。主に捜一の実働部隊の背筋が伸びた。

「何度も言ってることだが、いいかい？　捜査には大も小も、簡単も難しいもねえよ。昔、こんな例を挙げたら、センスがねえってな、とある女傑に怒られたこともあるが。コロシのホシを挙げんのも、近所の婆《ばあ》さんの猫探しすんのも、おんなじ捜査だ。遺族の悲しみも、猫を心配する婆さんの寂しさ、不安も、なんにも変わりはしねえよ。俺達に出来ることは、法に則《のっと》って情に寄り添って、皆さんの願いを叶《かな》えることだけなんだ。一生懸命に、汗水垂らして。公僕に出来ることってなあ、それだけなんだぜ。よろしくな」

はい、と声を揃えたのは、捜一、所轄の別なく、捜査員全員だった。涼真も知らず、一同に声を合わせていた。

さすがに刑事部長ともなると人物が違うと、涼真は改めて感心した。

十

この後、杉谷湾岸署長と牧田大森署長のほんわかとした挨拶になった。

なんと言っても二人共、先の佐々岡刑事部長の話に拍手をしながらなのだからまあ、締まるわけもない。

「皆さん、焦らず見逃さず、しっかりお願いしますよお」

「湾岸署長に同じ。それにしても刑事部長の話は、染みましたなあ」

締まるわけはないが、これはこれで味はあった。

話の流れは緩急だと知る。

続いて、打って変わった捜査一課長の発破が掛かった。

思いを拾え、心を拾え、何も捨てるな、チリ一つ見逃すな、必要なら這《は》いつくばれ、ドブに手足を突っ込め、それが刑事の仕事だ、等々。

いかにも叩き上げの職人、プロフェッショナルの言葉だ。きつく聞こえても、誰も反論は出来ない。本人が通ってきた道、実績であることに裏打ちされているに違いないからだ。

最後に中村管理官が自分で手を上げ、場を大井署の新庄課長から引き取った。

中村は総指揮だ。ここからが捜査本部の実体となる。

「ではまず、椎名係長。機捜の報告を」

「了解です。おい、霧島《きりしま》」

はい、と歯切れよく、霧島と呼ばれた若い捜査員が椎名のすぐ後ろの席から立ち上がった。

椎名が鍛えているのだろう。上司が若い者を近くに置くとは、そういうことだ。

涼真もコンビは村瀬だが、上川係長が一緒のときは、なんに拠らずそちらにつけ、と村瀬本人から言われていた。

霧島の報告は、まずは湾岸署管轄の被害者についてだった。

通報は今朝、午前七時三十二分で、通報者は湾岸署大井ふ頭地域安全センター勤務の、実枝道明元四谷署副署長と告げられた。

議場が一瞬ざわついたのは、さて、元副署長がコロシの第一発見者だったからか、そんな人が、シルバーとして地域安全センターに勤務していたからか。

おそらくは両方だろう。

ガイシャは所持の運転免許証から、姓名は丸茂俊樹、年齢は四十五歳で、現住所も葛飾区新小岩三丁目と判明し、管轄の葛飾警察署の確認も取れていた。

住居兼店舗だという丸茂の住まいは、小松川《こまつがわ》境川《さかいがわ》親水公園が分かれる辺りにあるらしい。最寄りの駅は、JR総武本線の新小岩だという。

この報告に、ほんの少しだけ会議室の空気が揺れた。新小岩は、中嶋巡査が勤めていた駅前交番がある場所だった。

とにかく、そんな場所にリサイクルショップの看板が掲げられた店舗があり、その二階が丸茂の住まいになっているようだと霧島は報告した。敷地面積は、住居として見れば広いが、店舗として考えるなら小さい。その程度だったようだ。

リサイクルショップの営業に必要な古物商の許可は十年以上前から、葛飾署で継続の交付を受けているという。十年以上ということは、十年ひと昔どころか一年ひと昔の現在、地域の中でもそれなりに古株の住人と言えるだろう。

案の定、近所と言っても近隣は新しく建ったマンションやアパートばかりで、古くからの住人への当たりはまだこれからで、捜査本部に委ねられるという。

続く二番目の報告は、中嶋健一巡査についてだった。

通報は今朝、午前八時十二分で、花き市場に来た新橋の花屋の店主が、立小便をしようと軽トラックを止め、公園の茂みに入って発見したという。

中嶋については、勤務地である葛飾署における本人の評判や人となり、本庁警務部人事第二課から警信の入出金記録や人事考課、同監察官室の監察対象に上がっていないかまで迅速に調べ上げたが、現状では疑わしき事象は皆無だったらしい。

涼真からすれば当然とも思えるが、それが予断だと言われれば、反論の材料は、今はない。

次いで三人目は、右の背中、肩甲骨の辺りに和彫りで観音菩薩の墨を入れている男についてだ。

通報は今朝、午前七時五十八分で、通報者は愛犬を連れた散歩の平和島の高層マンションの住人らしい。

ガイシャの携帯から斉藤慎吾《さいとうしんご》という姓名は判明したが、その他には釣り竿《ざお》と、中嶋と〈揃い〉のインカム以外、これといった所持品はなく、現在は携帯から諸々《もろもろ》の割り出しを進めているということだった。

発言はこれで終わりらしく、霧島は一礼して席に着いた。

「よし。次、鑑識と司法解剖、死体検案書の方は出てるか」

「おい。粕谷《かすや》」

中村管理官の問いに阿吽の呼吸で椎名が指名し、呼ばれた者が立つ。

小気味の良さが目立った。さすがに捜一は慣れている、と言ってしまえばそれまでだが、慣れているのはすなわち、コロシの捜査だ。

粕谷と呼ばれた三十半ばの捜査員がメモを広げた。

「まずは、今、話に出ていた携帯ですが、とりあえず携帯電話の通信事業者に契約者情報を照会中だということは申し述べておきます」

報告は霧島の補足から始まった。

「鑑識からは、凶器とインカムのことは上がってます。死体検案では、死因は三件とも刺傷による外傷性ショック死で間違いないと。死亡推定時間は、おそらく一時間、二時間の単位でどちらがどちらとは、今のところ曖昧ということで。もう少し待ちでです。ただ、みなとが丘のガイシャと、大井ふ頭中央海浜公園緑が浜のガイシャとでは、明らかにみなとが丘の方が先だそうです。ルート的にはみなとが丘のガイシャが一番先だとすれば、大井ふ頭中央海浜公園夕やけなぎさで殺された中嶋巡査が二番目、そこから緑が浜のガイシャの順が腑に落ちます。これは私の私見ですが」

「要らない」

中村は切り捨てた。

粕谷はすいません、と頭を下げて先を続けた。

「みなとが丘のガイシャの死亡推定時刻は午前一時から三時の間。緑が浜のガイシャは同二時から四時の間。中嶋巡査はこの二件の間です」

「わかった。それで、凶器とインカムに関しては」

「もう少し時間が掛かると言われてますが、掻《か》い摘《つま》みます」

ここからは特に、午前中に自署の刑事課で上川に聞いた話の通りだった。

丸茂を殺害した凶器は中嶋が手にしていたイタリア・フォックスナイブズ社製の折り畳みのナイフ。ステンレスブレードで刃渡り九二ミリ。

その折り畳みナイフを中嶋が持ち、中嶋に使用された凶器は斉藤が専用のケースごと所持。アメリカ・コールドスチール社製のアウトドアナイフ。ステンレスブレードで刃渡り一四五ミリ。

中嶋と斉藤は、同型のインカムを耳に装着し、それぞれの携帯に接続。これは一つの共通点で間違いなし。

そして、斉藤は死因こそ刺殺で間違いないが、凶器はまだ発見に至っていない。

と、少しは詳しくなっていたが、全員に披露された情報はそのくらいだった。

その後、今後の捜査体制の確立として、本庁と所轄のコンビと捜査活動の割り振りに入った。ひな壇方面に所轄の課長と本庁の椎名係長が集まり、まずはリストの照合だ。

結果、涼真は敷鑑《しきかん》の捜査班に配置された。敷鑑は鑑取りともいい、いわゆる聞き込み捜査のことだ。

相棒は本庁の、奈波啓介《ななみけいすけ》という巡査部長と組むことになった。年齢は四十八歳だというが、本庁捜一に所属して巡査部長は叩き上げで、すなわち捜査に関してはプロ中のプロを以《もっ》て任じる。

「湾岸署、月形巡査です。よろしくお願いします」

奈波は挨拶もなく、座ったまま手帳から顔を上げ、若いな、と呟いた。

「若いのは武器でもあるが、失敗の元でもある。気をつけることだ。いや、月形がそうというわけではないが、組むとそういう奴が多くてな」

涼真は無言でうなずいた。

耳に引っ掛かる痛い言葉、きつい忠告こそ聞くべきだ。

それが成長の糧になる。

各コンビも決まり、挨拶に打ち合わせにと会議室内が大いに騒めき始めた。大井署の事務職員もまた入ってきてそれぞれに作業を始めた。

そんなときだった。

涼真も奈波の隣に座り、今後について話していると、

「管理官」

と、先ほど久し振りに聞いたばかりの声が耳に入った。

顔を向けると、ひな壇に寄っていく男がいた。

荒木だった。

「所轄か。なんだ」

中村管理官の鬱陶しげな声が聞こえた。

荒木が軽く頭を下げ、そのまま中村に耳打ちした。

気になった。

というか、荒木の目が一瞬だが、間違いなく涼真に向いた。

直観は、割合に働く方だと思う。荒木が何を言ったのかは聞こえなくともわかった。

(ああ。そういえば)

今になって思い出す。荒木は成績のためなら、当時から教官に告げ口の好きな奴だった。

やがて、中村の血相が変わった。そのままの顔が隣の大野一課長を向いた。

大野は眉一つ動かすことなく、何かを言った。

中村が頷いて立ち上がった。

「湾岸署、月形巡査。立てっ」

声を張った。一同が静まった。

「はっ」

涼真は立った。腹の底に力を入れる。

「なんで呼ばれたか、わかっているな」

「今、管理官が聞かれた話の内容、という意味でなら」

「なんだ。自分の口から言ってみろ」

捜査にしがみつくには、ここが正念場だった。大きく息を吸った。

「ガイシャ、中嶋健一巡査の妹は、私の彼女です。付き合っています」

口をぽかんと開け、大井署の古沢署長は驚きに固まった顔だった。対して、湾岸署の杉谷と大森署の牧田は興味深げな顔をした。

この辺は度量の差、いや、重ねた年齢の差か。

大野一課長はまったく表情を変えず、刑事部長は顎を撫でつつ素知《そし》らぬ顔だ。

会議室全体に波のようなざわつきがあり、中には薄笑いのような声も聞こえた。

だが——。

気にしない。

涼真にとってはまずこれが、中嶋を始めとする連続殺人事件のホシに近付くための、捜査の第一歩だった。

渋い顔の管理官が口を開こうとするのを、「ナカさん」と大野一課長が抑えた。

「月形巡査」

呼びながら、一課長は長机に肘《ひじ》をついた。先程の発破とは打って変わって、穏やかな声だった。

「犯罪捜査規範十四条は、理解しているな」

決して大きくはないにも拘らず、中村管理官より響く声だった。

「はい。理解しています」

堂々と答えた。胸を張った。

「知っているなら、わかるはずだ。どうであろうと、私怨は動機になり得ない」

「私怨ではありません。これは、情義です」

情義。人情と義理、思いやりと道理。

「――ほう。情義か」

「はい。正しき情義こそ、正義。それこそが、私を突き動かす動機、いえ、刑事の動機ではないでしょうか」

「ふむ」

途端、けたたましい笑い声が前方から起こった。

ひな壇の右端からの、佐々岡刑事部長だった。

「言うじゃねえか。さすがに、あの女傑の息子だ」

佐々岡は手を叩き、涼真を指差した。

正念場には違いなかったが、不思議と涼真は落ち着いていた。

（ああ。女傑って、やっぱりね）

と、変なことに納得する。

昔も今も関係なく、佐々岡刑事部長ほどの人物を、センスがないと怒ることが出来る女性など、涼真はただの一人しか知らない。

と——。

このとき、無造作に会議室後方のドアが軋んだ。

佐々岡の哄笑《こうしょう》に引っ張られた直後で、会議室内を無言が支配している最中だった。ドアの軋みはやけに響いた。

ひな壇から、大野一課長の顔がそちらに動いた。

「おや？」

言葉とともに、意外そうな顔をした。初めて大野の表情が動いた瞬間だった。それだけに留《とど》まらず、かすかに口元を歪めて頷いた。笑っているようにも見えた。

誘われるように、捜査陣が一斉にそちらを見る。

一人の男が、物珍しげな顔で立っていた。

身長は一七三センチほどで、年齢は五十代半ばくらいか。細面で、天然パーマと白髪が交じった短めの髪。白いTシャツによれよれの黒いジャケットにコットンパンツ。麻混なのか、Tシャツ以外は色が少しくすんで見えた。

ひな壇では、大井署の古沢署長と司会の新庄課長だけが怪訝《けげん》そうな顔だった。後は刑事部長以下、それぞれの顔にそれぞれの感情が動いていた。

好意的なものばかりには見えなかったのは、特に管理官が苦い顔をしていたからか。

手前の捜査陣は本庁・所轄の別なく、何人かは男を知る者もいたようだが、大半がひな壇の古沢や新庄と同じような反応だった。

けれど、涼真にとっては、その男は闖入者《ちんにゅうしゃ》であり、この場で一番驚いたのは誰あろう、涼真だったに違いない。

男は一同をゆっくり見回し、涼真に向けて片手を上げた。

「よお」

薄い唇を歪め、照れたように笑った。

「父さん」

男は涼真の父、日向英生その人だった。

十一

日向は会議室に踏み込み、その場で大きく息を吸った。

それから――。

いいねえ。

そんなことを呟いたようだった。

全員の視線が集中する中、そんなものは意に介さずとばかりに、まるで無頓着だ。

まあ、あの母にしてこの父、いや、この夫と思えば、なんとなく腑に落ちる。納得だ。

それにしても、日向も今年で五十五になるはずだ。ひな壇に居並ぶ面々の誰よりも歳上ということだが、三十三歳の古沢は別として、その誰よりも若々しく見えた。

数年前までは、母と一緒に写った写真で知るだけの父だった。最後が三十一歳の、離婚する前の父だ。

何度も見た。

ただし、それを何度も見たからと言って、二十四年後の現在に、即座に繋がるわけではない。

この日向との、〈物心〉付いてからの再会と言っていい邂逅は、共に暮らした祖父の告別式の後だった。

五年前、涼真が大学三年の秋のことだ。

朝からのそぼ降る雨が、終日止むことのない一日だったように思う。

祖父が危篤状態に入ったのは、この日の四日前だった。

母・明子はすぐさま任地から取って返してきたが、祖父の死に目には会えなかった。看取《みと》ったのは祖母と涼真だ。

母は前年から、秋田県警に本部長として赴任していた。さすがに秋田は、思う以上に遠い場所だったようだ。

　ただ、本省課長級の役職ということもあり、県警本部長の父の葬儀は、どうしても普通よりはやや規模の大きいものになった。花輪や会葬者は数知れなかった。親類縁者や近所の人々もいるにはいたが、大半が母の前で腰を九十度に折るような人ばかりだった。

　長々とした告別式も終わった後、祖父は同所で荼毘《だび》に付された。

　その終了を待つ間、二階の待合室で精進落としの宴席となる。

　途中で抜け出し、涼真は告別式の会場に入った。宴席に知人が少なかったというせいもある。

　告別式会場では、遺影の祖父が一人で微笑んでいた。

　人また人の列が絶えることのなかった先ほどまでが、まるで嘘のようだった。

「爺《じい》ちゃん。お疲れ様」

　しばらく佇《たたず》み、涼真は二階の待合室に戻ろうとした。

　階段を上り、総ガラス張りの廊下から外を見る。雨はまだ、止む気配すら見せていなかった。

　そのときふと、涼真は視線を階下に転じた。

　会場の外に、降る雨に濡《ぬ》れるのも構わず、深々と頭を下げる一人の男がいた。

おそらく、祖父の遺影を真正面にした位置だった。

思えばこのときも、今日の今と同じよれよれの黒いジャケットだったと思う。男は式場内に入らずそのまま背を向けて去ったが、全体に強烈な印象を残す振る舞いだった。それでよく覚えていた。

ただ、そのときは時間的にも距離的にも〈遠く離れていた〉こともあり、誰だかはわからなかった。

祖父を失った悲しみも勝り、考えもしなかったという方が正しいか。

二度目の邂逅は、祖父の四十九日だった。

母は秋田から帰れず、祖母の希望もあってひっそりと、涼真と祖母二人だけの法要になった。納骨まで済ませた。

それで白木の位牌《いはい》から本位牌に祖父の魂は移った、のだそうだ。

午後になって家に帰ってから、涼真は二階の自室で少し微睡《まどろ》んだ。起きてからは翌年の卒論に向け、教授に指示されたテーマの絞り込みに没入していると、玄関先で祖母と誰かが話している声が聞こえた。

涼真の部屋は玄関の真上だった。

窓を開け、何気なく顔を出した。

軒先に、くすんだ色の黒いジャケットが見えた。

間違いなく葬儀の日の男であり、

「そうですか。涼真、元気でやってますか。有り難うございます。お義母《かあ》さんのおかげです」

「まあ、そうねえ。娘のおかげじゃないわねぇ」

二階に立ち上《のぼ》ってきた声と言葉に、瞬間的に涼真の脳裏に、何度も見返した写真の父が浮かんだ。

「え。父、さん」

口にしてみたが、音として慣れなかった。弱々しく出た。寝惚けたような声だった。

それでも聞きつけたか、軒下から男が顔を覗かせた。

写真の面影、鏡に見る自分の面影が、そこにあった。

日向英生はただ口元を歪めるだけで、そのまま足早に去っていった。

階下に駆け下り、祖母に聞いた。

「婆《ばあ》ちゃん。今の人ってさ」

父さん、という言葉はやはり面映《おもは》ゆかった。

祖母は頷いた。

「そう。日向さん。長く遠方に行ってましたが、このたび戻ってきましたって、そんな挨拶に来られたのよ。四十九日も知ってたみたい。お線香をって」

「戻った？　戻ったって何？」

「よくは知らないわ。きっと言わないだろうし」

「でもさ。あれだよね。戻ったってことは、また会えるのかな」

「どうかねえ」

「どうしてさ」

「私も言ったわよ。あなたに会わないのって。そしたらね」

日向は苦く笑い、

──二十年、全部を放りっぱなしにした男ですから。だから、敢えて会おうとはしません。出来ません。

そう言ったらしい。

「そんな、明子に義理立てすることないわよ。あの子だって仕事仕事って、ろくに面倒も見なかったし。タイムカードでも導入しておけばよかったかしら。きっと一か月分も埋まらないわよ。あなたの二十年と、大して変わらないわよって言ったら、お母さん、お変わりないですね、って笑ってた」

そして、

──あいつと変わらないからといって、だから会っていいという話にはなりません。その代わり、戻ってきました。いつかどこかで、会う機会もあるかも知れません。今まではそんな偶然も期待出来ませんでした。これからは、俺にはそれが生きる糧でもあります。

そうも言ったらしい。

「ふうん。会う機会、ね」

そのときは素っ気なく聞いたが、実は間違いなくこれも、翌年に涼真が警視庁を志望する動機付けになった。

けれど合格し、晴れて警視庁に入庁してからは、逆に会う機会は見出《みいだ》せなかった。

多分、データを照会しさえすれば所属は明らかになっただろうし、連絡も出来ただろう。会えたはずだ。

日々に忙殺されてそれは成し得なかった、というのは言い訳か。

警察学校以来叩き込まれた警察官の心得から、職場に私事を持ち込むことは躊躇《ためら》われたというのが大きかったかもしれない。

俺も一端の警察官になったのかな、と自嘲さえ漏れたときもある。

いずれどこかで、職務に邁進していれば邂逅する。

そのことに対する確信もどこかにあったかもしれない。

キャリアの母は、凄《すさ》まじい転勤の連続で腰を落ち着ける暇などなかった。警察は推して知るべしで、下々に至るまで異動の多い職場なのだ。

さすがに、それが今のこんな場面の捜査本部で、とは思わなかったが——。

涼真は、いきなり現れた父・日向に、驚きを超えて苦笑を禁じ得なかった。

「おいっ。どこの新聞社だ。部外者は立ち入り禁止だぞ。出ていけ！」

署を背負う責任からか、古沢署長が立ち上がって怒鳴った。

三十三歳、キャリアは、どうにも威厳に乏しいか。

日向は動じることなく、ひな壇に向かった。

「おい。聞いているのかっ」

「まあ、聞こえてはいますがね」

そんなことを呟くだけで従うわけもなく、日向は真っ直ぐ佐々岡刑事部長の前に進んだ。

軽く頭を下げる。

刑事部長が片手を上げて応えた。

「穴蔵からようやく這い出してきたって顔だなあ？　なんだか、世間が眩しそうだ」

そんなことを言った。声が通る分、後ろまで聞こえた。

「なんか——面倒ごと——強引に引っ張られちまって」

日向は背を丸めて首筋を叩いた。途切れ途切れに、そんな言葉が涼真の耳にも届いた。

事態の推移が飲み込めないようで、古沢が立ったままだった。

大野一課長がそちらに向け、何事かを口にした。

仏頂面で座り、古沢はそれ以上何も言わなかった。

「ま。いいんじゃねえの」

佐々岡のひと声は、おそらく決裁だった。

中村管理官が天井を振り仰いだ。

ひと呼吸だけ置いたのは、管理官としてのわずかな抵抗だったか。

やおら立ち、

「月形」

と、こちらも立ったままの涼真に向かって声を掛けた。

「本庁刑事部刑事総務課の日向主任預けとして、特例で捜査に参加することを認める」

涼真も理解は追いつかなかったが、渡りに船だった。

なら、乗るに限る。

「はっ。了解です。ありがとうございます」

周囲が崩れたようにざわつき始めた。

そんな中、日向が寄ってきた。

二つ前のテーブルの辺りで右側の席から、捜一の誰かが手を上げた。

「父さんって、パパ刑事の登場ですか。この一大事に、暢気《のんき》なもんっすね」

「いやぁ」

日向は頭を掻いた。

手を上げた奴を中心に、近くの何人かが声にして笑った。おそらく全員、捜一だ。

途端、日向は最初の男の襟首をつかんで顔を寄せた。

「暢気はどっちだよ。ひよっ子。俺ぁ、刑事指導係でな。親だ子だって前によ、出来の悪い奴の面倒をみる係なんだ。お前も一緒に、俺の下に入るかい？」

笑いながら言った。

笑顔と言っても、それは壮絶なものだった。

捨てるように手を放し、その足で日向は涼真の前に立った。

まず涼真の隣の奈波を見た。

「いいかい？」

「勿論《もちろん》です」

奈波は立ち上がって席を空けた。

「お名前は課長からさんざっぱら聞いてますから。部長がいいというなら、この若造、お任せしますよ。日向主任」

日向は少し砕けた仕草で手刀を切った。

それから涼真に顔を向けた。

「いきなりになっちまったが、コンビだ。親子ってことは、否定しねえや。その通りだからな。親子でコンビだ。それでいいかい」

いいかい、と聞かれれば躊躇はあった。

コンビ、親子刑事。

そのとき、涼真の携帯が着信を知らせて振動した。

いいですか、と日向に断った。

美緒からのLINEだった。

〈褒めてくれる？　私もこれで、何年も警察官の妹をやってきたんだよね。不規則な時間に寝て起きて、お弁当作って洗い物して、洗濯物して干して畳んで。部屋の掃除もして。それでも、お兄ちゃん孝行は出来なかったけど。お父さんお母さんだけじゃなく、お兄ちゃん孝行も。褒めてくれる家族、誰もいなくなっちゃった。だから、涼真くらいは、褒めてくれる？〉

いつもよりはるかに長い文章が、リアルな悲しみかもしれない。

携帯を握り締め、

〈偉い！〉

とだけ送った。すぐに、

〈ありがと〉

と返ってきた。

ひとまず、今はそこまででいい。

与えるつもりが、もらった勇気は百倍だ。

顔を上げた。

「よろしくお願いします」

「遅《おせ》えよ」

日向に小突かれた。

〈物心〉付いて以来初めての、父の拳の感触だった。

十二

それぞれに割り振りも決まり、この直後から本格的な捜査が開始される運びとなった。

地取り班は三組が現場付近での聞き取りに向かい、二組が地域の監視カメラのチェックだ。鑑取り班は二組ずつがそれぞれ丸茂、中嶋の周辺の聞き込みに向かい、斉藤に割り振られた二組の内、ひと組はナシ割り、つまり凶器や遺留品の再吟味に回った。

これで二十二人が都合十一組で、捜査方針に従って動き始めるのだ。

本来涼真と組むはずだった捜一の奈波が、一人浮くことになった。それで十一組なのだが、この不備には上川係長が、

「うちの課員が枠から外れたんです。補塡もうちから出すのが道理でしょう。もう一人、手配します」

今現場に行ってる火災捜査班から、先に佐藤をこちらに呼ぶ、と提案してくれた。

「実はもう、こっちに向かわせてんですよ。予備班として、どうせコロシの方にも関わることになってるわけで、アカネコとコロシをつなぐ意味でもちょうどいいし。掛け持ちにしますか。勿論、あっちの捜査にも今日中に一人足しますがね」

提案と言っても、おそらく今思いついたわけではない。涼真が捜査本部から突き返されたときの対案として、前もって用意していたに違いない。

この案が通り、奈波は取り敢えず佐藤が到着するまで捜査本部で待機となった。

上川が言う〈枠から外れた〉涼真は日向預けで遊班という扱いになり、都度、人数を傾注すべき場面があればそこに投入されることになった。逆に言えば、普段は独自の判断でいいということでもある。

「日向主任の遊班という扱いは、我ながらいい発案でヒントになった。内々にという

上からのお達しにより、捜査本部はこんな扱いになってしまったが、遊班でなら、これからも必要に応じて本庁からでも所轄からでも、上を気にすることなく投入出来るような気がする。くれぐれも根気よく、諦めることなく、よろしく頼む」

これは管理官の頭を飛び越し、一課長が全体に向けて言い残した指示だ。

とにかく、これで涼真も正式に捜査を始められるようになった。

それぞれが動き始める中で、日向はまずひな壇に寄っていった。涼真はその場で待機した。

刑事部長と一課長は捜査本部自体を離れたが、大森署の牧田と湾岸署の杉谷がまだそこにいた。

中村管理官はいるにはいたがすでにひな壇を下り、捜一の椎名係長と今後の打ち合わせに忙しそうだった。

大井署の古沢は刑事部長らを外に送りつつ、

「まずはジャブ程度に、一階の所轄周りのブン屋を煙《けむ》に巻きましょうか」

などと上機嫌に出て行ったきりだ。

日向はひな壇に寄り、二人の署長に向けて手を上げた。

「よお」

杉谷がにこやかに頭を下げ、次いで牧田も倣うように頭を下げた。

年齢的に言えば順番と立ち位置はそうなのだろうが、涼真には少し奇異な気がした。本庁刑事総務課とはいえ主任という以上、日向の階級は警部補であり、対して杉谷も牧田も階級は警視だ。

細かい話は聞こえなかったが、涼真は何気なくそちらに注意しつつ、周囲の様子を眺めた。

それぞれがそれぞれの役割に従って、細かい手順や方向性を話し合っていた。中にはもう小走りに出ていく組もあった。

窓に目を向ける。

時刻は午後三時に近かった。少し西陽の風情を感じる陽射《ひざ》しだった。

ちょうど窓の辺りで、捜一の相方と打ち合わせを終えたらしい荒木と目が合った。

いや、その前から向こうはこちらを気にしていたのかもしれない。

手帳をジャケットの内ポケットにしまいながら、笑顔のカマキリが寄ってきた。

「月形。なんか告げ口したみたいになったが、恨むなよ」

「いや。別に」

言葉通りだ。本当にどうでもいい。

けれど、本音で言ったところでカマキリは離れなかった。

「なあ、勘違いしないでくれよ。俺も言いたくて言ったわけじゃないぜ」

「だよな」

「当たり前さ。けど、犯罪捜査規範は刑事の基本だ。蔑《ないがし》ろにしていいわけはないんだ」

「有り難いね」

「公私の板挟みになって、万が一にもお前が苦しむことのないようにと思ってな」

「ああ。そうだな」

「だろ。これは言わば、俺の情だよ」

「なあ。もういいか」

最後は焦れったくなった。自分から切った。

「なんだよ。ちゃんと聞いてたか?」

荒木は、軽い溜息で七三の髪に手をやった。

「ま、いいけどな。じゃあ、せめてな。何か伝言はないか」

「伝言?」

「鑑取り班になった。大井署の管轄だったから、これから本庁の粕谷さんと、中嶋の妹に話を聞きに行く」

一瞬、心は騒めいたが荒木の背後に粕谷という巡査部長を見る。

先程、椎名係長に命じられて鑑識と死体の検案について報告していた捜査員だ。殺人犯捜査第三係では信任を得ているのだろう。

会釈をすると、すぐに目礼が返ってきた。この人物なら大丈夫だ、そう思えた。

「どうだ、月形。何かあるか？」

「そうだな。なら、一つだけ頼もうかな」

「おお。なんだ」

前に出て来ようとする荒木に、涼真は人差し指を突き付けるように右手を伸ばした。

荒木が思わず仰《の》け反《ぞ》った。

「興味本位の余計な詮索は、するな」

「な、なんだよ。同期のよしみで言ってやってるのに」

荒木は苦虫を噛み潰したような顔になり、やっと涼真の近くを離れた。そのまま粕谷に呼ばれ、会議室を出てゆく。

見送って振り返れば、

「なんか言ってたな」

顎を撫でながら他人事を笑う顔の父・日向が立っていた。

「ええ。言ってましたね」

「なんの同期だ」

「警察学校です」

「その頃からああいう奴か」

「あれ以上の奴でした」

「なるほど。あの嫌らしさは、そこそこ出来たって口だな」

「ええ。最終的には、五本の指には入ってました」

「けっ。五本かよ。微妙だな。——さて」

日向が左腕の時計を見た。

年季の入った、オメガのシーマスターだった。七十年以上モデルチェンジを繰り返す人気の腕時計だ。当然、そこそこに値段も張る。

日向の格好には、不釣り合いな高級品だった。

気になった。それで、

「父さ、ん？」

言い掛けて、ふと気づいて首を傾《かし》げる。苦笑しか出なかった。

「なんだよ」

「いえ、なんて呼べばいいのかと思って」

「馬ぁ鹿。当たり前に日向さん、主任だろ。他にあるもんか。俺も月形、で通す」

「えっ。あ、そうか。そうだ」

簡単なことだったが、難しく考えていた。やはり慣れるまでは、何かとやりづらいかもしれない。そんな覚悟をする。

「日向主任」

何をしますか、と聞いてみた。

「もう三時だな。じゃあ月形、今日はまず刑事の基本、現場百遍の、その一遍目といくか」

「了解です」

「最初は、お前の見てきた現場から行こうか。それでお前にとっちゃ、二遍目になる」

「はい」

外に出ると普通に、歩くぞと言われた。

「刑事としてな。ま、リハビリみてぇなもんだ。付き合ってくれや」

と日向は言うが、現場までは滝王子通りを東に向かい、南大井一丁目の交差点を渡ってそのまま競馬場通りに入る一本道だ。距離にしても五キロメートルはない。涼真としては、言われなくとも歩くほどの道程だ。

滝王子通りは、少なくとも黙って日向の後についた。

リハビリと本人は言うが、頑張ろうとする気配は見えなかった。

物見遊山、と言っては言葉が過ぎるかもしれないが、それにしても散歩の速度だ。

ときおり日向からは鼻歌も聞こえた。吉田拓郎か。風情はまったく、暢気な父さんだ。

大井競馬場前でモノレールを潜り、京浜運河を渡ると、道幅も広くなって往来する人の密度も減る。

そこからは並んで歩いた。隣に立てば会話にもなる。疑問の一つを口にしてみた。

「主任」

「ん？」

「さっき、署長と話してましたね」

「署長？　ああ。杉谷達か」

「昔の関係ですか」

「ああ。杉谷はな。昔の部下だった。そう」

昔々の話だ、と日向は言った。

「そんで、牧田ってのは杉谷の部下だったそうだ。えらく恐縮してくれた。杉谷にどんな話を吹き込まれてんだか」

「へえ。どんなって、心当たりは？」

「有り過ぎるほどでな。かえって思い当たらない」

「興味深いですね」

「ま、それはいずれ、追々だ」

「追々、ですか」

「そう。一気に話すにはちっと長えしよ。お前が理解出来る話、出来ねえ話。聞きたい話、聞きたくもねえ話。ためになる話、毒にしかならねえ話。色々あるわな。だから追々。色々は追々。そんなとこだ」

人に歴史ありだ。

涼真の知らない話。

父だった頃の話か、それ以前、それ以降。

オメガのシーマスターは、いつ買ったのだろう。

（いや）

涼真は首を振った。中嶋の件以上に、日向への関心こそすべてが私事だ。

涼真は話をそこまでにした。

みなとが丘ふ頭公園が近かった。森が見えていた。

「先に行きます」

涼真は、バッグのショルダーベルトを押さえて駆け出した。

規制線の前に、およそ七時間前と寸分違《たが》わぬ姿で、安全サポーターの実枝が立っていた。

内側に立つ湾岸署の地域課は、先ほどと同じお台場海浜公園駅前交番の警官だが、人は代わっていた。増えてもいた。待機非番の人間も呼ばれたのかもしれない。

本来の担当である大田市場前交番の係員は、まだ火事場と付近の後処理から手が離せないようだ。そちらは下手をすると通常非番、要するに公休の人間も借り出されているかもしれない。

「お疲れ様です。特に変わりはないですか」

実枝に寄っていくと、

「今、本店の鑑識が引き上げたところだ。何も言わなかったが、何も言わなかったことで、かえって重大さが分かるというものだ」

「経験則、ですか」

「そうだと言えるほど、現場人間ではなかったがな。——おや」

実枝は涼真の背後に向け、アポロキャップの庇《ひさし》を上げた。

ゆっくりと日向が現れたところだった。

一瞬怪訝な顔をした実枝の目に、次第に喜色が浮かんだ。涼真が知る限り、先程までの誰にも見せなかった表情だ。

「おお。あんたは、日向。日向か」

呼ばれて日向は、照れ臭そうに片手を上げた。

「久し振りっすね。実枝主任。最後は四谷の副署長だっけ？　しばらく見ねえ間に、老けたね」

「当たり前だ。もうとっくに定年退職だ」

四谷署の副署長ということは、実枝は警視だったはずだ。

異動も多くキャリアの腰掛けの場合も多い署長に代わり、どこでも副署長は署の要と言っていい存在になる。マスコミへのスポークスマンも兼ねる場合が多い。

その分、署長と違って階級や役職以上の胆力が試されるということでもあるが、実枝については、なるほど、と涼真にも頷けるものがあった。

実枝なら大規模署である四谷署の副署長も、十二分にこなすだろう。

「で、日向。戻ったとは知っていたが、そこまでだと思ってもいた。復活とは、どういう風の吹き回しだな？」

「ああ。こいつが」

日向は涼真を指で指した。

「危なっかしいんで」

「ほう。だが、たったそれだけの理由で、あんたが出てくるとも思えないが」

「俺が指導係でね」

「指導？」

「ついでに言うと、俺の息子なんだ」

「あんたの息子？」

一瞬実枝は怪訝そうな顔をしてから、破顔した。

いい顔だった。

「そうか。親子刑事か。いいな。どんな商売でも、羨ましい限りだ」

実枝はそのままの顔を涼真に向けた。

「いい指導係についた。日向君は、背中を追い掛けて損のない刑事だぞ。父親としては、まあ、及第点とはいかないだろうが」

どうやらここでも、涼真の知らない日向の歴史が垣間《かいま》見《み》えるようだった。

「へへっ。そりゃ、お互い様じゃないっすかね」

「あんたほどじゃないがな」

「五十歩百歩ってやつですよ」

「五十歩と百歩じゃ、倍も違うぞ」

その後しばらく続く二人の思い出話に、涼真は黙って耳を傾けた。

十三

夜の捜査会議は、午後九時からと最初に決めてあった。

八時を過ぎると、近場を回っていた地取り班から捜査員達が戻り始めた。鑑取り班は遠方に散っているので帰りはまちまちだ。

涼真と日向は、まず一番に捜査本部に戻っていた。

このときは日向の意向で、〈現場一遍〉をゆっくりと回っただけだった。

みなとが丘ふ頭公園から近い順に回り、午後六時半頃には斉藤の殺害現場である緑が浜から出た。日没が近くなったからだ。

「いや、歩いた歩いた。いい運動になった」

と日向は満足げだったが、特に何を発見出来たわけでもない。

捜査会議は定刻から、少し遅れて始まった。

刑事部長と捜査一課長、それに所轄の署長は全員不在だった。

中でも特に本庁の二人、刑事部長と一課長はもう、よほどの進展かトラブルのどちらかでもない限り、捜査本部に顔を出すことはないだろう。

この午後九時の会議からようやく、中村管理官が総指揮を執る本格的な〈捜査本部〉が立ち上がる。

ただ、当大井署の古沢署長だけは、折々で顔を出す、という話になっているようだった。

それにしても、何が出来るわけでもない。三十三歳のキャリアなら、捜査本部に立ち会うだけで、〈箔《はく》が付く〉ということかもしれない。

日向は上着を椅子の背に掛け、その上から寄り掛かって目を閉じた。

会議そっちのけで寝るのか、集中するのか。

父子としてもコンビとしても、そこまでわかるにはまだ日が浅く、時間が足りない。

「では、捜査会議を始める。椎名係長」

中村管理官が開始を宣言し、捜一の椎名に進行を任せる。

お決まりの流れだ。捜査を主導するのは捜一であり、所轄は道案内でしかない。

加えて言うなら、同じ係長でも所轄の上川や加藤は警部補だが、本庁の椎名は警部だ。

所轄で警部となると、初回の議事進行を務めた大井署の新庄や大森署の金山のような課長級になる。

湾岸署にも当然いるが、今回、別件でまったく手が空かないということで徹頭徹尾、刑事課長は不参加だ。何かで対抗しなければならない場合には、新庄か金山に頑張ってもらう外はない。

「じゃあ、進行します。まずは三現場の地取り」

椎名が声を張ると、その真後ろから霧島が立った。

「はい。今のところ目ぼしい情報はありません」

「ああ？　ふざけんじゃねえよ。潮干狩りに来たわけじゃねえんだぜ」

椎名が凄んで身体を捩《ね》じった。

ポーズかもしれない。

何事も最初が肝心、とはよく言ったものだ。

「すいません。しかし、あの周辺は大田市場を中心に動く場所で、人も車両も出入りがひっきりなしだそうです。大田市場は花きの市場も含めて二十四時間眠らないとか。つまり、今話を聞いた人間は昨日の今、明日の今とは同じかもしれませんが、死亡推定時刻にはその時刻の係というか担当というか、運搬車両も同様ですが、まだ全体の流れがつかめていません。会議の後にまた出ます」

椎名は腕を組み、前を向いた。

「――ま、仕方ねえか。管理官。よろしいですか」

聞けば中村は頷いた。

「引き続き、頼む」

はい、と言って霧島が座った。

「じゃあ、次。防犯カメラ」

捜一の誰かが手を挙げた。

「まだ収集中です。ただ、行ってみるとわかるのですが――」

そもそも自然公園と大田市場と、関連するロジスティクス系の倉庫がほとんどを占める埋め立て地だ。防犯カメラそのものの数もさほど多くはなく、あっても広く周囲を写すというより、侵入に対する〈記録〉を目的とするカメラがほとんどらしい。

「それでも現在、公園と大田市場の分はまだ不十分なので、そちらのチェックを引き続き入念に行い、並行して各ガイシャの住居周辺、及び、各捜査の進展に従って範囲の拡大を検討します」

「わかった。くれぐれも見落としのないように。なら、ここからは鑑取り。みなとが丘のガイシャ」

はっ、とまた、捜一の誰かが手を挙げて立った。

新小岩三丁目の丸茂の住居を確認したという。周辺の聞き込みも開始したようだが、特に収穫はなかったようだ。あまり近所付き合いはなかったらしい。一人暮らしだということだけは拾ったという。

リサイクルショップの看板は出ているが町場《まちば》の文房具屋程度の小さな店で、繁華街からは大きく外れたスクールゾーン近くにあり、店の大小に関係なくそもそも商売になるのか、その辺は疑問だと締め括った。戸籍から離婚の過去を拾ったので、明日はその辺も動くという。

この捜一が座ると、タイミングを合わせるように別の捜一の男が立った。丸茂の鑑取り班の二組目だ。湾岸署の村瀬とのコンビだった。

こちらは、ナシ割りの組との連携で携帯電話の通話記録が判明し、そのうちの直近の一人に連絡を取ったという。

「銀座のホステスでした。昨日は同伴だったそうです。午後四時に新橋のSL広場で待ち合わせて、そこからタクシーでトゥインクルレースに行ったらしいです」

「トゥインクル？　大井競馬場のか」

管理官は眉をひそめ、聞き返した。

「ええ。そうです。通話はそのとき、少し遅れるという連絡だったとか」

「同伴ということは、それから夜は店に行ったんだな」

「そう聞いてます。詳しいことは、この会議の後に銀座に出て確認する予定です」

「そうか。――福本《ふくもと》」

管理官は先程手を挙げて報告した、防犯カメラの担当がいる方に顔を向けた。

「聞いていたな。大井競馬場だ」

了解ですす広げますと、涼真の位置からは声だけが聞こえた。

「よし。次」

椎名係長が促した。

手を挙げたのは、荒木とコンビになった粕谷という巡査部長だった。

美緒に話を聞きに行ったはずだ。捜査ということはわかっていても涼真にとっては気になる分、どうしても意識を傾注してしまう。

けれど、粕谷の報告は呆気《あっけ》ないものだった。

特に何も出ません。明日に続きます。

それだけだ。涼真としては構えていた分、肩透かしを食らったような気もするが、安堵《あんど》もする。

次いでもう一班は亀有《かめあり》署に回ったようだ。中嶋の私物は目ぼしいところを押収したらしいが、特に期待出来るようなものは今のところないらしい。

ただ、

「こちらも携帯の通話記録は判明しましたが、どうにもわかりません」

「なんだ」

「少なくともこの日は、まったく使用の痕跡がありません。前日に勤務地の署の人間、それに妹と話したきりのようです」

「それがどうした」

「インカムです。携帯に繫がっていましたが、使っていなかったということです。先程、緑が浜の方とも確認しましたが、そちらのガイシャも同じでした。携帯に差したまま、インカム使用は少なくともお互いにはゼロでした。第三者と、という可能性もゼロです。繰り返しになりますが、中嶋巡査の携帯に、この日の送受信通話はまったくありませんでした。緑が浜のガイシャとインカムを通して何かを話す目的で、それより以前に何かがあって未使用だった。今のところそれしか考えられません」

「わかった。じゃあ、最後」

この斉藤の班も、携帯電話会社の情報開示で契約住所が判明し、そちらの周辺を聞き込んで回ったようだ。

斉藤の住所は板橋区の大山町で、住居は東武東上線を降り、ハッピーロードを抜けた先のマンションの一室だったらしい。

聞き込みの結果は、こちらもあまり芳しくはなかったようだ。というより、生活感がないというか、あまり住んでいなかった模様だという。

引き続き携帯の通話記録から友人知人を当たるというが、同じく携帯の登録から判明した実家の母親が、明日には宇都宮《うつのみや》から出てくるので、立会いの元で部屋の確認をさせてもらう手筈《てはず》になっているらしい。

通話に関しては中嶋の鑑取り班が報告したことと大差なかった。逆に、中嶋以上に使用していないようだ。驚くことに、一週間前に歯医者に予約の電話を入れたきりのようだった。

「携帯電話嫌いか、極端に人付き合いがないか。固定電話、別契約の携帯、PC、ネット関係は鑑識に回して、これからです」

と、これらの報告がなされた後、当の鑑識から、こちらは凶器の詳しい報告があった。

説明に立ったのは捜一鑑識課の寺本《てらもと》係長だった。五十絡みの、よく陽に焼けた警部だ。

「解剖所見との照合がありますんで、まだ断定ではありませんが」

寺本は一応、前置きをした。

丸茂俊樹、中嶋健一を殺害した凶器については、大手通販ネットや日本各地のミリタリー・サバイバル系のショップで購入可能な汎用品だという。中嶋と斉藤慎吾が装着していたインカムも購入ルートとしては同様のようだ。汎用品でどこでも買える。

そして、斉藤を殺害した凶器だが、刺創の大きさからするに、中嶋に使用された大型ナイフよりは丸茂のフォールディングナイフに近かったようだ。ただし、近いというだけで間違いなく同じものではないと、寺本はここだけは強調した。

やはり、凶器そのものの所在が気に掛かる。

そのため、

「うちと所轄さんの鑑識合同で、明日の朝七時から現場、つまり緑が浜周辺を広く捜索しようかって話してますが」

という提案がこの寺本からあった。

斉藤の殺害現場は中央通りから京浜運河まで、差し渡し八十メートル程度の幅を持つ公園内のほぼ中央付近の藪《やぶ》の中だった。

今回はこの公園の全幅に課員を配置し、護岸から外の、岸から石が投入された人工の浅瀬部分までを範囲とするようだ。

「管理官」

椎名捜一係長が手を挙げた。

「遊班も投入しましょう。猫の手も借りたいところです」

けっ、あんにゃろう、言うに事欠いて猫かよ、と涼真の隣で日向が呟くが、取り敢えずは反応しない。起きているとわかっただけでいい。下っ端としては会議が大事だ。

中村管理官が、機械的に涼真達の方を見た。

「遊班、そっちも一緒にどうだ」

日向登場のときの管理官の表情からするに、過去に何か嫌な思い出がある二人だとは察せられたが、〈私情〉を極力排除する姿勢が中村には感じられた。さすがに、捜査本部を指揮する管理官だ。

「構わないですよ」

応えたのは日向だ。

「緑が浜で、明日は七時には鑑識を入れるから、そのつもりで」

「了解っす」

最後に、駆け込みで合流してきた火災捜査班から、息も整わないままに報告が上がった。

橋渡しになればと上川から提案のあった湾岸署の佐藤と捜一の奈波のコンビが、本当にそんな立ち位置になったようだ。

息を切らせたまま二か所分の火災をまとめて報告をしたのは、湾岸署の佐藤だった。

「えーと。あ、火災はですね。どちらも間違いなく放火です。野鳥公園で十三か所、東海ふ頭公園で六か所。全部の火元と思しき場所で時限式の発火装置が見つかってます。他に未発火の物も数点。どれも爆弾ではありません。エレクトリック・マッチってんですか。あくまで、時限式の発火装置。それも、ごくごく簡単な物って話です。鑑識に回してますんで、詳細はいずれ、です。ただ、コロシとの関連は大いに疑われます。どの発火装置も、セットされた時間は今朝、午前二時でした。以上です。明日は、他にも未発火の装置があるかもしれませんので、広く現場を探ります」

ということだった。

中村に確認して椎名が会議の終了を宣言し、約三十分ほどでこの日は解散となった。

といって、出来る事がある組は当然、寝る間もなく続行となる。

それが捜査本部だ、と涼真が意気込んだ矢先に、

「さて。帰るか」

日向が席を立った。

「えっ」

涼真は一瞬固まって、それから隣で立ち上がった日向を見上げた。

意表を大いに突かれた格好だ。

「あの、けど主任。こういう捜査は――」

日向は涼真を見下ろし、小さく笑った。

「匂いが大事だって？　熱いうちほど濃い匂いが立つって？　馬ぁ鹿。んなこたあ言われなくてもわかってる。俺もその昔、耳にタコができるほど聞いた」

「じゃあ」

「けどな。俺ぁ、昔から猫舌でな。熱い物は嫌いなんだわ」

「はあ」

よくわからなかった。必然として、答えは気の抜けたものになる。

ただよ、と日向は続けた。

「冷めても美味《うま》いってのもまた真実じゃねえかい？　こりゃあ、経験則からだが、熱さで誤魔化される不味《まず》さってのもあるわな」

「──犯人の偽装工作とか」

「さあな。ただ、右って言われたらみんなでそれ右、左ってなったらそれ左ってのも、なんか格好悪くねえか？」

「そうですか？」

「これも一つの予断になりかねねえ。と、俺は思う」

日向は椅子の背に掛けた黒いジャケットを手に取った。

「どうだ。ちょっと呑《の》むか？」

「さすがに今はちょっと。──主任はどうぞ。俺は、少し防犯カメラのチェックでも手伝います」

「そうかい？　まあ、それも若いうちの経験か。いいだろう。けど、疲れを明日に残さねえようにな。明日ぁ、朝から快晴のピーカンだってよ。地べたを這いずり回る背中にゃあ、応《こた》える陽気だ」

じゃあな、と言って日向は席を離れ、よれよれの上着を肩に引っ掛けた。

エピソード　1

日向の自宅は荒川区の町屋《まちや》にあった。

ＪＲ山手線の日暮里《にっぽり》で京成線に乗り換える。町屋はそこから二駅だ。西日暮里から東京メトロ千代田線に乗り換える手もある。どちらにせよすぐだ。所要時間に大差はない。

改札から出ると、交差する都電の駅前に設置された大時計が、ちょうど夜の十時半を指していた。

「おっ。こりゃあ、久し振りに頃合いだ」

ほどよく席も空き、ほどよく賑わって、行きつけの居酒屋に顔を出すにはいい時間だった。

警視庁本庁に出戻ってからは、桜田門と町屋を往復する毎日だった。

警視庁刑事部刑事総務課指導係所属とは名ばかりで、閑職だというつもりは本人的にも十分にあった。

定時登庁、定時退庁。そんな毎日だ。

だから、居酒屋は人より若干早い時間に行くものだった。

潜った縄暖簾《なわのれん》の中は、常に満席には遠かった。混雑するのはそれからいつも、三十分から一時間後だった。

「今日は、ビールだな。よく歩いたからな」

ビールはよく働いた後でないと美味くない。

これは警視庁に出戻ってから初めて知ったことだ。

日向の自宅は、京成線の線路沿いに駅から見える十階建てマンションの七階だった。2LDKの賃貸だ。

桜田門までの通勤時間、わずか三十分の下町は、賃料の相場から行けば1DKの方が分相応な気もした。が、それ以上に駅から徒歩四分という距離は魅力だった。

近くには、荒川浄水場の多目的スポーツ公園もあった。日向の部屋からはテニスコートや多目的広場、周回のジョギングコースも見下ろせた。

心が落ち着く、景色だった。

この荒川区の町屋に住むのは、池袋署に勤務していた頃からしばらくを住み暮らした待機寮があったからだ。署からは少し遠いが、当時は寮自体の数が現在ほど充実しているわけでもなく、空きが出来れば多少の〈不便〉には目を瞑《つぶ》ってぶち込まれた。

約三十年も昔の話だ。

帰ってきた町屋は、さすがに表通りの町並みは一変していたが、一本路地に入れば今でも、見知った店も顔も多かった。

——お、日向さんじゃないか。ずいぶんご無沙汰だったね。

——急な転勤だったもんでね。大将、いきなり来なくなって、申し訳なかった。

——なあに。警察官ってのは、そういうもんだろ。知ってるよ。待機寮の連中で、ふらっといなくなってそれっきりってなあ、なにも日向さんだけじゃねえし。それよか、また来てくれてさ。そっちの方が嬉しいってもんだ。覚えててくれたんだなってね。クソッ。涙が出らあ。

——覚えてたどころか、またこの辺に舞い戻って来ちまったよ。よろしく頼むな。

——ああ。けど、そんでまた、しばらくしたら出ていくって？

——さて。どうかな。

——忙しいからね。警察さんはよ。

どこに顔を出しても、会話の中の呼び名が大将から親方や女将《おかみ》やママに変わるだけで、そのくらいで昔と今は繋がった。

待機寮の連中が今も昔も客にはいるはずだ。それで、警察、警視庁というワードと転勤をセットで理解してくれているのだ。

昔からそうだが、多くを説明しなくともわかってくれる場所の居心地は格別だった。

それでまた、町屋を選んだのかもしれない。

この場所には二十代から三十代に掛けて、日向が〈警察官〉であった頃のすべてが詰まっていた。

月形明子に出会ったのも、涼真が生まれたのも、そして、二人と別れたのも、すべてその頃だった。

月形明子という女は、いい女だった。それを鼻に掛けないというか、だからいい女だというか。

勝ち気で男勝りで口が達者で負けず嫌いで、ああ、だからいい女というか、だから、日向英生という男の好みだったのかもしれない。

ただ、東大から現役で国家公務員採用I種試験に合格し、平成二年（一九九〇年）に警察庁へ入庁したキャリアだとは知らなかった。草分けとして女性キャリアのモデルケースたるべく期待されたのも、当然ながら知る由もない。

日向は都内私立大を卒業してこの前年に、警視庁に採用されて巡査となり、配属署で忙しく汗を掻く毎日だった。

明子は平成三年（一九九一年）、二十四歳年度の秋に警部に昇任し、警察庁生活安全局生活安全企画課の主任となり、翌平成四年（一九九二年）には、警視庁大森警察署交通課課長代理として赴任した。

日向と明子の出会いはこの年の十一月だった。日向が二十六歳で、明子が二十五歳のときということになる。

率先して現場に出る明子は、当時大森署の管轄内で行われていた東京国際女子マラソンの警備に顔を出していた。ミニパトに乗って、自身で運転もしていた、らしい。

このとき日向は池袋警察署刑事課暴力犯係の刑事で、ちょうど、マル暴絡みの大掛かりな銃器密売の件で、大森署との合同捜査中だった。

この東京国際女子マラソンの日は賑やかな沿道のその裏で、銃器密売の売買当日だった。

この当日に至るまで、日向達は念には念を入れた銃器密売の、明子は明子でマラソンの警備計画の入念な、〈チェック〉を何日か続けていた。

その最中に明子は、コースから少し離れた倉庫街付近で、毎日のように胡乱《うろん》な者達を見掛けたのだという。

いい勘だ、と後に明子を褒めた覚えはあるが、刑事かヤクザかは特に聞かなかった。どちらも人相風体で見分けがつくものでもない。

ただその前に、無謀にも明子は密売の現場に、制服姿でいきなりミニパトで乗り付けた。

拳銃を構え、

「あなたたち。何してるのっ」

あの馬鹿、と自分が言ったかどうかを日向は覚えていない。ただ、見て見ぬ振りは出来なかった。

大捕り物は仲間に任せ、日向は女性警官を庇《かば》った。庇って負傷した。撃たれたと知るのは後日だ。

腕の中に庇った明子の唇に、日向の血の一滴が落ちた。

色素の薄いライトブラウンの目で、明子は真っ直ぐに日向を見上げていた。

（ああ。艶《いろ》っぽいな）

これが、日向が月形明子に感じた第一印象だった。

ただこのとき、日向は明子がキャリアの警部だなどということは知らない。徹頭徹尾、ミニパトの男勝りの交通課の女性警察官という認識だ。

だから、

「ここにいるな。下手したら、首になるぞ」

などと言って逃げるよう促し、そこまでで気絶した。

意識を取り戻したのは、病院のベッドだった。

日向は、無謀な女性警察官のことには触れなかった。不祥事として、このことで首にでもなってはと慮《おもんばか》ってのことだ。

仲間達も見舞いには来るが、そちらからも話題には出なかった。だがこれは、警視庁上層部、もしかしたら警察庁も絡んで、〈女性キャリアのモデルケース〉を守るためのかん口令が敷かれていたかららしい。特に突っ込んで聞いたことはないが。

その後、おそらく周囲の〈目〉を掻い潜って、明子は日向の見舞いにやってきた。

「首にはならなかったようだな」

と言えば、明子も、

「うん。まあね」

と濁すばかりだ。

明子にしても、キャリアであることで〈身分違い〉だと思われるかもという危惧があったのかもしれない。が、これも特に聞いたことはない。

とにかく、そこからは恋になった。明子がキャリアの警部だと知ったときはもう止まらなかったし、それがどうしたという感じでもあった。

それはそれで、スリル。それもスパイス。

日向達の頃にしても、もうメロドラマは遠く、不条理が通底するアメリカン・ニューシネマも、名画座でしか見ない時代だった。

「俺もあいつも、若かったからな。世の中もずいぶん浮かれた時代だった。それに乗っかった感じか。——いや、若気で浮かれてたのは俺だけで、あいつはあの歳でもう、ずいぶんしたたかだったかな」

そんなことを誰かに言ったこともあるが、これは多分に嘘が混じっている。

ただ日向英生にとって、月形明子はいい女だったと、このことに尽きる。

ただ、明子にとってはどうだったか。

実際の明子の、後述はこうだ。

「恋。そうね。もちろんしてたわよ。吊《つ》り橋効果じゃないけど、それまで周りにいなかったタイプだったし。だから結婚にも出産にも後悔はないわよ。あのとき本庁まで呼ばれて切ったタンカは本心。あ、でも結婚はオマケだったかな。妻になる、は母になることのオマケ。そこまで尖《とが》れなかったわ。両親にも泣かれそうになったし。お芝居みたいだったけど。だからあなたに離婚を切り出されたときも、私、グズグズ言わなかったでしょ」

この、〈本庁まで呼ばれて切ったタンカ〉とは、平成六年（一九九四年）春、明子の妊娠が分かった後のことだ。

明子は大森署長に堂々と報告した。

報告はそのまま署長から方面本部に上がり、警視庁内部長級以上がみな一様に卒倒したと聞く。

この驚天動地の出来事に、警察庁も巻き込んで上層部は大慌てになったらしい。外に向けてアピールに余念がなかった〈女性キャリアのモデルケース〉を潰すわけにはいかないのだ。

誰が来てなだめすかしても脅しても、本人の意志は結婚と出産で徹底して固かった。

「キャリア官僚でありつつ、かつ妻であり母であることに挑戦してみたいと思います。折角、女に生まれたんですもの」

これがその、鮮やかなタンカだ。

若く聡明《そうめい》な女性キャリアに毅然《きぜん》とした態度でそう言い放たれては、そもそも若い女性自体に免疫のない爺《じじ》いばかりの上層部としては折れるしかない、というのは日向の私見か。

なんにせよ、折れた連中は知恵を絞り滓《かす》まで絞った。それで、結婚と出産は認めるも、出来る限り内々で、という手配りを多方面に展開した。知る人ぞ知る程度の、ほぼマル秘扱いだ。

そのためにはまず、婚姻に際しては日向が月形姓になることを強いられた。公文書等のことを鑑みれば、日向姓になった明子がそのまま月形を名乗ることは許されない。虚偽の誹《そし》りを免れないからだ。

その分、職場で日向がただ日向を名乗る分には何ら問題がない。日向の立場などは、何かあっても揉み消せる程度の、木っ端だと太鼓判を押す。

まあ、癪《しゃく》に障らないでもなかったが、波風の大きさは考えるまでもないことだった。

明子は上層部のガードに守られるようにして、秋の人事異動でグレーな〈警務部付き〉となり、実際には千葉の実家で十二月に出産した。産まれたのが涼真だ。

その後、三月まで〈警務部付き〉というグレーな育児休暇を経て、キャリアのレールに戻り警視となって、何事もなかったように異動した。

平成七年（一九九五年）、千葉県警地域課長。

明子は実家で育児をしながら、四年間を千葉県警本部で勤務することになった。

ただ、警視庁のヒラ刑事の妻で、かつ母になってみると、明子も色々とわかったようだ。内々ではあっても、そもそもこの内々にということが、警察キャリアの間には〈通達〉として出されていた。

嫉《そね》みも妬みも、侮蔑の感情もあったろうか。

想像以上に、生き馬の目を抜くキャリア間競争に汲々《きゅうきゅう》とする同世代に近い連中からの風当たりは、強く冷たいようだった。

けれどそもそも、明子は勝ち気で男勝りで口が達者で負けず嫌いだった。

だからその分、大いに肩肘を張り、堂々と胸を張って渡り合った。

女傑、とそんなことを言われ始めるまでに、さほどの時は必要なかった。

と同時に、シングルマザーであることも広く知られるようになるのは時期的に、ちょうど日向と別れた後のことだった。

上層部とのバーターではないが、月形明子との結婚を秘匿することを丸飲みすることを条件に平成五年（一九九三年）、巡査部長昇任と同時に、日向は警視庁刑事部捜査

第四課第三係に異動になった。

もちろん、例の東京国際女子マラソン裏での銃器売買を潰した功績もあっての抱き合わせ、合わせ技、だったらしい。

本庁刑事部異動は、二十七歳とまだ若かったせいもある。このときは有頂天になったものだ。本庁警務部の青びょうたんから提案されたその場で受けた。

幸い、日向は一人っ子で両親は大らかで、その辺も端《はな》から障害にはならなかった。

思えばこの頃が日向にとって、刑事として一番充実している頃だったかもしれない。

エピソード　2

それから一年、二年と経つうちに、日向は次第に疲れ果てていった。

何にとははっきり言えるほどではないが、大きく漠然と括るなら、女性キャリアにして千葉県警の地域課長に張り付く、コバンザメのような夫の立場にだ。

大っぴらではないがその関係を知る者は、もちろん明子が勤務する千葉県警以上に、日向が在籍する警視庁内に多かった。

キャリア・ノンキャリアを問わず、立場と人によっては日向は腫物以外の何物でもなかった。

君子、危うきになんとやら——。

腫物は、何も知らない同僚達からもそれとなく距離を置かれる異物だった。日向が疲れたのは、そのなんとも言えない息苦しい生活にだ。居場所もなかった。といって、明子に泣き言は言えないし言わない。明子は明子で、女性キャリアとして志を持って戦っている。しかも母だった。

逆に日向が、千葉の明子の実家に行って育児に参画する立場ではあった。しかし、これも定期的にとはいかなかった。気持ちはあったが、刑事の仕事はなにしろ不規則だ。

とにかく日々の生活、警視庁内は、常に息苦しく、生き苦しかった。

明子ともすれ違いばかりで、実際には夫婦としての暮らしもない。

家族はどこ。

家族とは、何。

そんなことにも迷い始めた平成九年（一九九七年）、三十一歳の年のことだった。

日向の前に、白木正和《しらきまさかず》という男が現れた。名刺に、警視庁総務部情報管理課長補佐・警視とあった。

糊《のり》の利いた上品なスーツが印象的だった。そう思わせる体形の良さも間違いない。

聞けば三十三歳で、日向の二つ上だった。その年齢で警視は、明子同様のキャリアだ。

「モグラにならないかい」

白木は官僚の高慢さからはほど遠い、磊落《らいらく》な調子でそんなことを言った。

「モグラ、ですか」

聞き返した。わからなかった。

「そう。平たく言えば、潜入捜査員ってやつだ。マル暴への」

「――へえ。ヤクザになれ、と」

「九州だ。今は福岡がきな臭い」

高慢さからは遠かったが、白木にもキャリア官僚の匂いはあった。

揺るぎのない溢《あふ》れるような自信は、特にこの頃の日向には眩しいものだった。

「暴対法が成立しても、結局は余計面倒臭くなっただけでね。新神戸の一件じゃあ、一般人が巻き込まれて死んじまった。誰も情報の一端すら捉えられなかった」

新神戸のオリエンタルホテルで、ヤクザが敵対する組織の男に射殺された事件だ。

この狙撃に巻き込まれて、一般人の男性が一人亡くなっていた。

暴対法、暴力団対策法はもう五年も前の、平成四年（一九九二年）三月に施行されていた。けれど、

「暴対法が出来て、連中は潜った。かえって全体が見えにくくなった。連中が潜った

中、陽の射さない中に潜って生きる。だからモグラだ。刑事、公安、警備、生安、そのどれにもヤクザは関わる。それぞれが縄張り意識で勝手にやってちゃ埒《らち》が明かないんだが、わかってても誰もそれを正そうとしない。だから俺んとこで一元管理したいんだ。もちろん、あんただけじゃない。もう何人かに声を掛けてる」

「白木さん。あんた、総務ってことはまさか、警視総監の」

総務部には警視総監直属の――、などという噂がなくもない。

白木は笑って肩を竦めた。

「そこらへんはノーコメントだ」

「なら、あんたの独断、功名心かい」

「そうだな。ない、なんて甘っちょろいことは言えねえな」

堂々としたものだった。嘘で固めた正論より、裏のある建前の方が信じられる。

「で、どうしろと。警視庁を辞めろと」

「辞めることはない。その辺の処理は俺の方で上手くやる。ただ、離婚はしてもらいたい。いや、必須だ」

「離婚？」

「そうだ。俺はあんたらをずっと見てきた。このままじゃ嬢ちゃんとあんた、どっかで躓《つまず》く。下手をしたら、共倒れになるよ」

「嬢ちゃん？」

「俺が四年のときの、一年だよ」

「――ああ。東大の」

「俺は、嬢ちゃんを解放してやりたい。はっきり言えば、嬢ちゃんにとってあんたは重荷だよ。あんたも嬢ちゃんのこと、そう思ってんじゃないのかい？」

返事は出来なかった。

その通りだったからだ。

「だからよ。声を掛けたんだ。俺は、違法捜査を囁く悪魔でもあるが、別天地への扉を開く堕天使でもあるんだぜ」

「別天地っすか」

息苦しく生き苦しいだけの現状に甘んじる日向にとってこの提案は、かすかでもひと筋の光に思えた。思えてしまった。

このときは。

逃げたかっただけだと身に染みるのは、深く暗いところでモグラとして生きた後だ。

日向は自然に、首肯していた。

「どのくらい潜ってればいいんすか」

白木は腕を組んだ。最低十年は、と言った。

「十年」

「そうだ。深部に潜るには、まず染まる必要がある。二年は掛かるだろう。そっから潜って、情報を送ってもらって初めて本番だ。せめて五年は送ってもらうとして、そっから身の安全を確保しながら浮上させるのに、やっぱり二年は掛かる。いきなり浮上すると目が潰れる。モグラだからな。都合で九年だが、これは最短だ。潜行も浮上も、それ以上かもしれない。十年、十五年。だけどよ、任務を全うしてくれりゃあ、必ずサルベージする。これは約束だ」

十年。明子は四十になる手前か。涼真は十二歳、小学校六年生だ。

十五年。明子は四十四歳。涼真は十七歳になる。

遠い未来の話だ。

未来過ぎて、何もわからない。

「必要経費は俸給の他に、ほぼ倍額を用意する。情報についての報償も一件ごとに別立てで払おう。こちらもおそらく年計で同じくらいにはなるな。そのくらいの情報は最低でも欲しい。――ただ、これだけは言っておく」

「なんすか」

「これは、裏の任務だ。連中の世界でしくじっても助け船は出せない。ドジって向こうの警察に捕まったとしても同じだ。落とし前も懲役も、当然ある。こちらが手を貸すのは、最後のサルベージだけだと思ってくれ」

「ああ。なかなかハードっすね」

「そう。だから金で釣るというより、最後はこの国を思う赤心の有りや無しや、そういう話になる」

「それこそ超ハードだ」

日向は笑えた。久し振りのような気がした。

「――あると思いますか？　俺に」

「ないような腹の据わらない刑事を、嬢ちゃんは旦那にしないだろう」

「そうっすかね。さぁて」

考える振りをしながら、躊躇いはなかった。

決めたら肩から荷が下りた気分だった。

心身が軽くなった。

だから、受けた。

「助かる。ああ、だが、わかってると思うが潜入のことは内緒だぜ。嬢ちゃんにもな」

条件も引き受け、それからすぐに明子に会い、離婚を切り出した。

「そう」

理由を聞かれたらどう答えようかと思ったが、明子は何も聞かなかった。

ただ溜息ばかりが、少し長かった。

「私は、いい妻じゃなかったものね」

それだけで許してくれた。

まだ小さな涼真に対しては罪悪感もあったが、後ろ髪は引かれなかった。

引き千切ったのは自分だ。

そのまま白木の指示で、まず染まるために小倉《こくら》で、船場一之江会《せんばいちのえかい》系の小さな三次団体に放り込まれた。手引する者があった。エス、いわゆる捜査協力者だったろう。

船場一之江会は日本最大の広域指定暴力団だ。

そこから、暗闇の中を藻掻《もが》くように生きて渡り歩く生活が始まった。八年後には日向は、船場一之江会系の二次団体の中でも九州最大の青猿組《あおざるぐみ》でいい顔になった。

この間に、それこそ様々な情報を白木に送った。

正義にも悪にも、直接的に手を出すことはしなかった。その代わり、見て見ぬ振りは日常茶飯事だった。

悲鳴も歓声も、日向の耳には同じものに聞こえた。摘発も見せしめも、同じようなセレモニーに見えた。

ヤクザの中で、楽しいことがなかったとは言わない。仲間と呼べる者達が出来なかったとも言わない。

何をしようと、人は食うために今日を生きている。

それでも心が負けることなく潜入し続けていられたのは、ときおり白木から届けられる、育ちゆく涼真の写真やＤＶＤのおかげだったろうか。

そう思えば、白木には本当に上手く操られたものだ。

一度、秘かなアルバムを青猿組の若頭に見つかって問い詰められたことがある。涼真が中学生のときだったか。

「や、お前ぇ、そっちの気ばあったんか。いや、いけん言うとじゃなかが。昔、おいの兄貴分にもおったばい。いいや、なんも言わんでんよか。今度、タイでも行くっとか。そんしても、こげな細っこい子供が趣味となっと、値はグンと張るばい」

そんなエピソードも、当時は笑えた。警視庁に戻る前までは――。

結局、サルベージまでに二十年弱を要した。


「日向さん」

と、警視庁に戻って刑事総務課刑事指導係に在籍する日向に、ふと近くの松原健司《まつばらけんじ》から声が掛かったのは昼過ぎのことだった。

ちょうど日向が、飯を食いに出ようとして立ち上がったときだ。

「なんすか」

松原はこの年で四十歳になる準キャリアで、刑事部刑事総務課刑事指導担当の警視だ。つまり本庁に舞い戻ってからの、現在の日向の上司ということになる。

「大井署に立つ帳場で、刑事指導の任に就いて欲しい。まあ、ＯＪＴの部類だね」

「はあ」

実感はわかなかった。すでに閑職についている自覚があった。

「指導対象はね」

湾岸署の月形涼真巡査だと聞いて、久し振りに血流が全身を巡る感じがした。

「それって」

「ああ。何を言っても聞かないよ。決まりだからね」

松原は顔の前で激しく手を振った。

「なんたって、日向さん。ご指名だから」

「ご指名？」

言われて一瞬、日向は明子を想起した。

けれど松原は、

「そう。ご指名」

と言って天上に向け掛けた指を、少し考えて横に倒した。

上ならまだわかる。

雲の上、あるいは月形交通部長のいる七階そのもの。

しかし、方向的に横となると覚えはない。

いや、もしかして外を指しているなら外務省方向、内閣府、裏鬼門。

「そう。白木正和、内閣官房副長官だよ」

思い出の名前だ。久し振りに聞いた気がした。

虚を突かれた格好で、否も応もなくエレベーターに乗った。

本庁を出て白木に連絡した。

「やあ。元気かね」

「前置きはいいでしょ」

すぐに聞いた。答えも早かった。

「金の卵だと聞いている。大事にしないといけないだろう」

「そりゃあ」

どこから、と聞くより先に納得が口を衝いてしまった。日向も知っていたからだ。

荒木という大井署の同期は五本の指に入っていたと涼真は言ったが、その期で首席が、月形涼真だった。

聞いたときは、人並みに嬉しかったものだ。

大井署に到着し、会議室のドアの前に立ったときには、聞こえてきた声に身体が震えた。

男声と女声の違いはあれ、内容に違いはあれ、瓜二《うりふた》つのタンカだった。

——キャリア官僚でありつつ、かつ妻であり母であることに挑戦してみたいと思います。折角、女に生まれたんですもの。

——私怨ではありません。これは、情義です。正しき情義こそ、正義。それこそが、私を突き動かす動機、いえ、刑事の動機ではないでしょうか。

あの母にしてこの子ありだ。

そして、その子の父親であることが無性に誇らしかった。

会議室に入って涼真に面と向かって、日向はさらに直観した。

(ああ。この子はいい刑事になる)

刑事指導係としての任務につくことをはっきり決めたのは、実はこのときだった。

(なんにしても)

行き付けの居酒屋でカウンターに座り、日向は冷酒の四合瓶を空にした。

逸《はや》る涼真の心に、制動を掛けなければならない。

それが白木に課せられた、いや、白木が与えてくれた、今回の自分の役割だろう。

なんやかやと言っても、犯罪捜査規範十四条に間違いはない。

だがそれでも、捜査規範に勝る経験は尊い。財産になる。

仲間の死も彼女の涙も、悲喜こもごも合わせてすべてを、涼真の成長の糧にしなければならない。

（最後の奉公、みてえなもんかな）

いつもならもう一本頼むが、この夜は止めた。明日も仕事だ。

適度に酔って店を出た。

縄暖簾を分けて見上げる。

上弦の月が、西の夜空に輝いていた。

十四

日向と別れた後、涼真は防犯カメラのチェックに手を挙げた。

――疲れを明日に残さねえようにな。

そう日向には言われたが、まだまだ刑事としても社会人としても新米の自覚が涼真にはあった。率先して地道な作業を買って出る立場だ。

それに、殺された中嶋と残された美緒のことを思えば、安閑と眠りを貪ってもいられない。

――まあ、それも若いうちの経験か。いいだろう。

日向はそうも認めてくれた。遊班は、遊んでいていいという意味ではない。

直前の捜査会議では、丸茂の絡みとしてトゥインクルレースが議題に上がった。

大井競馬場との場内カメラのデータに関しては夜間ということもあり、翌朝になっての協議となる。

が、周辺の防犯カメラデータは、会議後すぐその辺りに足を運んだ捜一の福本組がいくつかを仕入れてきた。事件現場周辺のカメラデータと合わせるとそれなりの量だ。明らかに人手は足りなかった。

何人かで手分けしてチェックを開始すると、銀座に出た鑑取り班からの連絡が捜査本部に入った。捜一の主任と湾岸署の村瀬の組だ。

〈四時に待ち合わせて五時前に場内予約制のバイキング式レストラン、ダイアモンドターンに入った。それから最終レースまでいて店に出た。丸茂は銀座の店には、閉店後も少し粘って午前一時頃までいた。てっきりアフター待ちかと思ってねだったが、あっさり断られた〉

報告は要約すると、そんなところだった。

注目すべきは、ただ二点。

丸茂がアフターを断ったのは、これからひと仕事あるから、という理由だったらしい。

さて、ひと仕事とは。これが一点。

もう一点は、丸茂はダイアモンドターンに、待ち合わせがもう一人いたようで、自分達より一時間ほど遅れてやってきたという証言だった。

斉藤、と呼んでいたらしい。遺体の出来るだけ真っ当な写真を見せたところ、ホステスは顔をしかめながらも多分この人だと証言した。

このときついでに、村瀬がホステスに制服姿の中嶋の写真も見せたらしいが、そちらに見覚えはまったくなかったという。

カメラのチェック班はすぐさま、その視点を大井競馬場周辺の防犯カメラデータのチェックに反映させた。

すると、斉藤らしき男の姿が、東京モノレール羽田空港線の、大井競馬場駅前のデータに確認出来た。束の間だが、捜査本部内の熱量はうねるようにして上がった。

大井署の本宮《もとみや》という主任と捜一の年配のコンビが、すぐに近在のコンビニなどに足を運んだ。

涼真は助っ人として、その他の映像を本部でチェックした。見ても見ても終わらなかった。

作業量が減った気はまったくしなかったが、集中しているといつの間にか朝になった。

五月二十七日の朝は、日向が言う通りの快晴だった。しかも少し眩しかった。

朝のミーティングは午前八時からだった。本庁刑事部長以下、各所轄の署長まで列席する者はいなかった。

本庁捜一の中村管理官、椎名係長。

捜査本部を主導するのはこの二人だ。

ミーティングの後、中嶋を担当する捜一の粕谷と大井署の荒木のコンビなどの鑑取り班は、前日同様にそれぞれのガイシャ周辺での聞き込みに向かった。斉藤を担当する鑑取り班のひと組はまず、宇都宮から出てくる母親に対応する手筈だった。

銀座周辺から夜っぴて捜査を継続した組は、このミーティングの後で仮眠に入った。

地取り班は、組はそのままに目的を再編し、大井署のひと組が大井競馬場へ場内防犯カメラの確認依頼に向かい、競馬場周辺の防犯カメラデータの収集をもうひと組と捜一の奈波と湾岸署の佐藤の組が請け負った。

捜一の霧島の組と、火災捜査班からひと組を借り出したふた組は、大田市場を中心とする周辺の関係者に聞き取りに出掛けた。

夜から早朝のトラッカー達に聞き取りを行った大森署のひと組と、大田市場内で防犯カメラデータを引き取りながら、夜通し聞き取りを行った火災捜査班のひと組はすでに仮眠中だった。

場所柄、地取りはやはりというか、少し厄介らしい。

市場という場所は基本的には不夜城として、二十四時間眠らない。つまり、聞き取りも二十四時間出来るし、二十四時間ごとに出入りの業者も客層も変わる場所なのだ。

前夜から防犯カメラデータのチェックを行っていた組は、そのまま寝ずに血走った目でモニターを睨み続けた。

涼真の出掛けに彼らが確認していたのは、仮眠に入った火災捜査班のひと組が大田市場から持ち帰った防犯カメラデータだった。

一連の事件前、二十五日午後八時から二十六日午前八時に掛けての、公道からのゲート及び歩道からの入場路、加えて敷地内外部各所、計二十か所の十二時間にわたる映像だ。

地取り班・鑑取り班の別なく、仮眠中の組は起きてきたらまず、このチェックを手伝うことを朝のミーティングで中村管理官が指示していた。

と、涼真はこの、朝八時からのミーティングのすべてを見聞きした。

七時から緑が浜で行われる予定の、本庁鑑識主導の捜索を忘れていたわけではない。

が、捜査本部からの出発は、出掛ける他の組よりも後になった。

ひな壇からの、中村管理官の冷ややかな視線は気になったが仕方がない。

動こうにも、相棒が来なかったからだ。

ようやく日向が捜査本部に顔を出したのは、八時半に近かった。

「へへっ。昨日は少し、歩き過ぎたかな。久し振りの捜査本部出向で、気負っちまったかもしれねえ。酒の回りが早くて、そのくせ抜けるのが遅くてよ」

反省をおくびにも出さず、かえって二日酔いだと悪びれもしない分、少し涼真は焦った。

焦った分も、いけなかったかもしれない。

日向を急《せ》き立てるようにして緑が浜に向かった。到着したのは九時を大きく回った頃だった。

三十を超える青い作業着が、地べたで蠢《うごめ》いていた。

「遊班。すいません。遅れましたっ」

涼真が声を張った。

日向が近くでこめかみを押さえつつ顔をしかめ、遠くで寺本係長が立ち上がった。

「シューズカバーとかは段ボールに入ってる。用意出来たら、運河沿いの浅瀬の方に向かってくれ。そっちの方が手が足りない」

「了解です」

取り敢えず日向の動向は無視し、寺本の指示に従って涼真は岸辺に走った。遅れは取り返さないといけない。自分は買って出てまで、彼女の悲しみと真実を見詰めると覚悟した人間だ。刑事だ。

容赦なく照りつける太陽。

濃く立ち上る運河の臭い、水蒸気。

研ぎ澄ませた感覚、集中力。

遺留品、凶器は、どこだ。

岸辺に蹲《うずくま》り、同じ姿勢で振り子のように動き、さて、そのままどのくらい同じような時間が過ぎたか。

「おい。月形。交代で昼飯だってよ」

日向に言われ、涼真はふと我に返った。

自分の呼吸がやけに荒かった。流れ落ちる汗がひどかった。動悸《どうき》が激しかった。耳鳴りもした。立てなかった。

「ちっ。馬ぁ鹿。日射病になりかけかよ。しようがねえなア。——係長。クーラーボックスの水、もらうぜ」

どぉぞぉ、と寺本係長の声が揺れるように聞こえた。

水辺を蹴るような足音がした。

冷水が首元から頭部にざんざと掛けられた。

少なくとも耳鳴りだけは収まった。

「木陰に行くぞ。けどな、手は貸さねえよ」

日向の声に促され、涼真はフラフラと立ち上がって移動した。

示される場所で苔の上に座る。木陰は涼しかった。直射日光を浴びないだけでも随分落ち着いた。

顔を上げると、公園の柱時計が見えた。

時刻は午前十一時半を回っていた。

「ほらよ」

五〇〇ミリリットルのミネラルウォーターが渡された。飲んだ。

そう言えば、水を飲んだのは九時間くらい振りだった。

大きく息をついた。息はまだ熱かった。

「生き返りますね」

「その様子じゃ、飯も食ってねえだろ」

無言でうなずいた。

当然、飯は前夜の十時頃に仕出しの弁当を食ったきりだ。

「そもそも、どんくらい起きてんだ」

指を折って数えてみた。

二十六日の午前三時三十三分に、村瀬からの電話に起こされた。

「三十二時間とちょっと、ですか」

「けっ。若いってのは、危なっかしいなあ、おい」

答えられなかった。

実際、その通りだった。

「ま、あんまり人のことは言えねえし。若いってなあ、そういうもんなのかもしれねえけどな」

日向は隣に座って自分の水を飲んだ。

「それにしたって、使い物になんねえのはダメだ。未熟だぜ。――なあ。なんで俺が遅れてきたと思う？」

「えっ」

「どうせ寝なかったり、寝ても少しだったりすんだろうからと思ってよ。今日を出来るだけ縮めてやろうと思ったんだが。まさか食ってねえ飲んでねえのトリプルパンチとは思わなかったぜ」

ま、二日酔いは本当だけどな、と日向は笑った。水を飲んで美味《うめ》えと言った。

「焦るんじゃねえよ。焦るのは、俺みたいな歳になってからでいい」

「はい」

と答えてはみたが、小声にしかならなかった。

「捜査ってのは、こんな広い浜からでもよ、小さな針の穴みたいな物を探したり覗いたりする細かい作業だ。人と対してもよ、その奥底の、柔らかかったり固かったりする部分を、傷付けないように触るのが俺らの仕事だ。常に万全じゃなきゃいけねえ。いや、少なくとも、万全だって言い張る気力と体力は残しとかなきゃいけねえ。そうじゃなきゃいい刑事にも、いい鑑識にもなれねえ」

日向は顔を背後に向けた。

「なあ。そうだよあ、寺本」

いつの間にか背後に、青い作業服が立っていた。

「その通り。いいこと言いますね。日向主任。昔は、主任こそヤンチャばっかりだったような気がしますけど。時は人を育てるってことですかね」

「馬ぁ鹿。五月蠅《うるせ》えよ。ま、そんな舐《な》めた口が利けるくらいに、お前も育ったってことか」

「そりゃあ、俺も来年には五十ですから」

「なんでえ。馬ぁ鹿。まだひよっ子じゃねえか」

そうして、二人で声にして笑った。

この二人の間にも、涼真の知らない関係があるのだろう。

いつの間にか、動悸が収まっていた。

結局この日、緑が浜の捜索からは、凶器及び目ぼしい遺留品は何も出なかった。

ただ、わかったことが一つだけあった。

おそらく、〈馬ぁ鹿〉は日向の口癖だった。

十五

この日も夜の捜査会議は九時から始まった。議事進行は捜一の椎名係長だ。

まずは、解剖所見の報告だった。

刺創とナイフの照合は見立ての通りで間違いなかった。つまり、湾岸署の管轄であるみなとが丘ふ頭公園のガイシャ、丸茂俊樹を刺したナイフは、付着の血液からも大井署の管轄、大井ふ頭中央海浜公園夕やけなぎさのガイシャ、中嶋健一が所持していた物であり、この中嶋を殺傷したナイフは血痕も同様に、大森署管轄内の同公園緑が浜で発見された斉藤慎吾がケースごとベルトに通して所持していた物、と改めて断定された。

殺された順番もこれでいいようだ。

死亡推定時刻は丸茂が午前一時から三時ということだったが、午前一時に店を出たという銀座のホステスの証言もあり、午前一時半から三時にこれを変更して狭めた。

そして、斉藤のコロシが最後で二時から四時。この時間に変更はない。中嶋は間というこどで問題はないらしいが、鑑定から行けば三件目の方に近いらしい。それで仮に、二時から三時半。

これを共通認識とする、と中村管理官が捜査陣全員に宣言した。

次いで、報告は鑑取り班に移った。

丸茂の班は別れた妻達に話を聞き歩いたようだ。

妻達、というのは当然、バツイチではなかったからだ。三度の離婚歴があった。

二十七歳で最初の結婚をして一男をもうけ、三年後に離婚した後はほぼ三年ごとに結婚と離婚を繰り返したらしい。

それで現在は独り身だ。一番目の妻との間に出来た一人息子以外、丸茂に子供はいないという。

離婚の際に、子供の親権は妻が取った。その妻は現在、本人二度目の結婚をしてすでに十年が経ち、一男一女に恵まれて三人の母親として横浜に住んでいるようだ。

二番目の妻も三番目の妻も同じように、それぞれ再婚して新しい生活を営んでいた。

どちらにも子供はまだいないらしい。

ただ――。

三人が三人とも口を揃えるのは、もう丸茂とは関係がない、何も知らない、連絡をしてこないで欲しい、だった。

丸茂は結婚の前と後で、豹変《ひょうへん》する男だったという。酒を呑めば手も足も出る、いわゆる酒乱で、女癖も悪かったらしい。

商売的には、最初の妻のときにはまだ丸茂の両親も健在で、新小岩の現住所で代々の米屋だったようだ。二番目の妻の頃には父親は亡くなっていたが、米屋はそのままだった。

三番目の妻になると母親も他界していて、すでに一階はリサイクルショップになっていた。人の出入りが極端にないのはその頃から変わらないらしい。

が、三番目の妻は商売に疎く、そもそも一階と二階は隔絶されていたから、一階は主に倉庫で、ネットでの売買が商売の中心だという丸茂の言葉を疑いもなく信じていたという。

丸茂の友人知人についても聞いてみたらしいが、〈釣った魚には餌もやらない〉系の夫の交友関係など、元妻達には知る由も興味もなかったろう。

「ただですね。最初の妻がポソリと言ってましたが」

その昔、若い頃には相撲取りだった、らしい。

「なんだぁ。相撲取りだあ」

進行の椎名係長が頓狂な声を上げた。

「相撲取りと言うと、あの相撲取りかよ」

わかったような、わからないような。

「らしいです。ただ、鳴かず飛ばずで終わったらしく、四股名《しこな》も部屋もわかりません。知る者もこれから探すようになります」

「そうか」

椎名は腕を組んだ。

「角界か。興行ってのは、昔から揉め事の温床ではある。今回の事件となんらかの関係があるかもしれないな。相撲協会に繋ぎを取って、いや、もっと太いルートがあれば誰かそっちからでもいいが」

手を挙げる者はいなかった。

中村管理官も、椎名の考えに異を唱えることなく黙って聞いてはいたが、反応することはなかった。

「なら、今言ってた方向で頼む。銀座の方も、元妻達の裏取りも手抜かりなくな」

「了解です。それにしても人手は足りません。優先順位に従って動きます」

「わかってる。一課長も言ってたしな。重要度が上がれば考える。──次」

中嶋に関しては、荒木とコンビになった捜一の粕谷が立って総括した。

「ありません」

中村管理官も椎名係長も、同時に眉間に皺《しわ》が寄ったが、粕谷に動じた風はない。さすがに本庁の主任だ。

へえ、と涼真の隣で感嘆したのは日向だ。そう言えば日向も主任、警部補だった。

「どういうことだ」

椎名の声は少しばかり尖って聞こえた。

「どうもこうもありません。調べれば調べるほど、後ろめたい関係の一切ない、交番のおまわりさんとして親しまれる人柄の、いい警官だったことが浮かび上がるばかりです」

「まだ二日目だ」

「もう二日目です。一緒に回る大井署の荒木巡査も、大森署の加藤係長もうちの清田《きよた》も、優秀であり懸命です。そして、私はこういう鑑取り捜査を二日間して、ただのひと言も後ろ向きの聞き込みがなかったことは今まで一度もありません」

暫時、誰も声はなかった。

涼真は少し感動さえしていた。

（ですよね）

許されるなら、声に出したかった。

中嶋健一とは、そういう警官だ。

「なら、三日目に入れ」

言ったのは中村管理官だった。

「三日目も同じなら四日目だ。そうすれば何かが出るかもしれない。同じなら五日目だ。何も出なくとも、何もないこともまた濃くなってゆく。そうなら六日目だ」

「はっ」

「よし。次」

椎名係長の進行に戻る。

立ったのは宇都宮から出てくる斉藤の母親に対応した捜一の課員だった。母親の許可を得て斉藤のマンションの内部を調べさせてもらった。

「母親に話を聞く限りでは、実家や昔とは完全に縁が立ち消えているというか、二十数年前に飛び出すようにして東京に出て行ってからのことはよく知らないと。父親の葬式にも出なかったようです」

また、

「大して、事件の手掛かりになりそうなものはありませんでした。逆になさすぎる気がします」

「どういうことだ」

と、机に身を乗り出したのは中村管理官だった。

「ここまで何もないのは、経験から言って後ろ暗い商売か、人間そのものが後ろ暗いか、ですか。違法滞在でももっと関係性は見えてきます」

「なるほど」

「ただ、写真は何枚か入手しました。母親が確認出来る人物は一人も写っていませんでしたが。もちろん、丸茂俊樹も、中嶋健一もです」

こちらも結果的には、引き続き、ということで終了した。

報告は地取り班に移った。

呼ばれて立ち上がった霧島が、涼真の目には威勢よく見えた。

それもそのはずで、涼真が溶け掛かっていた時分に、防犯カメラのチェック組が斉藤の姿を、大井ふ頭中央海浜公園スポーツの森第一駐車場の映像に確認したという。

セダンタイプの乗用車で斉藤がやってきたのは、二十五日の午後五時頃だった。その後、日をまたいだ二十六日の午前二時に一度戻ってきた斉藤の姿も確認された。

トランクから釣り道具を取り出し、それでカメラからは消えた。そこから中嶋の殺害現場である夕やけなぎさは中央通りを渡って近く、そこから緑が浜までもそう遠くはない。

防犯カメラに映った時間は、犯行あるいはなんらかのトラブルまでのタイムスケジュールとして、適当という判断が捜査本部ではなされた。

とにかく斉藤の動きを追えば、まずは自家用車を駐車場に止め、そこから殺されたときと同じ服装で、中央通りを中央公園交差点の方向に徒歩で移動したらしい。その姿は、中央公園交差点に設置された防犯カメラの映像でも確認出来た、と霧島は言った。

斉藤は交差点を左折し、次に大井競馬場駅前の防犯カメラに映っていたようだ。

そこからは間違いなく大井競馬場内に向かったのだろうが、場内の防犯カメラは現在進行形で丸茂と斉藤を確認中だった。

地取り班から霧島達がすぐさまスポーツの森第一駐車場に向かい、車が斉藤の自家用車であることは車検証からも確認したようだ。

遺留物として乗用車は鑑識に回され、そのまま市場界隈に聞き込みに行った組が現在も、駐車場を中心に引き続き聞き込みの最中らしい。

そういえば、地取り班に入っているはずの上川係長の姿が捜査本部になかった。仮眠かと思っていたが、出たきりだったようだ。

「二十四時間寝ない場所は、やっぱり厄介ですね。まさに」

不夜城、と霧島は言った。

とはいえ、今のところ目ぼしい証言は出てこない。火事を見物したという者達には行き当たったが、それだけだという。

「諦めるなよ。車だけでも発見だ。部長の言葉、一課長の言葉。忘れるな」

椎名の言葉だ。やはり育てようと目を掛けているのか。霧島に向ける言葉には熱量を感じる。

続いて、火事現場の件はまた湾岸署の佐藤が総括した。

「えーと。結果から言えば、野鳥公園も東海ふ頭公園の物もまったく同一の材料で作られてました。使用されたカウントダウンタイマーは、一九九時間五九分五九秒までセット出来る物でした。つまりっすね。八日以上のタイマーです」

「八日？　なんだその長さは」

椎名は嘆息した。

「ええ。そんな物が、今じゃネットでも普通に買えます。あとは電池とコード類にビニルテープ、乾式マッチ。それにほんの少し知識があれば、昨日も言いましたが、いわゆるエレクトリック・マッチ、時限発火装置が出来上がります。それをですね、今回は口の方を丸く切って迷彩を施した五〇〇ミリペットの中に押し込んでありました。タイマーはそのくらい小さい物です。それをさらに、動かないように工業用シーリング材で底部を固定し、乾いたらタイマーと乾式マッチの周囲に綿と乾燥剤を詰め、キャンプでの火熾《ひおこ》しの要領で、これもネット通販やアウトドア用品店で簡単に買える発火材から固形燃料系の物を順番に詰めます。同様に、輪切りにした同種のペットボトルの底部で蓋をすれば、これで防水型時限発火装置の完成です。鑑識によれば、タイマーは二十六日午前二時からの逆算で六日半、一五六時間前にほぼ起動してました。装置自体簡単な作りなんで、タイマーを起動させてからエレクトリック・マッチの制作に入ってもなんら問題ないそうです。なので、いつ公園に撒《ま》かれたのかは断定出来ません。六日半前から発火の直前までが犯行推定時間です」

ひな壇で中村が、腕を組んで天を仰いだ。

「引き続き、火災捜査班はコロシの応援以外は未発火の装置を探します。ひょんなことで作動しても、また火災の要因になりますので」

佐藤はそれで座った。

「他に何かあるか」

椎名の言葉に反応する捜査員はいなかった。

管理官、と椎名が促せば、

「引き続きだ。よろしく頼む」

これで捜査会議は終了だった。

「月形。聞いたぞ」

すぐさま、荒木が涼真の元へやってきた。

「日射病で目を回したんだって。だらしないな」

口元に嘲笑が浮かんでいる。気に食わなかったが、事実だ。言葉はない。

「頼むぜ。うちの代のトップだろうが」

これも、面映ゆいがその通り。いや、かえって口に出されると今日の醜態が際立って情けないか。

顔を背け、荒木が言いたいことを言って去るのを待つ。飽きれば消えるだろう。

ちょうど、中村管理官のところで何かを話している日向が目に入った。

座ったまま見上げる中村だが、ときおり頷きもした。

――四角四面で面倒臭《くせ》え奴だが、仕事はするよ。上手く使えばな。

そんなことを日向は言っていた。

やがて、日向が寄ってきたから荒木が去ったか、荒木は離れたから日向が寄ってきたか――。

いずれにしろ、涼真の周囲の空気が入れ替わった感じがした。

「主任。管理官と何を話してきたんですか」

「ん？　ああ。プリントをな」

「プリント？」

「ああ。丸茂と斉藤のな。写真のプリントを大量に分けてもらうことにした」

そんな段取りをな、と言って日向は首筋を叩いて回した。

「俺ぁもう枯れ枯れのアナログだが、まあ、アナログはアナログなりに思うところがあってな。そんで明日から何日か、遊班はフリーにしてくれって頼んだ」

「え。フリー。遊班って、俺もですか。それで、どこへ」

「まあ、行きゃあわかる。いや、言ってもわからねえからな」

深いか浅いかは微妙なところだが、日向は満足げに頷いて笑った。

「で、そんな明日の今日はどうすんだ？　まさか、働こうなんてしねえだろうな」

今度は涼真が頷く番だった。

「ええ。今日は、帰って飯食って寝ますよ。明日のために。――どうですか」

「馬ぁ鹿」

日向がジャケットを肩に引っ掛けた。

「正解だよ」

それで、遊班の今日は終了だった。

十六

二十八日の朝からは、大井署もだいぶ騒がしくなった。

事件発生から三日目の朝だ。

古沢署長も所轄番やフリーの記者を相手に、立て板に水の話術で事件をはぐらかしてずいぶん頑張りはしたようだ。

それにしても、人の口には戸は立てられないとはよく言ったものだ。どこから漏れたのかは知らないが、ここまでの事件の全容は捜査の概要と共に、あらかたが外部に流出したらしい。

曰《いわ》く、

——古沢署長。三件の関連性は。

——どうです。火事、放火との関連性は。

——同一人物による犯行ですか。単独犯、複数犯。

——暴力団の抗争に関係があるとか。

そして、

——葛飾署の警官が巻き込まれた、いえ、事件になんらかの関係があって殺されたとかって、本当ですか。もしそうなら、警察の信用に関わると思いますが。

朝から、正確には日付が変わった頃から、各マスコミの記者やレポーターが大挙して大井署の前に群がった。三脚や脚立のカメラクルーも大勢いた。

署員と記者達は日の出前から正面玄関を挟んで睨み合いとなったが、

「諸君。よく聞きたまえ。日に記者会見は二度。正午と午後六時だ。今、公式に発表出来ることは何もない。正午と午後六時。内容のボリュームを確約するわけではないが、場としては正午と午後六時だ。こちらとしては、これは守る。だから、そちらは節度を守る。これは、ギブアンドテイクだ。守ろうとしない社は会見場に入れないし、今後も何かと不自由になるだろうということは否めない。いいかい。これは通達だよ。守る守らないではない。守ろうとしない社は、だ」

と古沢が自らエントランス前に出て言葉を繰り返し、その場はなんとか収めたようだ。

ただし、いつまでその効能が保つかは判然としない。

マスコミというウィルスの伝播力《でんぱりょく》は、キャリアの防波堤など、その気になればいつでも一瞬で乗り越えるだろう。

これが刑事部長や捜査一課長の言葉なら、マスコミ各社は言われる前から報道協定を自ら提案したかも知れないが。

とにかく、日の出前の騒擾《そうじょう》をよそにこの朝のミーティングは始まり、本当に要点だけで終わった。

マスコミにまた触られる前に、それぞれの持ち場に急ぐ。

そんな気持ちが、捜査員全員にあったかも知れない。

「いいか。焦るな。焦りは取りこぼしを生む。余計なことにかかずらうことなく、捜査に集中するように」

中村管理官がこの朝は、発破に代わって注意を呼び掛けた。

「さすがに管理官だな。いいタイミングだ」

と、涼真が思った言葉そのものを、日向が口にした。

その日向は、ミーティング終わりに大井署の事務係員から大量のプリント用紙を受け取った。

前夜の帰りしなに、中村管理官に頼んだものだ。さすがに中村は動きも早い。

丸茂と斉藤を、左右に並べて収めたA4の光沢紙だった。

涼真は知らなかったが、百枚とは頼みも頼んだりだ。

端から朝に受け取るつもりでか、日向はこの日はハンティング・ワールドのショルダーバッグを提げていた。

ブランド品は意外な気もするが、オメガのシーマスターのこともある。

よく見ればショルダーバッグもだいぶくたびれてはいた。時代を感じた。

それで納得は出来た。

重いバッグを背中に回して揺らしながら、まず日向が向かった先は、大井ふ頭地域安全センターだった。実枝のところだ。

「どんなクソ元気なおっさんでも、都の雇用形態としてはシルバーだからな。交代は頻繁で休みも多いってぼやいてたが、今日が出勤だってのは聞いといた」

徒歩で行く。そんな距離だ。

実枝はセンターの奥で、渋茶をすすりながらテレビを見ていた。

——諸君。よく聞きたまえ。日に記者会見は二度。正午と午後六時だ。今、公式に発表出来ることは何もない。

ちょうど、画面一杯で古沢が喚《わめ》いていた。録画のようだ。

どこから入手したものか、目に隠しの入った制服姿の、中嶋のバストショットもコメントと共に映し出された。

「大ごとだな」

実枝は湯飲みの中に言葉を吐いた。湿って聞こえた。

「だから、もう現場保存もサポーターの出る幕も、必要はないそうだ」

そういうことか。

「ああ？」

涼真が口を開く前に、日向の眉が吊り上がった。

「主任。それ、誰に言われたんすか」

「ふ頭交番の主任だったな」

日向は即、実枝の前で頭を下げた。涼真も倣った。いや、これは気持ちごと、日向と同時だったたか。

亀の甲より年の功と言う言葉もある。なかったとしても現役が勇退者に対し、敬う気持ちさえあれば決して口に出来る言葉ではない。

「今度、丁寧に言っておきます」

そう言いながら日向は拳の指を鳴らした。

「そんなこと、あんたが言えるのか？」

「言ったでしょ。俺は今、指導係だって」

「なるほど。――任せるが、昨今の連中に教育は難しいぞ」

「んなことはありません。あっちゃいけないっしょ。曲がってるものは、直す。放っといたって真っ直ぐにゃなりませんから。力を掛けて直す。これは、理屈ですよ」

「叩いてでもか」

「それも一つの手段です。主任」

日向は顔を寄せた。

「道理を放棄したら、ボケの始まりですよ」

実枝は、おそらく苦笑いだったと思う。

この話は終わりとばかりに、日向はショルダーバッグからプリント用紙を出した。二枚をデスクに置く。

実枝も湯飲みを置いて目を細めた。

「これは？」

「ガイシャで、マル被。——と、俺は思ってるんですけど。まだ正体が知れませんでね。特に、紋々を背負ってるこいつは」

「ほう」

それだけで通じるのが、やはり勇退者、ＯＢだ。

「探せということかな？」

「気にして下さいってくらいです」

実枝の目が鋭く光った。

目を閉じる。

普通に戻った。

「わかった。ここの他の人間にも言っておこう。くれぐれも、気にするようにと」

日向は頷くと、ショルダーバッグを揺すり上げた。よろしくお願いします、と言ってセンターを出る。

涼真は実枝に一礼し、日向の後に付き従った。

日向の向かう先は、来た道を戻った大井競馬場前駅だった。改札からパスモで入った。

ホームに上がって初めて、

「どこへ行くんですか」

と涼真は聞いてみた。

日向は悪戯《いたずら》げに笑って鼻を擦った。

「新橋に出て、神田末広町《すえひろちょう》だ」

「神田？」

「そう。万世橋《まんせいばし》警察署末広町地域安全センター。ま、地域安全センターのハシゴだな」

ということだった。

新橋から東京メトロ銀座線に乗り、末広町までは十分程度だ。

地域安全センターは改札を出て外神田五丁目交差点へ上がり、蔵前橋通りから顔を妻恋坂《つまこいざか》方面に振れば、青色標灯はほぼ目の前にあった。

便利な場所、都内一等地ではある。御徒町《おかちまち》も秋葉原も近い。ほぼその中間に位置する。

とはいえ、末広町地域安全センターの一帯はそのどちらの匂いもしないビジネス街だった。犯罪を抑止する〈交番〉としての意味は場所的に薄いか。それで統廃合に際し、地域の案内を主にする安全センターとして再編されたのだろう。

「ここにも俺の知ってるのがいてな。四年くらい前に、一度呑んだことがあるんだ。たしか、退職直前だったたな」

日向は安全センターの前で目を細めた。

きっと、いい思い出がある人物なのだ。

その思い出が〈楽しい〉か〈過酷〉かは知らないが。

「最後まで、蔵前でバキバキのマル暴だった上村《かみむら》っていう爺さんだ」

「えっ。蔵前？」

思わず涼真は繰り返した。

蔵前は浅草署から分離開設された小規模署ながら、管轄内に広域指定暴力団の本部を抱える。その本部に睨みを利かすため専門に切り離されたという話もあるほどだ。

となれば、そこでマル暴ということはエリートというか、たしかにバキバキのマル暴ということになるだろう。

「けど、呑んで酔うと気のいい爺さんでな」

言いながら開けっ放しのガラス戸のサッシに手を掛けると、

「ウラッ。誰が爺さんだってぇっ」

少々巻き舌の恫喝《どうかつ》っぽい絡み声が聞こえた。

（へえ）

今でも迫力は十分のようだ。それが道案内や防犯相談に適しているかはこの際、真横に置く。

いやいやまああ、とそんなことを言いながら日向は中に入った。

足を大きく広げて濃いサングラスのパンチパーマの固太りの……。

とにかくそんな人がカウンターの向こうに座っていた。

警察関係に〈ガラと人相の悪い〉種類は多いが、上村は格別だった。制服を着ていなければ、間違いなく向こう側に見えた。

実際、〈茶のいっぺぇ〉を出されて飲む間の思い出話は、際どい話に終始した。

涼真はガラス戸を閉めようかと何度も思った。

「で、日向。なんの用でぇ」

「わかりますか」

「当ったり前ぇだぜ。この末広町はよ、ガキ連れて遊びに来るとこじゃねえからな」

上村は言いながら涼真を見た。

「特に、こんなでけぇガキはよ。――日向。お前ぇのガキだろ」

「おや？　わかりますか」

「どこってこたぁねえが、そっくりだよ。なあ、日向の息子」

真っ向から視線を受け、涼真は頭を下げた。

じゃあ、と日向はショルダーバッグから例のプリント用紙を取り出し、上村の前に置いた。

「これは」

上村は覗き込んだ。

「知ってますかね」

「この右の男」

「おっと。いきなり当たりかよ」

日向が手を叩いた。

上村が指差したのは、斉藤の方だった。

「見た気がする」

「どこで」

「ずいぶん昔の話だが。さて、どこだったか」

と、言ってから二人でだいぶ待った。

三分、五分。

斜め上を見上げ、上村は固まったままだった。

濃いサングラスでよくわからなかったが、もしかしたら軽い鼾《いびき》、が聞こえたような気もする。

「ちっ。これだから爺いは」

「なんか言ったか」

上村が即座に反応した。

日向は両手を広げた。

「ま、思い出したら連絡するわ」

伸びをして、上村は自分の肩を叩いた。

「じゃあ、俺の連絡先を」

「おう。そうだな」

上村は耳を寄せてきた。今度は日向が一瞬だが固まった。

「書いてくださいよ」

「んだよ。一回聞きゃわかるってもんだ」

「かぁっ。不安でしょうがねえなあ。おい」

などがあって、末広町地域安全センターはここまでだった。

十七

安全センターを後にした涼真と日向は、蔵前橋通りから中央通りに出た。

「次はＪＲで行くぜ」

と日向が指示したからだ。

そこから秋葉原の駅近くまで歩くと、正午を回った。

昼食は手早く、立ち食いそばで済ませることになった。

「へへっ。早飯早糞、芸の内って知ってるかい」

「身体に悪そうですね」

支払いは当然、日向になる。そう決めて注文したから、涼真は天ぷら蕎麦《そば》を大盛りにした。カツ丼もつけた。ミニではない。普通の丼だ。

日向は苦笑するだけで、何も言わなかった。

本人はミニかき揚げ天丼とざる蕎麦のセットを注文した。

次に向かう場所は少し離れていた。

秋葉原から山手線で五反田《ごたんだ》に出て、東急池上線に乗り換えた。

田園調布署《でんえんちょうふ》の南千束《みなみせんぞく》地域安全センターという所だった。

「よう。日向か」

低く、這うような声が出迎えた。

這うのに力強い。そんなふうに感じられる声だ。

中にいたのは総白で短髪の、削《そ》げたように頰骨の高い人物だった。それでいて制服の上からでもわかるほど胸板が厚く、眼光は鷹《たか》のように鋭かった。

いい意味で精悍《せいかん》、と言っても過言ではないが、末広町の上村同様、それで一般人に気軽な道案内が出来るのかは、大いに疑問ではあった。

地域安全センターとは、どこも魔訶《まか》不思議な場所だ。

そんなことを出された茶を飲みながら考えていると、いつの間にかその人物、長谷《はせ》川《がわ》の顔が目の前にあった。

「ああ。俺の息子です。涼真ってんです」

淡々と日向が紹介した。

「息子？　息子も刑事か」

「ええ。何の因果《いんが》か」

「因果とは巡るものだが、お前にこんな大きな息子か。ということは。――おい。日向の息子」

「はっ」

証票を見せろ、と長谷川は言った。

涼真はおもむろにポケットから取り出し、開いて見せた。

長谷川の目だけが動いた。

「なるほど。やはり因《いん》の片割れは、月とスッポンの月の方か」

「ま、そういうことっすね」

日向は肩を竦めてそっぽを向いた。

長谷川は気にせず、涼真に向けた顔を動かさなかった。

射込むような視線は、正々堂々としたものだった。

「なあ、日向の息子。この地域安全センターにいる俺達はな、誰よりも生粋の警察官なんだ。その理由、わかるか」

涼真の思考を読むように、長谷川はそんなことを口にした。

「いえ」

「他に仕事はいくらでもあるのに、定年後もわざわざ地域の安全のために務めてる。こんな交番の残り香、つまり、警察の残り香のする場所でな。これを生粋と言わずしてなんという」

涼真の横で日向が鼻を鳴らした。

「まあ、出涸《でが》らしってやつかも」

途端、長谷川が噴き出した。

「わはは。日向、お前は昔からそういう奴だ」

笑いながらバシバシと肩を叩く。

「恐れ入ります」

「あの。まだ紹介されてませんが」

どなたですか、と涼真が問えば、

「ああ。元捜一のな、特殊犯捜査係だ」

日向はしかめっ面で低い位置から答えた。長谷川の平手打ちがどうにも重いようだ。

それもそうだ、と納得する。

「特殊犯。えっ、ＳＩＴですか」

驚きを思わず口にすると、長谷川の乱打が止んだ。

「おうおう。そうだ。けどな、日向の息子。Special Investigation TeamのＳＩＴじゃないぞ。俺は、Sousa Ikka TokushuhanのＳＩＴだ」

「……えぇと。それは」

「古いってことだよ。最初はそうだったんだとさ」

日向は姿勢を立て直し、バッグから件のプリント用紙を取り出した。

涼真は日向に従い、同じようなパターンでこの後も、地域安全センターのハシゴを二日間続けた。

捜査本部に顔を出さない後ろめたさはあったが、待機寮の自分のベッドで気兼ねなく手足を伸ばせるのは有り難かった。

金曜日からの安全センター巡りは、日曜日まで続いた。

地域安全センターは地理案内や防犯相談を請け負う警視庁の施設として、当然日曜日も開いている。

といって、三日間で全地域安全センターを網羅したわけではない。逆に、こんなにもあるのかと涼真は驚くばかりだった。

都下には八十以上の地域安全センターがあり、その倍では利かない数のOB・OGが勤務している。

「どうだ。凄《すげ》えだろ。ていうかよ、濃いよな。濃いんだよ」

特に返事はしないが、日向の意見には諸手《もろて》を挙げて同意だ。

「けど、覚えておけよ。濃いのは、全うした人達の自信だ。確固たる信念だ。誰も口出しは出来ねえよ」

この言葉にも、大いに納得だった。

涼真が日向と安全センター巡りをしていた三日間、事件の捜査全体には、特に目立った進捗はないようだった。

斉藤の殺害に使用された凶器はまだ発見に至っていないが、大井競馬場内の防犯カメラは提出されたデータの確認を終えたらしい。銀座のホステスも交え、同席し、話をする丸茂と斉藤の姿は確認済みだという。

この二人と接触している場面はないが、中嶋の姿もだ。中嶋はこの段階からすでにインカムを耳に装着していた。斉藤の耳にはなかった。

レースがすべて終わった後の、閉場間近の場内から外への流れにも、三人の姿は確認出来ていた。

途中で丸茂と斉藤は別れ、丸茂は北門口に向かってタクシーを拾い、同伴の娘と銀座のクラブに向かったようだ。時間的にも証言と合っている。

対して斉藤は正門口に向かい、そこから徒歩で第一京浜道路に出た。

これは、国道沿いに設置されたコンビニやその他の店舗から供出された、防犯カメラの映像で確認されていた。

仲間内での揉め事、仲間割れ。

そんな推測が次第に現実味を帯びてくる空気が、捜査本部内を支配し始めていた。

斉藤は〈ブラブラ〉という表現が適当な様子で平和島方面に歩いたという。大井競馬場内ではビールの紙コップを持って丸茂と談笑する、斉藤の姿も映ってはいたが、だからといって歩様は、酔っているという感じではなかったようだ。

そんな箇所箇所の防犯カメラでは斉藤の後ろには必ず、つかず離れずの中嶋の姿が確認されていた。

見ようによっては尾行にも見えると口にする捜査員もあったが、本部全体の意見には昇華しなかったという。

その後、斉藤の姿は平和島駅近くのカラオケ店に消えた。この店からも任意で防犯カメラの供出を受けた。

一人でカラオケに興じる斉藤の姿があった。朝の五時まで営業している店だった。

中嶋は入店はしなかったようだが、カラオケ店前方の防犯カメラには、周囲をうろつくような中嶋の姿が何度か映っていた。

斉藤はカラオケ店を一時過ぎには出た。

斉藤が入店時の店内はたいがいが空室になっていて、斉藤の動向は同時間帯に勤務した店員の証言からも得られた。部屋への不審な出入りも、他人との接触も特にはなかったという。

斉藤はまたそこから〈ブラブラ〉と、今度は環七方面に向かったようだ。

　ただし、ここは高速一号線と環七が交差する場所で、歩道は途中で途切れていた。新平和橋に向かう場合、人間は左右に大きく迂回《うかい》してどちらかから回り込むのだが、斉藤の場合は運河上手の大手コンビニチェーンの団地倉庫前店の防犯カメラに映像が残っていた。

　斉藤はそこから東に進み、流通センター駅の交差点に出て新平和橋を渡った。

　この辺の映像は橋上に設置された防犯カメラだけでなく、西詰めの東京団地冷蔵前の京浜運河沿いに展開する遊歩道、〈おおたキャナルサイドウォーク〉のカメラの映像でも確認出来た。

　特にこのキャナルサイドウォークのカメラは優秀で、斉藤の遥《はる》か後ろにではあるが、同時に街灯の薄明かりの中に中嶋の姿も捉えていた。

　そこから先には、これと言ったカメラ映像はないようだった。カメラ自体はいくつかあったが、斉藤と中嶋が映った映像はなかったという意味だ。

　今のところ、ただ大井ふ頭中央海浜公園スポーツの森第一駐車場の乗用車に戻り、釣り竿を用意する斉藤の映像があるのみだ。

　逆にここまでの映像で、終始インカムを耳に装着していた中嶋に対し、斉藤はただの一度もインカムを付けなかった。ただの一度もだ。所持を印象付けるような所作も、手に取り出して弄ぶこともなかった。

では、このインカムは、本当に中嶋と斉藤を繋ぐものなのか。

そうでなければ誰と、何の目的で。

答えはまだ出る段階ではなかった。周辺を撫でるだけで、材料があまりにも足りない。まさに隔靴掻痒《かっかそうよう》の極み、というやつだ。

さらに言えば、丸茂が相撲取りだったという元妻の証言の裏取りも、なかなか思うようには進んでいないようだった。

ちょうど国技館での五月場所が終わったばかりで、番付編成会議やらもあり、今はそれどころではないと、相撲協会側の対応はけんもほろろだったらしい。

仕方なく鑑取り班は各相撲部屋を虱潰《しらみつぶ》しにしているらしいが、最近は部屋も両国周辺を離れて固まっておらず、移動だけで時間が浪費されていくようだ。人数の限界がこの辺にも大きく出ていた。

付け加えるなら、鑑識に回した斉藤の自家用車内の遺留物の確認からは、目ぼしい、物証になるような物は何も出なかったらしい。

物証になるような物、手掛かりを示す何物、どころか、斉藤以外の誰かの指紋すら、だ。

五日目にして捜査本部に漂う気配は、どうにも湧き上がらない、淀《よど》んだガスのようになり始めていた。

十八

五月末日は、朝から抜けるような青空の広がる一日になった。風もなく、穏やかな一日だ。

涼真はこの日、自身が所属する湾岸署の待機寮から、ロードバイクで大井署の捜査本部に向かった。

涼真にとって〈私物号〉は公私兼用にして足代わりだが、なにより東京湾を渡る風が気持ちよかった。それでペダルを踏む気になった。

しなければならないことは多く、笑っても遊んでもいられないが、気持ちだけは豊かに整えておかなければならない。

これは父に、いや、日向主任に教わったことの一つだ。

捜査本部に涼真は、通いで集合する者達の誰よりも早く着いた。ミーティング開始まで、大井署の事務職員を手伝ってゴミ出しや机の清掃などにも精を出した。

ミーティングは定刻の八時に始まった。結果に関する報告は少なかった。始まりに際しての今日の確認が主だった。

三十分で終了した。

だが——。

この日、日向は大井署には来なかった。

電話を掛けようと携帯を取り出したとき、先に向こうからの連絡で携帯が鳴った。

——今日はよ。そっちには行かねえ。

「はあ？」

その代わり、別の場所で待ち合わせることになり、一度待機寮に立ち寄らなければならない羽目になった。

——こざっぱりとしてきちんとしたスーツ、着てこいや。なんかお前、いつもよれよれだぞ。

あんたには言われたくない、とは思ったが口にはしない。

対比でというより、捜査本部出向中ということを言い訳に、特に上着に関しては着っ放しで、実際火事場での煤《すす》もついていた。

待ち合わせ場所は、京成線のお花茶屋《はなぢゃや》駅前だった。

どこへ行くのかは聞く前に電話が切れた。

まあ、どこへ行くにせよ、日向が住み暮らす荒川区の町屋からお花茶屋までは京成線で一本だ。十分くらいか。それで現地集合にしたのだろう。

約束の時間は九時半だった。

ロードバイクで捜査本部に出たのは僥倖《ぎょうこう》、虫の知らせかもしれない。

待機寮に戻ってリクルートのようなスーツを着、ゆりかもめの東京国際クルーズターミナル駅に向かう。

そこから新橋に出て山手線で日暮里に向かい、京成線に乗り換える。

お花茶屋に到着したのは、九時十五分過ぎだった。

すでに日向が待っていた。

「よお」

いつもと少し様子が違った。違和感があった。

目を細める。

(ああ)

すぐにわかった。

よれよれの黒いジャケットにコットンパンツはいつもながら、Tシャツの色が黒かった。

それが違和感の正体だった。

いや、そう思って見ればジャケットもパンツも、色のくすみが少なかった。

日向のワードローブにしては、精一杯にチョイスした物、なのかもしれない。

到着した涼真の上から下までを、日向は一歩引いて眺めた。

「ま、いいだろ」

上からの物言いはこの際措《お》くとして、

「どこへ行くんですか」

と聞いてみた。

「行きゃあわかる。すぐそこだ」

答えは実に素っ気ないものだった。

日向は真っ直《ます》ぐ前を向いて歩いた。

横断歩道を渡り、京成本線の線路沿いを進む。

目的地はなるほど、日向の言葉通りすぐそこだった。

モノリスのような自立サインに、〈四ツ木《よつぎ》斎場〉と書かれていた。

鋭角に曲がった日向に続いて足を踏み入れれば、総合案内板に名前が見えた。

中嶋家。

そういうことか。

「主任」

呼び掛ければ日向は立ち止まり、手を打った。

「ん？　ああ。そうだ。これこれ」

ポケットをごそごそやって取り出したのは、二人分の喪章と香典袋だった。

ひと組を涼真に差し出した。

「今日、これから告別式らしい。通夜無しだってよ。今風だな」

すぐには受け取らなかった。

「聞いてないですけど」

「今言った」

「知ってたなら先に言ってください」

「馬ぁ鹿。言ったら来たかい？」

「それは」

「そういうことだ」

日向は喪章と香典袋を強く涼真の胸に突き付け、受け取れと、そう言った。

涼真は、胸に手を上げた。

日向は頷《うなず》き、また先に立った。

喪章をつけ、エントランスから中に入る。

「なあ、月形。人も刑事も曲がっちゃいけねえが、かたくなに一直線過ぎるのもまた、いけねえよ」

明るいホールに跳ね返って降るような声が、身体《からだ》の中に染み透った。

特に返事はしなかった。

染み透ったものは、抱き留めればいい。

真正面の奥から誦経《ずきょう》が聞こえた。

離れた場所からでもわかった。

会場にポツンと、正面に坊主と、右脇の席に美緒がいた。

というか――。

他には誰もいなかった。

百歩譲って、親類縁者がいないのはわかる。皆が遠方に住んでいる。

が、ただの一人も参列者がいないのは解《げ》せなかった。両親と兄と四人で住んだ町に、友人知人は多いはずだ。

「けっ。馬鹿臭え。俺らだけが遅れたってわけでもあるめえし」

日向が吐き捨てるように言って、靴音高く会場に入った。

美緒の顔が上がった。

どこか虚《うつ》ろだった。

正面の祭壇で、中嶋が笑っていた。

いい笑顔だった。

焼香台の脇に香典袋を置く。

そうして涼真達が心ばかりの焼香を済ませると、美緒が立ち上がって寄ってきた。

「いいのか。喪主だろ」

「誰も来ないもの」

涼真は知り合って初めて、美緒の諦念めいた言葉を聞いた気がした。

兄妹揃《きょうだいそろ》って、いつも前向きで明るい二人だった。

「きっとさ。ニュースでやってたから、かな。近所の人達も、急に余所余所《よそよそ》しくなっちゃって」

寂しく笑った。その背中に見える中嶋の写真との対比が、切なく悲しい。

「ねえ。涼真。お兄ちゃん、なんで殺されちゃったのかな。本当に、ニュースでやってるみたいに、その、仲間割れって」

何も言えなかった。

隣で日向も頭を掻《か》いた。

そのときだった。

「そんなこと、あなたが口にするものじゃないわ」

高い天井に先程の日向の声よりさらに跳ね返り、凜《りん》と響く声が聞こえた。

「あなたは堂々と、お兄さんを信じていればいいの。それだけ」

いつでもどこでも、凜と響く声、負けない声。

涼真には馴染《なじ》みの声だった。

（ああ）

これで美緒は大丈夫だと、なぜか思えた。

ヒールの音も高く、颯爽《さっそう》と黒スーツの女性が登場した。

月形明子、涼真の母だった。

「お母さま」

美緒の呟《つぶや》きに明子は微笑《ほほえ》みだけを振り掛け、まずは焼香を済ませる。

付き従うように立つスーツの男は、明子の部下のようだ。

並んで焼香が出来るにもかかわらず、明子の後で手を合わせる。

焼香を済ませた明子が、涼真達三人の前に立った。

腰に手を当て、辺りを睥睨《へいげい》するような風情だ。

「こういうとき、普段偉そうにしてる人間、上級を気取ってる連中ってダメね。ふんぞり返るって、そんなに腰に負担が掛かるのかしら？　みんな弱腰、腰抜けばっかり」

どちらかと言えば本人が仁王立ちだが、気にしない。

だから、と言って明子は髪に手を差した。

「代表して、私が来たわ。私一人で、警視庁職員四万六千人分でいかが？」

「おいおい。参ったな」

日向が苦笑いで両手を広げた。

「いいのかよ。どうせ、誰にも断ってねえんだろ」

「登庁前だもの。それに、誰に断るって？　私は誰にも文句なんか言わせない。間違ったことはしないから」

「ああ。なるほど。ま、お前らしいって言えばらしいが」

「まったく。だいたいみんな、前提を忘れてるわ。疑わしきは罰せず。疑わしきはグレーってだけで、永遠に黒じゃないわ」

「おいおい」

日向は天を仰いだ。

「馬ぁ鹿。故人の妹さんを前にして言うことかよ」

「あ」

一瞬、明子の目が泳いだ、とみるのは息子である涼真だけか。

それも、すぐに元に戻ったが。

「美緒ちゃん。ごめんなさいね。でもこれは、刑事裁判における大原則の話だから」

美緒は緩く頭を振った。

「いえ。わかってます。いらして頂けただけで。それだけで」

「ありがとう。いい子ね」

明子は慈しみの眼差《まなざ》しを美緒に向け、切り返して日向に冷ややかな目を向けた。

「疑わしきは、疑わしいくせにって話じゃないでしょ。推定無罪は、事実認定の重要性を説いているの。グレーってそういうことでしょ。事実認定によってしかグレーは黒にも白にも動かない。逆に言えば白とも黒とも、その真実に光を当てるのが私達の責務なのよ。いえ、義務ね」

細い明子の指が上がり、動いた。

涼真の肩に置かれた。

「男でしょ。刑事でしょ。彼女一人守れないでどうするの？　そんなことじゃ、都民一四〇〇万人は守れないわよ」

大きく重い言葉に、知らず、涼真は頷いた。

明子は微笑んだ。

「逆に言えばね、涼真。彼女一人を守れる男には、たかだか都民一四〇〇万人を守るなんて、簡単なのよ」

しっかりなさい、と言って明子は背を向けた。

一度だけ振り返り、日向に向かった。その胸元で組まれた腕に視線を流す。

「まだ壊れないのね。いい時計だわ」

いつの間にか、坊主の誦経が終わっていた。

明子は、背後に従う部下に向けて手を振った。

「島崎」

「あの、横山《よこやま》ですが」

「そう。なんでもいいわ。本庁に向かいます」

「は、はい」

またヒールの音を響かせる。

美緒が笑った。解《ほぐ》れた笑顔だった。

「本当に、台風みたいなお母さんね」

「そうだね」

涼真も、ようやく言葉になった。

敵《かな》わねえなぁ。

これは日向の言葉だ。

その後、日向と二人で出棺まで立ち会い、美緒に送られてエントランスから出る。

携帯が振動した。日向の携帯だった。

「はい」

出て、その目に光が灯《とも》った。

「へえ」

通話を終え、日向は涼真に顔を向けた。

言われなくともわかる。

ここからは本分だ。

気を引き締め、涼真も刑事の顔に戻る。

「昭島《あきしま》のセンターに行くぞ」

「はい」

足を動かしかけ、

「おっと」

なぜか日向は立ち止まった。

「ええと。その、なんだ」

意を決したように振り返り、美緒に向かって唇を吊《つ》り上げた。

笑ったようだが、少し怖かった。

「俺、私は、日向英生。涼真の父です。こいつをよろしく」

頭を下げた。

「まあ」

呆気《あっけ》にとられた後、美緒がまた笑った。

陽溜《ひだ》まりに浸るような笑顔だった。

日向が、照れたように空に目を向けた。

「今日は大安だ。なあ。故人を送るには、いい日和だぜ」

（ああ）

その通りだと、涼真は心から思った。

十九

昭島のセンターというのは、昭島署管轄の東町《あずまちょう》四丁目にある、東町地域安全センターのことだった。

三日間の安全センター回りで顔を出した場所ではなく、日向も今まで行ったことはないという。

これは二日前に訪れた、立川の中区地域安全センターに勤務する女性サポーター、目加田君代《めかたきみよ》・元田無《たなし》警察署生安課少年事件係長の精力的な動きの結果らしい。

目加田は近隣のセンター間で、OB・OGのネットワークを構築していたようだ。

要するに、平たく言えば茶飲み友達の集まり、らしい。

――みんな、身体は元気なのに暇だからね。ときどきお互いのセンターに顔を出したりして。そうすると、今度はセンターを引退しても、気兼ねなくあちこちのセンターに軽い気持ちで顔が出せるようになるのよ。電車に乗るのも歩くのも情報交換するのも、足腰の強化にもボケ防止にもなるし。医者要らずを実践中ってとこね。

二日前に顔を出したときに、福々しい笑顔の目加田は、福々しい手を叩《たた》きながらそんなことを言っていた。

電話を受けた日向の話に拠れば、一昨日顔を出した直後から昨日に掛けて、渡したプリント用紙を目加田が自腹でコピーし、ネットワークに配り歩いたということだった。

――おかげでお腹《なか》がガバガバよ。あんこ物も、二、三日は要らないわね。

本当に飲まなくてもいいと思うし、茶菓子もどのくらいの量だったのかは気になるが、ひとまず現状に関係はない。

とにかく、その福々しいネットワークに、昭島署で唯一の地域安全センターが引っ掛かったようだ。

向かった東町地域安全センターに勤務するサポーターは、都築晋三《つづきしんぞう》という禿頭《とくとう》で厳《いか》つい、固太りの男だった。

六十四歳になるというが、どうしてこうも、地域安全センターには威圧感たっぷりの人間が多いのだろう。

都築は、昨日は勤務ではなかったという。今日センターに出てきて、目加田の置いていったプリントを見たらしい。

「これぁ、間違いねえよ。絶対だ。おう。絶対、多分な」

都築は下がり気味な自信をものともせず、腕を組んで大きく頷いた。

指差すのはプリントの右、斉藤の方だ。

「よく覚えてねえけどな。なんたって昔のことだからよ。うん。だいぶ昔なのは間違いねえな。絶対だ」

などと不思議な話は続くが、要は、

「上野桜木会《うえのさくらぎかい》。知ってるかい。おい、そっちの若いのも知ってるよな」

「はい」

当然、組対ではないが涼真にもわかる名前だった。

上野桜木会は、関東の広域暴力団・利根鬼面組《とねきめんぐみ》の二次組織だ。暴対法以降、他の組織同様に地下に潜ったが、今でも利根鬼面組の下では五本の指に入る威勢を保っているらしい。

日本最大の規模を誇る大阪の広域指定暴力団、船場一之江会が東日本に手広く展開出来ないのは、この利根鬼面組の勢力がなんとしても弱まらないためであり、中でも上野桜木会が東京都内に睨《にら》みを利かせているからだという。

「結構」

都築はひと呼吸置くようにして、渋茶を啜《すす》った。

「その上野桜木会の真下で、七三の兄弟杯だった組がな、その昔、西新井大師《にしあらいだいし》の門前にあった。一番羽振りがよかったのは、四十年位前だったか。俺が綾瀬《あやせ》署の刑事課に勤務してた頃だ。主任だったたな。バブルのずっと前だ」

組長の息子が飛行機事故で亡くなり、組長自身も病を得、その後、バブルが弾《はじ》け、

「末路は散々な組だったたな。周辺の、格で言ったら足元にも及ばねえような組がよ。寄ってたかって、引き千切るように縄張りを毟《むし》り取っていったぜ」

跡形もなく消滅したのは、今から二十年ほど前のことだったらしい。

「そこによ、最後の頃にいたチンピラが、よく似てんだ。粋がってよ、大師裏の彫《ほ》り松《まつ》で観音菩薩《かんのんぼさつ》を入れたっけ。観音菩薩はよ、西新井大師の本尊でな。チンピラなりに、願掛けたかったたんだな」

涼真は日向と顔を見合わせた。

大当たりだと、日向も表情で言っているようだった。

収穫を得てセンターを出る頃、また日向の携帯が鳴った。

出て話して切って、日向は少しだけ長い息をついた。

「まあ文句を言っちゃ、罰が当たるがな」

次は深川だ、と日向は涼真に目的地を告げた。

事の経緯は途中で説明された。

深川署に、管轄の地域安全センターは二か所あった。

昨日、涼真達は両方に顔を出した。

連絡があったのはそのうちの一つ、永代橋《えいたいばし》地域安全センターの方だった。

塚田喜一《つかだきいち》という、最後は滝野川《たきのがわ》警察署長まで務めた警視がいた。日向とはな、古い因縁だよ、とさっぱりと笑う男だった。

地域柄、塚田は永代橋一帯で、相撲のことを知る地場の古老を当たってくれたようだ。

その中の、今年卒寿になる三船《みふね》という老人から、重要な証言を拾うことが出来たらしい。

センターに到着すると、枯れて小さな老人が煎餅《せんべい》をお茶請けに、塚田が淹《い》れたほうじ茶を飲んでいた。

老人は昭和相撲史の、生き字引だという触れ込みだった。

「あぁ。こぉれはだなぁ。むかぁし昔のその昔、十両にだなぁ。一回、上がったことがだなぁ。有りやぁ無ぁしやぁ」

空気の漏れるような語りだったが、元気はとんでもなくあった。語りも口角泡を飛ばす勢いだ。実際に泡も煎餅も飛んだ。

「なあ、塚田さんよぉ。前もって話、聞いてんでしょ」

出された椅子ごと後ろへ下がりながら、日向が元署長に聞いた。

塚田は顎を触りながら頷いた。

「まあな」

「掻《か》い摘《つま》んでくれませんかね」

「そうか？　こっからが面白いんだがな。独居老人だぞ。つれなくするな」

「そりゃまあ。だったら、あとどのくらい掛かるんですかね」

「体調と気分次第だな。半日あっても終わらないときもある」

「終わらない？　それって、悪いときですか？」

「馬鹿だな。悪いときに長々としゃべれるかよ」

「じゃ、今日は？」

「まず、いい陽気だな。暑くもなく寒くもなく。そこへ観衆が三人は、そりゃ、燃える方だろうな」

「やっぱり掻い摘んでくれないっすかね」

そんな掛け合いの間も、老人の昭和相撲史は続いた。こうなるとBGMのようなものだ。

塚田元滝野川署長が聞いた老人からの話によると、その頃に在位した大関の付き人

が、

「こんな男だったようなって言ってな」

と、示したのがプリント用紙の左側、丸茂俊樹だった。

老人はまた、当時の大関の関係者を驚くほど覚えていた。

「そのタニマチの中に引っ掛かる名前があったんでな。それでお前を呼んだ」

「誰です」

「鶴崎文次《つるさきぶんじ》」

「えっ」

思わず声にしたのは涼真だったが、日向も動揺は同じだったろう。目を見張っていた。

鶴崎は、先ほど昭島での都築の話にも出ていた利根鬼面組の二次団体、上野桜木会の先代の会長の名前だった。

相撲好きで、たしか十二、三年前、その相撲見物の帰りにヒットマンに撃たれて重傷を負うという経緯があったはずだ。

跡目相続に関わる組織内の抗争ということで表立って大事にはならなかったが、船場一之江が裏で糸を引いたのではという実《まこと》しやかな噂《うわさ》も流れた。

「そう。だがよ、タニマチにヤクザなんてのは、でかい声じゃ言えないが、昔は堂々といたもんだ。興行の世界はそもそも奴らの世界だからな。それで、この男が新十両に上がったとき、まあ一回こっきりの十両場所で膝をやってな」

「一回こっきりですか」

聞いたのは涼真だ。

塚田は頷いた。

「そうだな。膝は完治することなく、二度と上がり目はなかったそうだが。二十年、いや鶴崎が撃たれるずっと前の話だから、もっとかもしれない。他の大関の後援者と鶴崎でな、この付き人の化粧廻《けしょうまわ》しをどっちが贈るかで派手に揉《も》めたんだそうだ。最後は双方から仲介が入ってな。結局、鶴崎は締込《しめこみ》を贈るってことで一件落着したようだが、この爺《じい》さん、そのことでよく覚えてたんだと」

「仲介って」

「そこまでは知らないらしい。——なあ、爺さん」

聞いても古老は答えない。

語るのに懸命だ。まるで弁士のように、膝まで叩いて前のめりだった。

邪魔をしないよう、塚田にだけ礼を言って安全センターを後にした。

戻り道は、少し歩いた。

永代橋を渡り、茅場町《かやばちょう》方面に向かう。

橋の下手には佃島《つくだじま》の高層マンション群が聳《そび》え立ち、上手には隅田川大橋《すみだがわ》が架かっている。

「上野桜木会、ね」

永代橋の欄干を叩きながら、日向が言った。

「繋《つな》がったんですかね」

呼応して涼真も口に出したが、日向に導き出されるような声は、呟き程度にしかならなかった。

思考にまだ、靄《もや》が掛かっている感じだ。先が見えない。

隅田川の水面《みなも》に落ちる陽《ひ》が影を長く引いていた。時刻は午後五時に近かった。

「ん？　なんだ。浮かねえな」

日向が隣に並び、聞いてきた。

「ピンときません。いえ。遠いというか、薄いというか」

「いいんじゃねえか。刑事としては悪くねえ。てぇか、上々だろう」

「というと」

「足で稼ぐ。汗を掻く。そりゃ、悪い事じゃねえよ。けど、宝探しじゃねえんだ。いや、宝探しだって、何もなく手当たり次第に掘ってるってわけじゃねえ。よぉく考えて、考えに考えて、使えるものはなんだって使って、薄かろうが細かろうが、取っ掛かり、端緒ってのか、それをまずつかんで、そっから掘り始めるんだ。――刑事もな、身に付けなきゃいけねえのは同じだよ。闇雲でもなんでも、動いてりゃあ、そりゃ楽だ。仕事してる気にもなる。夜のビールも美味《うま》いだろう。けど、そんなことが目的じゃねえし。いや、それが目的の馬鹿も中にはいるけどな。俺がついた以上、お前には〈刑事〉になって欲しいからよ。楽をさせるわけじゃねえが、やった振りの給料泥棒にはさせねえよ」

「はい」

それでいい、と日向は前を向いた。

「そう言った意味じゃ、こっからは掘るんだ。遠い音、薄い匂いを頼りにな。少し、汗も掻くかね」

「了解です」

「了解か。じゃ、行って来い。行って、捜査会議で堂々と情報を披露してこい」

「――えっ。主任は」

「ここからぁ、大井署に行くより、俺ぁ帰るほうが早い。さすがに今日は疲れたぜ。それに」

日向は大きく伸びをした。

「爺さん婆《ばあ》さん達ばっかりに働かせるのもなんだしな。そんなに働けって言った覚えはまったくねえけど。まあ、そろそろ俺自身も汗を掻くかってな。そんな気にもなってよ。なんかしねえとあの連中、化けて出るかもしれねえし」

「ははっ。まだ生きてますけど」

「馬ぁ鹿。生霊はお前ぇ、月形。本物よりずいぶんと怖《こえ》えって話だぜ」

茅場町についた。

涼真は日比谷線だった。日向は東京駅まで歩くという。

メトロの階段に向かおうとすると、

「ああ。月形」

日向が呼び止めた。

「なにか」

暮れゆこうとする夕空に、日向は目を細めた。

「大安吉日は、送る日和だけじゃなかったな。こりゃあ、雲の上に昇った中嶋巡査が、俺達に道をつけてくれたのかもしれねえよ」

じゃあな、と片手を上げ、日向は道の先へ背を向けた。

「そうですね」

答えで送り、涼真も夕景を見上げた。

雲に映った、茜《あかね》色の中嶋が笑った。

制服制帽で、敬礼をした。

涼真も返した。

「有り難うな」

知らず、涙が零《こぼ》れた。

二十

一旦、待機寮に戻り、涼真は取り敢《とあ》えずリクルートのようなスーツを脱いだ。汗を流し、コットンパンツにポロシャツの軽装に着替える。

捜査にはなにより、身軽なことが一番だ。

捜査会議までは、まだだいぶ時間があった。

せっかくの早上がりだった。日向の言に従えば、心身の緩急、情報の寒暖は捜査に向き合うための大事なキーワードだ。

冷蔵庫の残り物を集めて夕食を作る。

捜査にかまけ、賞味期限ぎりぎりな物が随分あった。切れた物もいくつかあったが、熱を入れればまだセーフだろう。

味噌汁《みそしる》も作った。というか、冷蔵庫内にある物の半分は炒《いた》め、半分は味噌汁に投げ込んだ感じだ。

そうこうしているうちに、時間だけは過ぎた。

最後は丼に白米を敷き、炒め物を乗せ、味噌汁をぶっ掛けた夕飯を掻き込むようになったが、それはそれで捜査に向かう気分が高揚してきて好もしい。

腹が満ちれば、気力も満ちた。

洗い物をし、ジャケットに腕を通す。

最後にワンショルダーバッグを肩から引っ掛ければ、それで涼真のスタイルの出来上がりだ。

駐輪場に降り、ロードバイクにまたがって捜査本部を目指す。

残照から吹き寄せる海風が頬に気持ち良かった。

大井署に到着したのは、午後七時十五分過ぎだった。

古沢大井署長による六時の定例記者会見はすでに終わったようで、大井署の外には〈結界の外〉に出たマスコミ各社の記者やカメラクルーが大勢たむろしていた。

何食わぬ顔で通り過ぎ、通用口付近にロードバイクを止める。

そちらにもマスコミの人間はいたが、古沢署長が公式発表の約束を破らない限り、迂闊《うかつ》な手出しはタブーだとわかっているはずだ。

「ああ。月形君」

湾岸署番の互いに見知った記者の声が掛かったが、制するように片手を上げればもう言葉の二の矢は飛んでこなかった。

三階に上がり捜査本部に入る。

ひな壇のすぐ前に椎名係長が陣取っていた。いつの間にかそこが定席になっている。湾岸署のメンバーとしては、まず上川係長の顔があった。佐藤も柏田もいた。村瀬は鑑取り班として遠方に出ているのか、まだ戻ってはいなかった。

その他、見知ったところとしては捜一の霧島も奈波もいた。粕谷もいる、ということはコンビになっている大井署の荒木もどこかにいるということになるが、姿は見えない。そもそもの勤務署だから、自分のデスクにでも着いているものか。

大森署の加藤係長や吉本主任はいた。涼真に遅れることわずか一、二分で船山が帰ってきた。

「おっ。お疲れさん」

涼真の肩を叩き、船山がコンビを組む捜一の捜査員と脇を通り過ぎる。

「あ。お疲れさんです」

捜査本部が立ち上がって六日目にもなると、他署の人間とも通じるものが出来上がってくる。

目的意識の共有というか、シンパシー。

思う。

三署も所轄が一堂に会する機会など涼真としても経験はなく、漠然とそんなことを

各地の捜査本部に派遣される捜一に配属されると、常に味わう感覚なのだろうか。日向がいたら聞きたいところだ。

一番後ろのデスクに陣取って、周囲を眺める。コンビはコンビ同士で、どこも今日の収穫、反省を話し合っているようだ。

一人で座っていることの一抹の寂しさも、身軽さも実感する。

村瀬が戻り、大井署の本宮や荒木も捜査本部に入ってきた。

時刻は七時五十分を過ぎていた。

古沢大井署長と中村管理官が姿を現し、捜査本部全体がうねるような意識をひな壇に向けた。

捜査会議の始まりだった。

鑑取り班、地取り班共に、これと言って大きな進展はなかったようだ。

放火の捜査班からはいくつかの報告があった。

これまでに発見された未発火の装置が野鳥公園側で十一個、東海ふ頭公園で三個の、計十四個に上るようだ。つまり、用意されたエレクトリック・マッチは野鳥公園に二十四個、東海ふ頭公園に九個ということになる。

「数の差に、特に大きな意味があるとは思われません」

報告を担当したのはいつも通り、湾岸署の佐藤だった。

数の違いは公園の面積差、そういう結論付けでいいだろう。

「六日半のタイマーということで、念のため十九日の正午からの不審者及び装置設置の目撃証言を地取り班と合同で当たってますが、今のところは。防犯カメラ班も同様ですが、いかんせんどちらも、カメラの数自体が少ない場所ですので」

「難しいか」

言ったのは進行役の椎名係長だ。

「なんと言いますか、発火装置もですね。未発火の物は乾式マッチのズレ、タイマーコードのハンダの剥がれなど、つまり、なんらかの衝撃が加わったものでして。鑑識の鑑定結果によりますと、おそらく投げたのではないか、と」

「投げた」

「はい」

と佐藤は即答した。

フェンスの外からでも少し離れた場所からでも、人気《ひとけ》もカメラもない場所だと思ったら即、投げてもいい。あるいは、もともと設置するのではなく、捨てるように投げるつもりだったかもしれない。

「いくつかでも作動し、燃え上がればいい、くらいの感覚でしょうか」

「なんのため――いや、陽動、攪乱《かくらん》か」

呻《うめ》くように言ったのは、中村管理官だった。

「メインはコロシか」

こちらは椎名係長だ。

「そう考えた方が、意味は通ります。ただ、投げた人間がホシに繋がるのも間違いありませんので、目撃証言の収集とカメラの分析に全力を挙げます」

佐藤はそれで座った。

そうしてくれ、と椎名は言った。そう言う以外にはなかったろう。

「他に、何かあるか」

涼真の出番だった。手を挙げた。

管理官は一瞥《いちべつ》のみで、ひな壇に顔を伏せた。

椎名は目を細めた。

「遊班か。なんだ」

涼真は立った。

「上野桜木会です」

一瞬、捜査本部に音が絶えた。いきなりの発言に、誰もがついてこられなかったからだ。

上野桜木会の真下、七三の兄弟杯で、西新井大師の門前にあった組織。

「組の消滅は二十年くらい前だったようですが、そこに最後の頃にいた若い衆が、西新井大師裏の彫り松で観音菩薩を彫ったようです」

室内の空気が、ざわりと動いた。涼真を芯に渦を巻き始めるようだった。

中村管理官の顔が上がる。目に光が宿る。

強い光だ。

「それは、斉藤慎吾のことか」

響くような声だった。

「おそらく。ですが裏取りはこれからになります。続いて」

「なんだ。まだあるのか」

鶴崎文次、と言ってみた。

——鶴崎って、おいっ。

——上野桜木の先代の。

——利根鬼面組。

そんな声もあちらこちらから上がった。

大関のタニマチの話をした。

誰もが涼真を見ていた。声もない。

報告を終えると、椎名係長が頭を掻いた。

「なんてことだ。東の組織に繋がるとは」

東の組織とは、利根鬼面組を指す隠語だ。ちなみに西の組織が、船場一之江会を指す。

「どこから仕入れた情報だ。確度は高いんだろうな」

「はい」

「どこの誰だ」

「目加田君代・元田無警察署生安課少年事件係長。都築晋三・元綾瀬署刑事課主任。塚田喜一・元滝野川署長」

最初、椎名はなんだかわからないようだった。眉間にしわを寄せた。

「元警察官ばかりだな。それは――」

「再雇用の人達。そうだな。遊班」

話を継いだのは中村管理官だった。

「はい」

「よし」

管理官は机を叩いて立ち上がった。

「火災捜査班も交え、全捜査員を組み直す。現在の上野桜木会や東の組織の周辺捜査と、西新井の潰れた組の聞き込みを重点的にだ。椎名係長」

「了解です」

椎名も立ち上がる。

「各署の課長も来てくれ。不在なら代理でいい」

大井署から新庄が立ち、大森署からは加藤、湾岸署からは上川の両係長が立った。

それで、全体の空気が動いた。会議室の熱量も上がったように感じられた。

椎名係長以下が新たな組み合わせをしている間に、中村管理官が寄ってきた。

涼真もさすがに緊張はする。背筋が伸びた。

「日向主任は？」

「はっ。その、もう地元の居酒屋じゃないかと」

「居酒屋？」

渋面になる、かと思いきや、

「まあ、あの人らしいと言えば、らしいな」

管理官は笑った。ただし、思いっ切りの苦笑いだ。

「勝手なことばかりする人で、良くぶつかったものだ。今でも認めるわけではないが、今もって変わらないということは、それがあの人の方針、信念なのだという気はする。

――君がどういう警察官を目指すかは君次第だが、一見の価値はあるのかもしれない、と言っておこう。私には必要ないが」

管理官は、涼真の肩に手を置いた。

「よくやった。イレギュラーではあるが、君が捜査本部にしがみ付いたことが、突破口になるかもしれない」

褒められた、と思ったときにはもう、管理官はひな壇の近くにいた。椎名達の話を聞いている。

褒められれば、大人でも悪い気はしない。一つのエネルギーにはなる。

などとやる気になっていると、

「おい。月形」

特に聞きたくもない声が掛かった。

盛り上がる気合を削《そ》ごうとする反作用もまた、往々にして働くものか。

プラマイゼロ、差し引きチャラ。

荒木だった。

「なんだ」

「凄《すご》いじゃないか。点数稼いだな」

そういうことではない。

「事件が解決したら本庁もあるんじゃないか。羨ましい限りだよ」

そういうことでもない。

どうやったんだ。

他に何か情報はないのか。

小出しにするな。俺にも教えろ。

などなど、などなど。

涼真は適当にあしらった。

「なんだよ。同期じゃないか。一人占めするなよ」

荒木はしつこかった。だから、最後は無視した。

捜査に向かう魂の熱を、奪われたくはない。

よし、と椎名係長の声が掛かった。

荒木が渋々と、元の席に戻る。

すぐに新たな割り振りが発表された。

それぞれのコンビに大きな変動はなかったが、役割と目的が大幅に変わった。

涼真は日向と、遊班のままだった。

「いいか。新たな手掛かりに勇躍するのはいいが、勇み足にはなるな。特に、東の組織の捜査には、組対や関係各所や、麻取《まとり》辺りも途中で横槍《よこやり》を入れたり、あるいは直《じか》に絡んでくるかもしれない。そうなったら、こちらの捜査自体が暗礁に乗り上げる危険もある。くれぐれも慎重に」

——はっ。

思いが一つだからこそ、捜査員達の声が揃う。

〈ふ頭公園連続殺人事件及び近隣公園連続放火事件〉は、新たな局面に入った。

エピソード　3

午後六時少し前に、日向は京成町屋駅の改札を出た。

まずはいったん、マンションの自宅に戻った。呑《の》むにはまだ早かったし、着替えもしたかった。なにしろ、着ているのはワードローブの中で、一番新しいひと揃えだ。

出掛けに玄関に用意しておいた清めの塩を振り、シャワーを浴びる。

それからいつものスタイルに着替え、外に出た。

馴染みの居酒屋に向かった。縄暖簾《なわのれん》に手を掛けると、賑《にぎ》わいが波のように聞こえてきた。

それを暖簾と一緒に割るようにして店内に足を踏み入れれば、「らっしゃいっ」と大将の威勢のいい声が出迎えた。

カウンターに席を取り、おしぼりを貰《もら》う。

「何、呑みますかい？」

ビール、と言い掛けて止《や》める。

精進落としか、とそんな言葉を口中に回し、外に出してぬる燗《かん》、と告げる。

「あいよ」

待つ間に突き出しに手を付ける。茄子《なす》と茗荷《みょうが》の煮びたしだ。味がよく染みていた。

「お待ち」

お銚子と小振りの酒杯が、カウンターの奥から出される。一杯目は大将自らが注《つ》いでくれた。

呑み干す。

美味かった。

ビールはよく働いた後でないと美味くないとこの前で分かったが、日本酒はよく働いた後はなお美味いと今日知った。

「おっ。旦那、いい調子だね」

「ん？　そう見えるかい」

酒杯の模様を眺め、日向は手酌でもう一杯を空けた。

今日は、動きの多い日だった。

出始めからして、日向にとっては激動だった。なんと、別れた女房が現れた。相変わらずで見惚《みと》れたよ、などとは口が裂けても言えないし言わない。

が、今日はこの明子の登場が、一日を大きく動かすキーになったかもしれない。涼真には中嶋という亡き同僚との大安吉日を口にしたが、日向にこそ、明子の存在が大安吉日への道を開いたのだ。

今日は実に多くの、昔の仲間と繋がった。挨拶で顔を出しまくった結果だと言えばそうかもしれない。

それだけのことかもしれないが、昔の仲間とはそもそもが、日向だけの知り人は少ない。

日向から明子を知る者在り、明子から日向を知る者在り。

様々にして、それが、人の歴史というものだった。


九州に潜ってからも、日向は月形母子のことを片時も忘れることはなかった。

忘れた方がいい、と思うような出来事もあったが、そんなときこそ、特に脳裏で涼真が笑い掛け、真闇《まやみ》に落ちそうになる心を支えてくれた、と思う。

ときおり白木から届けられる涼真の写真や動画は大事だった。楽しみでもあった。

白木は最初から、

――どんなルートを使ってでも、無理にでも届ける。だから、あんたも無理にでも見ろ。それがきっと、あんたを繋ぎ留める。

そんなことを言った。

本当に白木には、上手《うま》く操られたものだとも思うが、同時に、上手いケアをしてくれたものだとも思う。

涼真のことと同時に、明子についても情報は随時入ってきた。

こちらに関しては、入手は簡単だった。

警察庁キャリアの動向は、マル暴の情報網ですぐにわかったからだ。

明子と涼真のことは、そんな明子の動きで追うとさらに興味深かった。

母子の生活が、見なくとも手に取るようにわかった。

平成十年（一九九八年）は、日向が小倉の小さな組織に潜って約一年後だった。

この年、涼真は三年保育の幼稚園に入園した。そんな写真が日向の元に届けられた。

明子と祖父母と、四人で写っている写真だ。後悔先に立たずだが、その場に自分がいないことには、胸が締め付けられるような思いだった。

この翌年、明子が警察庁関東管区警察局勤務になった。涼真は転園することになり、年中と年長をさいたま市の官舎で暮らしたようだ。

自分の疎遠はさておき、明子一人でどうなるかと心配もしたが、義母が一緒に住んでくれると白木からの情報に聞いて安堵《あんど》した。代わりに、一人暮らしを引き受けてくれた義父には、遠く小倉の地から頭を下げたものだ。

二年後には、涼真は小学校に入学した。この頃から、明子のキャリア的昇進は本格的に始まる。遠方への異動にも躊躇《ちゅうちょ》は無くなる。

涼真は義母と共に千葉に戻り、そこから公立小学校に通うことになったようだ。この判断が正しかったことの証明のように翌年、三十五歳年度で明子は岐阜県警捜査第二課長として単身赴任になった。

二年後には警視正に昇任するが、この階級からはもう、明子は異動が主に二年ごとになった。神奈川県警相模《さがみ》方面本部第五方面平塚警察署長に就任し、二年後には三十九歳にして、警察庁刑事局組織犯罪対策部組織犯罪対策企画課犯罪組織情報官様だ。

ちなみにこの年、涼真は小学校六年生に進級した。

中学校のチョイスとして明子は涼真に、東京の中学への進学と明子との同居を聞いたらしい。

これも、白木から届けられる〈ときおり〉の一つだ。

涼真は、涼真の意志でこれを拒否したという。この頃にはすでに、母とはそういう距離感で接するものという認識があったようだ。白木がそう分析してよこした。

涼真は祖父母の元にいて、地元の公立中学に進み、陸上部に入った。種目は一一〇メートルハードルだ。最終的な成績は県大会止まりだったが、三年時には主将にも選ばれたらしい。その後は、地元でも難易度の高い高校に進学し、部活動は陸上を続けると聞いた。

一方、明子は警視庁第二方面本部長から、熊本県警警務部長に異動になった。九州に来たのだ。

この間に一度、日向は明子と会ったことがある。

場所は、宮崎のフェニックス・シーガイア・リゾートだった。明子が宮崎県警主催の会合でシーガイアに来て、日向がフェニックスでの船場一之江会系のゴルフコンペに青猿組組長の名代で出席したときだ。

笑うほどの偶然だったが、偶然だからこそ会えるというか、会おうという気にもなるものだ。

明子は間違いなく、いずれ警察の中核を担う女だった。理由も告げず別れたが、さすがにもう、日向が何をしているかは把握しているのだろう。そうでなければ、会うという選択肢は明子の中にはなかったと思う。

リゾートのオープンテラスに、明子はいた。足を組んで、アールグレイを飲んでいた。

日向はモカブレンドを注文した。

別れて十五年。

相変わらず、明子はいい女だった。

「あら？　酸いも甘いも嚙《か》み分けたって感じ。昔よりも、いい男になったわね。昔もいい男だったけど。今思えば、ちょっと緩かったのかな」

「お前もな。昔は凛と咲く花のようだと思ったが、今の方が大輪だ。グラビア、なかなかよく写ってた」

これは雑誌のインタビューを見たからだ。

「有り難う。お世辞でも嬉《うれ》しいわね。グラビアじゃないけど」

「お世辞なんかじゃねえよ。けどまあ、こう考えると、俺達は今も昔も、割れ鍋に綴《と》じ蓋だったみてえだな」

「どういう意味？」

「ぴったりなんだよ。きっとな。けど、何もかもダダ漏れだ」

明子は、いい女だ。すぐに理解して、すぐに微笑んだ。

「そうね。だから、あの子には苦労させてるわ。寂しい思いも」

「そうだな」

日向が言いたかったことも、そのことだ。

コーヒーが運ばれた。ひと口飲んだ。

飲んでから香りに気付いた。

日向の人生のようだった。

「涼真、もう高校生よ」

アールグレイの向こうで明子が言った。

「知ってる」

「あら」

「お前より知ってるかもな」

「そんなこと」

「情報は、お前が思うより結構まめだぜ」

「情報って、じゃあ、知ってるってだけじゃない」

「今年の県大会は惜しかった。もう少しで関東だったのにな」

「私だってそれくらい、知ってるわよ」

「俺は千葉テレビの録画で見た。お前は？」

「私は――」

「お前の知り方と何が違う」

「それは――そうね。そうかも」

リゾートの陽溜《ひだ》まりのようなオープンテラスに、あまり似つかわしくない会話だったように思う。

この翌年、明子は警視長に昇任し、中部管区警察局総務監察部長に昇任した。

明子が九州を去った。一抹の寂しさを覚えた。

日向に帰京の明確な意思が芽生えたのは、おそらくこのときだった。そのままを白木に伝えたが、快諾、とはならなかった。

「時間が欲しい。すぐには無理だ。お前はそのくらい、いい仕事をしてくれた。つまり、深いんだ」

「わかってますよ」

実際にサルベージが成功するのは三年後だった。

明子は前年から都道府県警トップの県警本部長として、秋田に赴任していた。

しばらくは顔も見られないと思っていたが、機会は幸と不幸を綯《な》い交《ま》ぜにして訪れた。

闘病中の義父が亡くなったのだ。

日向は、葬式には間に合った。けれど間に合ったというだけで、列席は出来なかった。

東京には舞い戻っていたが、そこから身分素性を再確認し、追尾のないことを注意深く確かめるのには時間が必要だった。

葬儀場の外で雨に打たれて一人、不義理を亡き義父に詫《わ》びた。

その直後に、明子には会った。実父の死に目には会えなかったが、葬儀には戻ってきたからだ。

「へへっ。俺も、戻っちまったよ」

そんな言葉しか、このときは思いつかなかった。

「お帰り」

明子が少し、青白く見えた。いつも輝くような女だった、はずだ。

「迷惑じゃなかったか？」

思わず口を衝《つ》いて出たのは、情けない言葉だった。

ただこれは後で思えば、日向自身の感傷の投影に過ぎなかったようだ。

「何が？」

「何がって、俺が戻ってよ。いや、その前にあれだ。あのときはそこまで気が回らなかったが、その、よ」

「だから何よ」

「バツが付いたりとかよ。いやそれ以上に、そのよ、俺がモグラになって、迷惑じゃなかったか」

全然、と明子はあっさりしたものだった。

「ああ。そんなこと」

「そんなこと？　えっ」

日向を見て、明子は余裕をもって笑った。

姿は黒白に統一されていたが、明らかにいつもの明子が目の前にいた。〈キャリア女子の星〉であり、〈シングルマザー・キャリアの魁《さきがけ》〉の女傑だ。

「いい？　バツはそれこそ、モグラになる前にあなたと切れた証明だし、モグラはその後のことだから、かえって私の切り札」

「――ああ？　なんだよ、それ」

「当時の総監、副総監、総務部長、警務部長、刑事部長、あなた直属の捜査第四課長、今の組対ね。あと、絶対知ってると思ってカマ掛けたら引っ掛かってきた、警察庁《サッチョウ》の課長や局長達。つまり、あなたをモグラに仕立てたことを知って黙認した人達全部に対する私のメリット。私にデメリットは何もないわ」

自分の口が、開いていた。あんぐり、というやつだ。

「それで、勝ち組かよ」

「何言ってんの。これは実力」

「実力って」

「あなたこそ、わかってる？　モグラってね、ほとんどが普通は片道切符なのよ。まあ、たいがいがその前にどうにかなっちゃうっていうのがあるみたいだけど」

「なんだ？」

「少なくともあなたに、帰りの線路を敷いたのは白木さんだけじゃないわ。白木さんだけだったらもっと掛かったかも知れない」

「どういうことだ」

「つまり、私も手を貸したってこと」

感謝してね、と明子は言った。

元気出た？　とも言った。

去る明子の背中とヒールの音に耳目を奪われ、脱力した。

脱力の後には、再生だ。

「敵《かな》わねえな。あいつにゃあ」

笑えた。助かった。

その後は、今に繋がる警視庁での事々だ。

実際の帰庁はこの翌年で、所属は刑事部刑事総務課指導係という部署だった。

何もした覚えはない警部補の階級は白木の恩情か明子の力技《ちからわざ》だろうが、このまま表に出ることもなく、それが上がりだと思っていた。

二十二歳の涼真がこの直後、警視庁採用試験を受けるとは夢にも思わなかった。

まさに寝耳に水のこと、春の珍事だった。

二十一

翌日はもう、月が変わって六月に入った。捜査開始から七日目の朝だ。

新しい捜査方針や目的に応じたコンビの組み替え、役割の変更による初日ということになる。

この朝は、本庁から大野捜査一課長の臨席もあった。

短いが身の引き締まる大野一課長の訓辞と中村管理官の挨拶に始まる全体の雰囲気は、熱量と意気がこれまでより格段に上がっているように感じられた。

六月初日に相応《ふさわ》しい朝だった。

にも拘《かかわ》らず――。

この日も朝のミーティングに、日向の姿はなかった。

利根鬼面組、上野桜木会、鶴崎文次と七三の兄弟杯、西新井の二次団体。

そんな辺りを掘り当ててきた功績かどうか、とにかく誰も日向がいないことを咎《とが》めることはなかった。そういう行動スタイル、と認めたかもしれない。

中村管理官などは、

――勝手なことばかりする人で、良くぶつかったものだ。今でも認めるわけではないが、今もって変わらないということは、それがあの人の方針、信念なのだという気はする。

と、日向のそんな様子を昔から知っていたようだ。

一念岩をも通す、点滴岩を穿《うが》つ。

(そこまでのものではないか)

かえって迷惑な一念、一滴だと思えば、涼真の口元には苦笑も浮かんだ。

ミーティングが終わると、各組は三々五々、それぞれの役割に従って行動に移った。

ただ、大井署の荒木だけは、捜査員の動きに逆らうように真っ直ぐひな壇に向かい、相棒の粕谷が慌てて追随するようにそちらに走り寄った。

その他、捜査本部内には仮眠を取ろうとする者や分析班、大井署の事務課員が残る程度だった。

「さて」

涼真はおもむろに携帯を取り出した。

なんにせよ、相棒であり上官であり指導係でもある日向から、なんらかのアクションが無いと涼真は身動きが取れない。

こちらから連絡した。

すぐに繋がった。

――おう。いい朝だな。

「お早うございます」

――面倒臭《くせ》え会議は終わったかい？

「ええ。面倒臭くはないですけど」

日向はすでに動き出している様子だった。電話の向こうに、車のエンジン音やら踏切の警報音やらがやかましかった。

奥に聞こえる弾けるような声は、通学途中の女子高生か。

「早いですね」

――ま、こっちはもう、爺いの領域に片足を突っ込んでるからな。勝手気儘《きまま》に動こうとすると当然、朝がえらく早くなる。その分、夜の終了も早くなるけどな。

「それならそれで言ってくれれば」

日向の答えはいつも通りの、馬ぁ鹿で始まった。

――無理して合わせるこたぁねえよって話をしてんだ。年齢が行くとな、早寝早起きは自然なことなんだ。目覚ましなんかあったって使いもしねえ。そこへいくと、若い連中の早寝早起きはまあ、アクシデントだな。第一、規則正しい若い衆なんてのは気持ち悪いや。若いうちはよ、不摂生が服着て歩いてりゃいいんだ。

「そんなもんですかね」

そんなもんだと日向は言った。

――とにかく、俺は今日は一人で動く。合流も面倒だ。

「そうですか。じゃあ、俺は今日はこっちで、どっかの手伝いですか」

――いや。することはある。お前は、菓子折り持って動け。

「――えっと」

よくわからなかった。

「菓子折り、ですか？　あの、甘いのとか、煎餅とか」

――そうだ。ああ、煎餅はいいな。日持ちすらあ。けど、あんまり堅ぇのはやめとけよ。爺いと婆あばっかりだからな。

「あの、どこへ」

――どこへって、昨日のあれだ。情報をくれたところへだよ。

「ああ。お礼ってことですか」

――そう。これぁ、大事だぜ。

と言われても引っ掛かりがある。素朴な疑問というやつだ。

「昨日、あの場で済ませとけばよかったんじゃないですか？　わざわざ今日ってのは、二度手間では」

聞いてみた。

——馬ぁ鹿。その場でなんか買って渡したら、手土産以下じゃねえか。取って付けたみてえだろ？　それが一日でも置けばよ。わざわざすいませんねぇってなもんで、付加価値もがっちりついてよ。相手方も自分のしたことが大層なことだったって思えるもんだ。そうなりゃ、同じ千円の煎餅でも、何倍も美味く感じるって寸法だぜ。

要するに世渡り、処世術の類か。

「了解です。じゃあ、千円の煎餅でいいんですね」

——ああ。千円のでいい。けど、くどいようだが、本当に堅ぇのはダメだぞ。

「わかりました」

通話を切った。

そんな会話があって、この日、涼真は一人で動くことになった。

ちょうどそのときだった。

「いい加減にしろ！」

ひな壇の方から発せられた怒声に、会議室内の耳目が一瞬にして吸い寄せられた。

正確にはひな壇からではない。ひな壇の前に立つ、粕谷からだった。

一喝が向けられたのは、間違いなく隣に立つ荒木だったろう。

あの粕谷が声を荒らげる。

涼真には珍しいことに思えた。

荒木はそんな粕谷の視線から逃れるように顔を背けた。

ちょうど、涼真の方向だった。

いや、敢えて見たのかもしれない。

睨み付けるような視線を涼真にひた当て、荒木はそのまま捜査本部を出て行った。

——申し訳ありませんっ。

粕谷がひな壇に向かって頭を下げ、荒木の後を追った。

気になった。ひな壇に寄ってみた。

「何かありましたか」

中村管理官は、いや、と言ったが、大野捜査一課長は、

「あったぞ。日向警部補とな、組ませろと言ってきた」

と答えてくれた。

「えっ。荒木が主任と？」

管理官が椅子に背を預け、そうだと言った。

「捜査会議や捜査方針に縛られることなく捜査出来るのが遊班、つまり日向警部補に与えられた特権なら、自分も組んでみたいとな。勉強、とも言っていたが、自分もと

いうあれは、口が滑ったのだろうかな。聞く限り、間違いなく月形、お前に対するライバル心、そんな辺りが見え見えだった」

「はあ」

なんの緊急事態かと思えば、どうでもいい私事だった。答えは必然的に、気の抜けたものになる。

「対抗心は、悪いことではない」

重い声が聞こえた。大野一課長だった。

「悪いことではないが、度を超すとな。いいことは何もない」

「超しましたか」

聞いてみた。

一課長の目が動いた。

それだけで威圧感は十二分だった。

「歪《いびつ》な感じがした。対抗心だとしても、いや、対抗心ならなおさら、あれは良くない。互いに成長しようとするものではなく、どちらかと言えば、相手を蹴落とそうとする質《たち》のものだ」

涼真は内心で舌を巻いた。

慧眼《けいがん》、というやつか。捜査本部臨席二回、わずかな会話で一回。それだけで良くも、荒木の本質を見抜くものだ。

「お前はお前の、しなければいけないことをしろ。日向主任に言われた、何か役割はあるのだろ」

「あ、わかりますか」

「あの人は上司部下に関係なく、休ませてくれるような殊勝な人ではないからな。ただ、それ以上に自分も動くから、誰も文句は言えないが」

一課長は薄く笑った。

小さかろうと薄かろうと、涼真は一課長の微笑みを初めて見た。笑みは感情の揺れだ。日向は不在でも、大野の心を動かす。

これも作り上げた関係性、歴史だろう。

一礼し、涼真はひな壇の前を辞した。

しなければいけないことをしろ。

その通りだった。

一課長が見抜いたように、日向に命じられたことがあった。

日向本人の言葉を借りれば、爺いと婆あ巡りだ。

身支度もそこそこに、ワンショルダーバッグを肩に引っ掛け、外に出る。

この日は朝から快晴の、いい天気だった。

照り付ける太陽が眩《まぶ》しかった。

手庇《てびさし》を作り、空を見上げる。

六月の太陽は、やはり五月より感覚として、少しだけ重く感じられた。

二十二

各センター巡りに持参する菓子折り、というか煎餅を、どんな物にするかは頭の中ですぐに決まった。

涼真には秘《ひそ》かに、自身が千葉の人間という自負があった。

千葉と言えば、日本一の醬油《しょうゆ》の名産地である銚子《ちょうし》に、〈ぬれせん〉という特産品がある。煎餅で且《か》つ、柔らかいやつだ。東京駅の大丸の地下でも買える。

東京駅に回って濡《ぬ》れ煎餅の詰め合わせを買い込み、遠い方からということで立川と昭島に回った。

立川中区の目加田は、この日は休みだった。なので、居合わせた別のサポーターに詰め合わせを預けた。

ひと言添えるのは忘れない。

〈目加田さんには、くれぐれもよろしくお伝えください〉

次いで昭島の、東町に向かった。

都築はいたが、ちょうど近隣の小学校に安全教室の手伝いで出掛けるところだった。危ないところだ。

「おう。わざわざすまねえな。有り難く貰っとくよ」

と言いながら、都築は手刀を切って受け取ってくれた。

それほどの物ではないが、ここでもひと言添えるのは忘れない。

〈また、何かあったときには、よろしくお願いします〉

その後、二十三区内に戻って深川永代橋に向かった。時刻は午後三時に近かった。

塚田元滝野川警察署長は、センターに在所だった。

〈また、何かあったときには、よろしくお願いします〉

それで辞去しようとすると、

「三時だ。茶を淹れよう。君も飲んでいけ。詰め合わせはもう一個だ」

と立て板に水で言われた。

はて――。

たしかに何かあってはと思い、予備を買ってはおいた。

それにしても、と首を傾《かし》げると、

「三船さんの分だ。――ああ、あの卒寿の相撲の爺さんな。こういう義理・不義理に敏感なのが、この辺の爺さん連中でな」

　なるほど、納得だった。

〈三船さんには、くれぐれもよろしくお伝えください〉

　言葉を忘れず添えて、もう一つを渡す。

　塚田が淹れて出してくれた緑茶を飲めば、センター内の掛け時計が三時を教えた。

　持ってきた物だが、出されたので濡れ煎餅も貰う。

　堅焼きだろうと半生焼きだろうと、とにかく醤油煎餅なら緑茶が最高だ。

　ホッとひと息つく。

「それにしても主任は一人でって、どこで何をしてんですかね」

　茶請け話に聞いてみた。

「聞いていないのかね」

「はあ」

「聞いていないとわからないかね」

「えっ」

「それじゃあ、刑事の息子と言うより、子供だな」

　少しむっとした。

「じゃあ、私見でいいですか」

「そう。何事であっても捨て置きにせず、考えることは大事なことだ」

塚田は茶を啜って外を見た。

聞く態勢、ということなのだろう。

「そうですね。——まず、早起きってことは、遠方に行ったか、どこかの誰かに朝駆けで会いに行ったか」

涼真も緑茶を啜った。苦みがいい刺激になって思考をまとめてくれる。

濡れ煎餅は、少し刺激には足りないか。クニャクニャする。

「まあ、遠方も朝駆けも、どっちも有りですか。考えても仕方ないことはひとまず措くとして、どっちも有りなら、またどっかの地域安全センターか、そこから紹介の人達に会いに行ったものか。そう考えたとして、だとしたら、俺を置いていくってのがよくわかりません。途中合流も有りでしょうし。ただ、うちの主任が終始、昔を歩いてるのだけは、ほぼほぼ間違いないと思うんですけど」

「ほう。昔な」

「ええ。昨日の捜査本部でも漠然と思ったんですが、捜査の中心は現在です。当然、事件そのものが直前に起こったものですから。ガイシャもマル被も、つい最近そこにいたわけですし。防犯カメラ、目撃者、遺留物。けど、日向主任は、常にそこにはいません。時間軸が違うというか。すいません。上手く言えませんが」

「いや。いいんじゃないか」

塚田は首を横に振り、茶を啜った。

「子供、ではなく、さすがに奴の息子だと言い直してやるか。いい勘だ。いや、いいセンスだ」

「そうでしょうか」

そうだ、と塚田は断言した。

「科学捜査が進んで、どうも即物的というか、即答を求める捜査が昨今は主流になっている。これは事実だろう。動機はなんだという問いに対して、動機なんか逮捕してみればわかると言う向きもある。これも事実だ。ただ、人の記憶に恃《たの》むこと、時間の流れを辿《たど》ることも、実は大事な捜査手段ではあるんだ。——殺害方法はなんだ。殺害方法なんか、逮捕してみればわかる。殺害場所は、犯行時刻は、そんなものは逮捕してみればわかる。——すべて同じことだよ。どれもこれも、逮捕してみればわかることだ。と同時に、すべてが犯人へ至るためのアプローチだ」

涼真は自然と頷いた。理解も納得も出来たからだ。

「やっぱり、うちの主任は昔探しをしてるんですかね」

「そうさな。隠し切れない繋がり探しをしているんじゃないかな。つまり、殺害動機が生まれた瞬間を」

「それは」

「例えとして悪いかもしれないが、例えば、だ。とある会社があったとする。今はまだ堅調だが、先行きに目がない。そうだな。例えば三年後には法律が変わって、今までと同じ商売が出来ない、違法になる、とか」

「はあ」

「それで、日向の息子。君は知ってるかな。例えば、それで計画倒産を企てた社長がいたとする。裁判所に提出する決算書は二期分、通帳はすべての口座の二年分だ。さて、君ならどうする？」

「三年後で、二年分ですか」

考えるまでもない。

まあ、例え話でも警察官が考えるべきかには、大いに疑問は残るが。

「早いに越したことはないわけですから。当然、今のうちから準備するでしょう」

「そういうことだ」

塚田は頷き、濡れ煎餅を齧《かじ》った。齧るという表現が合っているかは、この際どうでもいい。

「人目につくことがわかってから始めたら人目につくんだ。なら、どうすればいい。簡単だよ。人目につく前に始めることだ。出来たら準備は、その前にすべて終わらせておけば完璧だ、と、余裕があるなら考える。もっとも、二年以上前から計画倒産を企てることは普通ならあり得ない。だから二年なのだろうがね」

塚田はまた濡れ煎餅を齧った。齧ってもしゃべることが出来るのが、もしかしたら濡れ煎餅の利点の一つかもしれない。

茶請けに最適だ。

初めて気付いた。

「だからもし、この二年より前に焦点を辿ることが出来れば、この社長がしたことは丸わかりだ。――同じことだよ。殺人も計画的であったのなら、この計画倒産と考え方は同じだ。殺害方法や殺害場所、犯行現場などはわかりようもないが、同じように殺人に至る原因、つまり動機の萌芽《ほうが》は、実はこの準備期間の前にあるのじゃなかろうか。いや、あってしかるべきだ。違うかね」

「いえ。その通りだと思います」

塚田は頷いた。

「ともあれ、これも考え方の一つだ。色々、見聞きすればいい」

そういうことなのだろう。

中村管理官も、

――君がどういう警察官を目指すかは君次第だが、一見の価値はあるのかもしれない、と言っておこう。私には必要ないが。

そう言っていた。言わんとする核は、間違いなく同じだ。

「若いうちは、経験を積むことだ。見聞を広げることだ。何度、馬ぁ鹿と言われてもな」

「あはっ。それって」

「これこそ、昔からのあいつの口癖だ」

たかが三時のお茶と侮るべからず。色々な教えや情報が詰まっていた。

涼真は首筋を叩き、頭を下げた。

「有り難うございます」

塚田は茶を啜り、目を細めた。

「なあに。昔、あいつにしてもらったことに比べれば、大したことじゃない」

そう言えば塚田は、日向とは古い因縁と言っていた。

「あの、主任が何を」

「さてな。――あいつが言わないんだろ」

「はい」

「じゃあ、私に言えるわけもない」

塚田の顔が外を向いた。

この話は終了ということだろう。

その後、もう一杯の茶と一枚の濡れ煎餅を相伴してから、涼真は永代橋地域安全センターを辞した。

「さて、と」

四時を大きく回っていた。

残りの手土産は一つ。

それは、湾岸署大井ふ頭地域安全センター勤務の、実枝に渡す分だった。

二十三

利根鬼面組以下の情報により、捜査に明確な目的とわずかな希望が見えたのは間違いない。

とはいえ、捜査の対象が広域指定暴力団と名の知られたその傘下では、ますます大っぴらにするわけにもいかなかったろう。とりわけ、中嶋巡査との関係はまだ深い五里霧の中なのだ。

それでも約束は約束で、この夕方六時からの定時会見では、古沢署長はなんとも言えない難しい顔で一人、フラッシュを浴びながら話の誘導に腐心したようだ。

翌日、新たな捜査は二日目に入った。

日向はこの朝もミーティングには顔を出さなかった。

連絡をすればまた独自に、一人で向き合うのみの捜査を展開していた。

先日同様、涼真が命じられたことは各センターへの菓子折りの配達だった。

——回ってもらう場所は、この後メールで送るわ。昨日、帰ってから順番にまとめといたからな。

「順番って、主任が回った順番ですか」

——そうだよ。お前が、指導係である俺を辿る順番でもある。

学べと言うことか。

「了解です」

通話を終えると、本当にすぐ送られてきた。

何か所分も地域安全センターの名称と担当者名が列記されていた。

涼真の記憶にないところが多かった。主に昨日、日向が回った所のようだ。十か所はあったが、ほとんどが二十三区内だった。

菓子折りは、柔らかめの煎餅と水羊羹《みずようかん》の詰め合わせに決めた。前日の濡れ煎餅は好評だったが、数をまとめて持ち歩くのは先方に対し、少々無作法な気がした。

なので、個別に買って運ぶことにした。いい感じに柔らかい煎餅と水羊羹の詰め合わせが、山手線内の売店で買えることは昨日、確認済みだった。

回った先は前日の立川中区のセンター同様、この日が当番でなかったり交代での巡回中だったりして、不在のところもあったが、大概は目当ての本人に会うことは出来た。

〈また、よろしくお願いします〉

世渡り上手の呪文を口にしながら、詰め合わせを手渡す。

反応は十人十色だが、

「おう。こりゃ、すまねえなあ」

というすんなりした反応は、数日前に涼真も顔を出したことがあるセンターで、初めての場所では、

「へえ。あんたがね」

「おや。君がかい」

と、涼真に対する興味の方が詰め合わせに勝ったようだ。

あいつの息子、あの人の息子、中には、彼女の息子、彼女の旦那の息子、と口にするサポーターもいた。

全員が全員、父を直接に知る人ばかりではなく、母を通して父を知る人もいるというわけだ。

お礼の配達というか、どちらかと言えば涼真の顔見せ、の感が強い場合もあったか。

実際、

——おや。くれるって。これはご丁寧にどうも。なんにもしてないのに、悪いね。

と頭を下げる人もいた。たしか、元本庁交通部交通機動隊管理官だったたか。

辿ることは学ぶことと解釈したが、捜査を目的としながら昔を回りながら、日向は涼真と自分の昔を繋げようとしてくれているのかもしれない。

行く先々で日向が何を頼んだり、聞いたりしたかと問えば、案外その思考と目的に筋道はつけられた。

それにしても、おそらく前日に日向が立ち寄った場所のすべてを、後追いで涼真が回っているわけではないとはわかった。

なぜなら、遠い場所の地域安全センターもいくつかはあったが、それは涼真も一緒に回った場所で、その分を除いた場所に関しては、移動時間に推測の滞在時間を加味しても、おそらく半日あれば余裕だと思われたからだ。

加えて、早朝から、しかも一人で回る意味も道程からは見出《みいだ》せなかった。

つまり、地域安全センター以外の、どこかも回っているのだ。

前日、三時のお茶と濡れ煎餅の最後に、深川永代橋の塚田は涼真に言った。

「ああ。さっきの質問だけどね」

「えっ」

「あいつがどこで何をしてるのかって聞いたろ」

「あ。はい」

「その、私がしてもらったこと、私が言えないことに近いのかもしれない。そのくらいは答えておこうか。――あいつはね、人より多く泥水をかぶった男なんだ。私達の代わりにね。だから、言わないってことは、言えないってことに近いかもしれない。いや、間違いないだろう。ただし、それはあいつの財産でもあり、同時に急所でもあるかな。でもね、そんな危険を冒してもあいつが、陽の下に出てきたことが、私は嬉しいのだ。もっとも、引《ひ》き摺《ず》り出したのが彼女だったり、引き上げたのが君だったりするかもしれないけどね。もしかしたら私は、こうして濡れ煎餅を貰って齧る立場ではなく、君に礼を言わなければいけないのかもしれない」

そこから先に、会話を向ける気にはなれなかった。なっても塚田は口を閉ざしただろう。

涼真の知らない、日向の人生の話だ。

今日最初に立ち寄った築地署の三原橋《みはらばし》地域安全センターの元警部は、罪滅ぼし、と言う言葉を使った。

「俺がここに立ってんのは、罪滅ぼしかもしれないねえ」

「罪滅ぼしですか？」

「そうだ。警視庁のメンツや、それこそ捜査そのもののため、口には出せねえことも たまにはあった。まあ、正義かって聞かれりゃ、間違いなく正義じゃねえな。だから 言えねえんだ。刑事なんてなあ、ろくな商売じゃねえや。墓場まで持っていく」

赤坂署の南青山地域安全センターでこの話をすれば、一時期日向の上司だったとい う所轄の刑事課長は、そりゃそうだ、と同調した。

「ただよ。それもこれも、引退したからこそ、考えるんだな。少しでも罪滅ぼしして、 あの世で閻魔《えんま》様の前から離れたい。そんな感じか。そこへいくと、日向はまだ警視庁 にしがみついてる。いや、あいつは俺らと違って、禊《みそ》ぎ中なのかもな」

「はあ、禊ぎですか。それって」

「そいつは、俺の口からは言えねえが。——あいつは、ろくなもんじゃねえ刑事より、 もっとろくでもねえ生き方を強いられてきた。あいつが刑事でいるのは、だから禊ぎ だよ。あいつにしたら、刑事も捨てたもんじゃないのかもしれない。——ん？　わか らねえって？　今はそうだろうよ。けどな、親子なんだろ。親子じゃねえか。いつか わかるときが来るよ。俺には、そう思えるけどねえ」

地域安全センターには、様々な元警察官の思いと歴史が詰まっていた。

そこに日向は触れる。サポーターたちも日向だから胸襟を開く。

──そう言った意味じゃ、こっからは掘るんだ。遠い音、薄い匂いを頼りにな。少し、汗も掻くかね。

言った言葉を実践しているようだ。

(人の記憶に恃み、時間の流れを辿る、か)

駅地下の立ち食い蕎麦《そば》屋で遅い昼食を取り、近くの公園で休憩し、少し考えてみることにした。

順番を考慮し、ジグソーパズルを埋めるようにピースをはめていけば、自《おの》ずと見えてくるものはあった。

日向が掘り始めたのは、上野桜木会のこと、中でも鶴崎文次のことだった。その次が、西新井大師前の潰れた組についてだ。利根鬼面組そのものに関しては捜査本部と違い、日向は排除していた。

南青山のセンターでは、丸茂俊樹の化粧《けしょう》廻《まわ》しの話になった。元上司は、タニマチとしての鶴崎文次のことを日向が口にすると、記憶が呼び覚まされたようだ。

本来ならその潰れた組が仲介に立つ立場だったが、消滅していて、ならどこが仲介に立つかで揉めたという話を日向にしたと言った。

この揉め事が後に、跡目相続の抗争という噂《うわさ》に発展していったらしい。

日向は、この話に喰《く》い付いた。

——それ、揉めたのってなぁ、どこの誰ですかね。

元上司は、知らねえと答えたという。

時間的に、日向が次に回ったサポーターのところでも同じ話になったようだ。

そこでは収穫はなかったらしい。涼真は詰め合わせだけを届けた格好だ。恐縮された。

だが——。

ここから次の場所に移る間に、おそらく日向は潜った。潜ってから涼真の知らない中で最適な相手を探し、浮上した場所が、次の万世橋署の末広町地域安全センターだった。

そこを日向が訪れた時間を聞けば、まず間違いなかった。南青山から末広町まで三時間は、一緒に回ったときの時間の使い方を考えても有り得ない。

末広町での質問が、そのことを如実に物語っていた。

「能城会《のしろかい》、能城保一《やすいち》ってのはどんなです？」

サポーターの新島《にいじま》は、元本庁組対第三課の暴力団対策情報室長という肩書に相応しい、目付きの鋭い男だった。

能城会は利根鬼面組の三次で、能城保一は会長の名前だ。組としての格式は古くはないが勢いはたしかで、能城は今では、利根鬼面組の二次である上野桜木会の若頭にまで伸《の》し上がっている、とそのくらいの知識は涼真にもあった。

「能城は小知恵の働く男でな。二十代半ばで組を持ち、三十そこそこで上野桜木会の若頭補佐になった。昔はずいぶんと阿漕《あこぎ》なこともやったはずだが、尻尾はつかめなかったな。ただ、間違いなく大勢が泣いたはずだ。その上がりが、奴を伸し上がらせたんだからな」

新島はそう言った。

「その能城が、もしかして丸茂俊樹が十両に昇進したときの件で、揉め事の仲介に入った男ですか」

「ん？　ああ。日向もそんなこと聞いてたな。そうだ。その直前に積んだ金で上野桜木会の若頭補佐になってな。鶴崎は化粧廻しの披露に、どうせなら能城の披露も兼ねようとしたんだ。大親分のくせに、みみっちい男だからな」

なるほど。少なくとも丸茂と能城は、その頃からの知り合いなのか。

「日向主任は、新島さんに他には何を」

「ああ。能城の商売を聞いてきた」

「商売？」

「今のことは知らないって言ったら、昔の、阿漕だった頃の商売でいいって言われたよ」

「なるほど。それで」

誑《たら》しなんだ、と新島は言った。

「誑しですか」

「そう。笑顔で近づいて急所を探り、見つけた途端、一気に握る。握って離さない。それで、金になりそうなものは情報でも品物でも女でも男でも、それこそ臓器でも総取りだ」

「それでも捕まえられなかったと」

「まあ。そこを言ってくれるな」

鋭い目を曲げるように、新島は苦く笑った。

「だから、誑しなんだ。誑された連中は弱みを握られてる。みんなダンマリだ。おそらくしゃべったら自分も捕まる、あるいは、殺《や》られると思ってんだろうな」

涼真は頷いた。犯罪の蜘蛛《くも》の巣とはそういうものだ。動いたらなお深く絡まるだけなのだ。

「今の商売もな。一応、知る限りで教えといた。それだって、もう辞めた商売もあるし、やってない店もあるって言ったんだが、日向はそれでも有り難いって頭を下げてったよ。昔からそういうとこが、やけにキッチリしてる奴でな。変わってないのが、俺は嬉しかった」

父を褒められて嬉しくないわけはない。

涼真も有り難うございます、と頭を下げて末広町を辞した。

そうして日向が次に回ったのは、城東署のセンターだった。かつての直属の先輩だというサポーターは、能城会のフロントについて詳しかった。その記憶による覚え書きのような資料ならということで、後で送る約束になっているという。

それから先の交通機動隊管理官がいる場所も含めた四か所を回り、その次になって、また潜った形跡があった。

浮上したのが、日向のリストでは最後になる場所だった。

――能城がやってる店、教えてくれませんか。

――直は知らないし、ないな。その代わり、女にやらせてる店ならいくつかある。

武蔵野《むさしの》署西久保《にしくぼ》地域安全センターの元警部補は、七軒の店の名前を口にしたらしい。

〈有り難うございます。また、よろしくお願いします〉

それで日向に言われた菓子折りの配達は終わったが、時間的にはまだまだ夕陽が遠い時刻だった。

「さて」

涼真は腰を上げた。

七軒の店はかぶりはあったが、管轄するどの所轄にも、上手い具合に同期が散っていた。

取り敢えず所轄の同期に連絡を取り、全部を回ってみることにした。

夜八時の捜査会議には間に合わないだろうが、遊班に時間の縛りはない、のは日向で実証済みだった。

そして——。

夜十時になって、涼真は北千住《きたせんじゅ》の裏通りに入った。

「よお」

「あれ？」

「来ると思ったぜ。俺の仕込みがいいからかな」

雑居ビルの物陰に、日向がいた。

よれたジャケットやパンツなどはいつもながら、白いものがだいぶ混じった無精《ぶしょう》髭《ひげ》が目立った。

「えっと」

涼真は、頭上を見上げた。

長い袖看板の一番上、七階の部分が明滅していた。蛍光灯が切れ掛かっているのだろう。

〈クラブ・Queen's Cafe〉

所轄の同期らに聞き歩いた結果、能城が女にやらせている店の中で、一番流行《はや》っている店がそこだった。

ぼったくりなら可愛《かわい》い方で、これと狙いを定めた客に湯水のごとく貢がせ、その先には保証人、美人局《つつもたせ》による脅迫もあるか。

ヤクザが裏にいるにも拘らず流行っているキャバクラなど、当然、裏側では腐っているど相場は決まっていた。

二十四

何かのオリエンテーリングではないが、辿り着いた先で日向が待っていた。

色々思いはあるが、単独行動は終了だ。

日向が合流した以上は、取り敢えず下駄を預ける。

「で、どうします？　入りますか」

周囲を観察しながら、涼真は主任に指示を仰いだ。

「まあ。待て。急ぐことはねえよ」

日向は物陰から出ることなく、かえって涼真をそちらに呼んだ。

テナントビルだらけの一角だったが、日向が潜むのはクイーンズ・カフェが入る雑居ビルの、斜向《はすむ》かいの辺りだった。

「急《せ》いては事を仕損じるってやつだ」

「え。それはどういう」

涼真も、日向の脇に並ぶようにして、同じ雑居ビルの物陰に身体を入れた。

なるほど、斜向かいのビルのエントランスが一望出来た。にも拘らず、二階と三階へ張り出した飾りのような螺旋《らせん》階段のお陰で、逆にこちらの様子は見通せないという、恰好《かっこう》の場所だった。

その代わり、二人で並ぶと汲々《きゅうきゅう》ではあった。

日向は半歩前に出て、雑居ビルの袖看板を見上げた。

「クイーンズ・カフェはよ、ヤクザの店だ。ろくなもんじゃねえ。で、そんなろくでもねえ店を入れてるビルも、入れちまったがために結局は、全体的にろくなもんじゃねえってことさ。ま、ニワトリか卵のどっちが先か、みてえな話だが」

「——ああ」

合点はいった。

ヤクザの店が入った雑居ビルに、なかなか真っ当な営業をする店は入れないし、入ろうともしないだろう。

「実は、とあるルートからこのビルのオーナーにも話は聞いてる。各階の様子も、わかる限りな」

「とあるルート、ですか」

少し皮肉を混ぜたつもりだったが、日向はただ、そうだと受けて流した。

「今晩の目的はな。直接本丸じゃなくてその下の方、三階の看板のな、右半分の店だ」

言われて涼真は、ビルの袖看板で確認した。二店舗の書かれた三階の面板の右側は、店名は〈Stylish〉となっていた。

「そこも大崎組の息は掛かってるらしいが、息くらいまでだそうだ」

「へえ。大崎組ですか」

大崎組のことは、涼真も知っていた。

上野桜木会ほど派手ではないが、練馬《ねりま》を中心に古くから根を張る組だ。利根鬼面会の二次団体で、格式から言えば、

「そう。このビルん中じゃ、そこが一番真っ当だってよ。まあ、あんまり真っ当じゃねえビルオーナーの話だがな」

それで、閉店まで待つという。

そうすると閉店後に、スタイリッシュは毎日、運営本部から担当幹部が集金に回るようになっているらしい。

「ヤダァ。社長、またねぇ」

蓮《はす》っ葉《ぱ》な声がビルのエントランスから聞こえ、スーツ姿の客が出てきた。

物陰にもう一度潜むように日向は身を引き、そのまま押し黙った。

それでも上司と部下を示すように、少しだけ日向が前だった。

一時間はそこで、親子で汲々としたまま、人の流れをただ眺めた。

「なあ。月形。――いや、涼真でいいかな。今は」

前を向いたまま日向が、いや、父がそんな言葉を口にしたのは、それからさらに三十分程が経《た》った頃だった。

終電に間に合うように店を出る客やキャバ嬢の往来が、潮が引くように収まった後のことだ。

水商売のひしめく通りにして、静かなものだった。

そんな静寂が、呼び水になったのかもしれない。

「はい？」

「いきなり現れてよ。しかも上司と部下みてえになっちまって、悪かったな」

「いえ」

涼真は頭を左右に振った。

「そのおかげで俺は今、捜査員としてこの事件で動けてんですから」

「まあ、杓子定規《しゃくしじょうぎ》に言やぁそういうことだが。――そのせいで、お互いに余所余所《よそよそ》しいまんまだな」

「そうですか？　俺はまあまあ、馴染んでるつもりですけど」

「そうだと有り難ぇが。――それにしてもよ。その、なんだ」

鼻を擦《こす》るばかりで、言い難そうだった。

なんでしょう、と棹《さお》を差してみた。

「二十年以上だ。なんかよ、恨み言でもなんでもいいや。言いたいことはねえのか。それによ、聞きたいこともあるんじゃねえのかい？」

「ああ。そうですねえ」

物陰の奥に音がした。

振り返れば、猫がいた。野良猫が聞いていた。

なぜか苦笑が漏れた。

「主任からは、言いたいことや聞きたいことはないんですか？」

「そうだなあ」

日向はビルの隙間から、昇り始めた月を見上げた。

口辺に軽い微笑みが浮き、視線はすぐ地上に落ちた。

「有り過ぎて思いつかねえや」

「そんなもんでしょう。俺も同じですよ。少しずつ解《ほど》くように。それでいいんじゃないでしょうか」

「言うじゃねえか。——けど、違いねえ」

日向は振り返って笑った。

「優等生だな」

「それ、褒めてますか」

「ああ。最上級だ」

〈上司と息子〉、という不思議な会話はそこで終了だった。

周囲の明かりが次第に消えゆく時刻になって、帰る気のない客やアフターのキャバ嬢が出てきた。

日向は息を殺してそんな連中を眺めるが、まだ動かない。

その内には深夜一時を回り、ビルの集合看板も明かりが消える時刻になった。

駅前方面からぞろぞろと路地に入ってきて、そのままビルに吸い込まれてゆく何組かの集団があった。

歓楽街にありがちな、今までの酔客と似たような雰囲気だが、毛並みの明らかに違う流れだった。

何組か、ということはスタイリッシュ以外にも即日集金の店があるのだろう。

やがて、各フロアのスタッフだろう連中がビルの外に順次吐き出されてきた。

とある一団が現れ、駅方面に歩き出したところで、日向はやおら重い腰を上げた。

一団は、先ほどビルに入っていった中のひと組で間違いなかった。

駅のロータリーに近い辺りで、コインパーキングに足を踏み入れた一団を後ろから追った。

たいがいが一台の黒塗りのバンに向かったが、一人だけセダンの外車の前で立ち止まった男があった。

じゃあよ、と手を上げたその男は、明らかに他の連中より年嵩《としかさ》に見えた。

「お疲れっす」

そんな扱いを見れば上役だとわかる。

日向の言う、運営本部からスタイリッシュに集金に来た、担当幹部なのだろう。

「よう。ミチオ」

日向は躊躇《ためら》うことなく声を掛けた。

「――ああ？」

相手はこちらに首だけ捻《ひね》り、最初は怪訝《けげん》な顔をしていた。

バンに乗り込もうとしていた一団がすぐに反応する。

駆け寄ってきて、日向と涼真を取り囲もうとした。剣呑《けんのん》な圧力が半端ではなかった。

涼真は思わず身構えた。

しかし、日向はまるで動じなかった。

何か、楽しげでさえあった。

「んだよ。そんなに俺ぁ、顔付きが変わったかい。お前ぇ《め》はまた、ずいぶん肥えたじゃねえか」

そんなことを日向が口にした。

暫時の間があった。

ミチオと呼ばれた男は、ようやく気付いたようにして目を丸くした。

「えっ。あ、あんたぁ、日向さんかよ。いや」

ミチオが動こうとすると、他の連中の中から誰かが、なんすか、と問い掛けた。

「ああ。大丈夫だ。凄《すげ》ぇ古ぃ昔馴染みでよ。お前ぇら、行っていいぜ」

それなら、と若い連中は怒気と囲みを解き、お先に失礼しますといってバンに乗り込んだ。

ミチオと日向が見送る中、パーキングから走り出て行く。

それからしばらくは立ち話だが、日向とミチオの会話になった。

二十数年振りの再会ということと、当時はミチオが暴走族上がりの愚連隊で、日向は池袋警察署刑事課暴力犯係の巡査で、今はお互いに老けた、ということはただ聞くだけの涼真にもわかった。

「なあ、ミチオ。大崎の関係だってな。洟垂《はなた》れの愚連隊、今じゃ半グレって言うのか。それが今じゃよ。出世って言っていいのかどうかはわかんねえが」

「へへっ。ま、俺んとこはその下の下で、毎日毎日、青息吐息だけどな。こんななら、真っ当なリーマンやってた方がましだったなんてな、ま、思わねえこともねえけどよ。後の祭りだあな」

そんな会話から、在りし日の関係もわかろうというものだ。

真っ当ではない刑事とそもそもの半端者は、どういうわけか馬が合ったのだろう。

昔の刑事には、よくそんなのがいたと聞いた。

昔の暴走族上がりやマル暴崩れには、任侠《にんきょう》があったとも聞いた。

ミチオから、呑むかい、となったが、さぁてな、と日向が惚《とぼ》ければ、ミチオが背後に控えるような涼真を見て、ああ、と合点したようだ。

「じゃあ、日向さん。送るかい？　乗ってくらいなら、俺ぁ今から白タクに変身だ。金を貰って乗せせんなら、正々堂々とした商売だろ」

「馬ぁ鹿。白タク自体が違法だろうが」

際どいが、清々とした会話だ。なぜなら、どこにも嘘《うそ》がない。

涼真は自ら手を上げた。

「どうぞ。俺は俺で、帰りますから」

するとミチオが寄ってきて肩を叩いた。

「悪いな。兄ちゃん。じゃあ、相棒、借りるわ」

ミチオが運転席に乗り込み、日向も目で物を言いながら助手席に乗り込む。

パーキングを出る外車を涼真は見送った。

見送って見えなくなって、はたと気づいた。

「あ」

電車はとっくに終わっていた。忘れていた。

さて、どうやって帰るか。

おそらく湾岸署の待機寮まで、二十数キロ。

腕を組んで考え、三秒で結果は出た。

「走るか」

バンとも外車とも違うが、涼真もコインパーキングを走り出た。

二十五

深更の都内を走り、涼真が待機寮に辿り着いたのは朝の四時だった。

ロードバイクがあればと思わないでもなかったが、大学時代に熱中したのはトライアスロンで、元を辿れば中・高と陸上部だ。走るのは苦にならない。

シャワーを浴びて汗を流し、わずかでも仮眠をとる。

少しの時間でも、心身はだいぶリフレッシュされた。

途中のコンビニで買った、各種のサンドイッチと牛乳をテーブルに並べる。別にハムエッグも焼いて付けた。

走って消費した分のカロリーを考えたとはいえ、いつもの朝からすると、だいぶ豪華だった。

「いただきます」

ゆったりとした朝食を摂《と》る。それでも、大井署での朝のミーティングに余裕で間に合った。

帳場が立ったとはいえ、狭い地域での発生案件だということを改めて思う。

七時を回ってから、ロードバイクにまたがり寮を出た。七時半には大井署に到着した。

この日も、ミーティングの始まりに日向の姿はなかった。

そろそろもう、いないのが当たり前になりつつあり、特にひな壇の中村管理官や、ときおり顔を出す署長連中から所在を聞かれることはなかった。

昨夜というか、今朝方になって別れた時間を考えれば、特にこの日はいなくても当然だろう。涼真としても納得だ。

と、思ってこの日の行動を思考していると、ミーティングが終わり、それぞれが散った後になって日向がヨタヨタと現れた。

白髪の多い無精髭がさらに濃くなっていた。別れたときとの見た目の違いはまあ、それくらいだろう。

だが、心身はだいぶ、お疲れモードのようではあった。

「疲れた。眠い。あとは面倒だ」

入ってくるなり、日向は手近なパイプ椅子に座って手足を投げ出した。

大井署の誰かが準備してくれたコーヒーメーカーが二台、昨日から隅の方に設置されていた。日向がへたり込むようにして座った場所のすぐ近くだった。

あの時間から間違いなく、日向はミチオに当たっていたのだ。

そんな〈夜勤〉を知っていればこそ、コーヒーを淹れてやろうという気にもなるというものだ。

コーヒーが出来上がる間にも、日向は涼真に対しての指示を呼吸の間《ま》に間《ま》に挟むようにして呟いた。

本当に疲れ切っているように見えた。

呼吸に挟まれた言葉を繋ぎ合わせれば、どうやらこの日この直後から、日向は大井署の会議室に根を張るつもりのようだ。

対して、その意を受けた涼真が外を出歩く担当になる、ということらしかった。

「こっからは、おそらく詰めの話になる。だから、お前が行って来い。これもな。俺の指導の一環だ」

日向はそう言ったが、疲れたからもう、テコでも動きたくない、というのが本音だったかもしれない。

聞くところに拠《よ》れば、この捜査本部に来る前に、湾岸署の杉谷署長に直電で掛け合い、手回しよく日向の分の布団のレンタルも予算計上を頼み込んだという。

食って寝て、日向は今日一日、大井署でそんな辺りを満喫するつもりのようだ。

「で、お前の今日の動きだがな」

涼真はこの後、ミチオが担当するスタイリッシュのキャバ嬢に、直接会って話を聞くことになった。

——上の店もな。ヤクザが裏にいようと、だからって店の従業員の全員が全員、ろくなもんじゃねえってわけじゃねえ。出たり入ったり、トーシロのアルバイト娘もいなきゃ、キャバクラなんかはどうやったって回るもんじゃねえ。で、何もわからねえで勤めて辞めたトーシロ娘の中にはよ、そのまま義理も礼儀もなく下の店で、のほほんと勤めてたりするのがいるんだ。

これは昨日、ビルを張っていたときに日向が口にした言葉だ。

日向は自身で口にした〈あんまり真っ当じゃねえビルオーナー〉に、クイーンズ・カフェ以外のテナントのことも聞いたのだろう。そこで大崎組とスタイリッシュを知り、ミチオの存在を知って、捜査の道筋を定めたに違いない。

いずれにせよ、潜ってからの日向の動きによる成果だ。

今のところ、潜った日向が空手で浮上したことは一度もない。

出来上がったコーヒーをカップに注ぐ。

「いいか。月形」

日向の声が、少しくぐもって聞こえた。

見れば、ちょっと目を離した隙に、日向は長机に突っ伏していた。

限界は近いのかもしれない。

デスクにコーヒーを置くが、実は眠気覚ましのコーヒーより、寝る方が先決か。

「なんでしょう」

淀《よど》みそうなと言うか、鼾《いびき》に変わりそうな話の流れに棹《さお》を差す。

日向の顔が勢いよく上がった。

「上のなんちゃらカフェな。そっから降りてきた姉ちゃんが、ミチオんとこには今、三人いるって話だ」

　声がクリアになった。

「引き抜きとか実際の彼氏の話とか、女同士の会話ぁ、いざってときの情報らしくてな。ミチオの店も、スジモン、いやや、社員連中は、全員が常にアンテナ張ってんだと。んで、その内の一人、一年半前から勤めてる娘だって言ってたかな。その娘がな、五、六年前だそうだ。右も左もわからず、初めて水商売のアルバイトで飛び込んだのが、そのなんちゃらカフェなんだとよ。そっから一回上野に出て、北千住に出戻ったそうだ」

　言いながら、日向は首を回した。ゴキゴキと、何かを主張するような音がした。

「その昔の話でよ。面白えのがミチオから聞けた。ただ、細かい話は直接会って聞いてくれってことだ。間違ってるかもしれねえってな。そんなんで、赤の他人様を沈められねえってな。なんか、あのミチオがよ、至極真っ当なこと言ってたわ」

　穏やかな目を瞬《しばた》き、日向は顔をひと撫《な》でした。

　そこからは寝る前の刑事の目になった。

「お前の携帯を教えといた。後で連絡が入るはずだ。そしたら行って、聞いて来い。そっからぁ、詰めだ」

　日向はコーヒーをひと口啜り、手で涼真を差し招いた。

顔を寄せる。

囁《ささや》きはコーヒーの香りがした。

「はい？」

「えっ」

言われたことに涼真は一瞬、声を無くした。

力なく日向から離れ、見下ろした。

日向に向ける目は少し、きつくなっていたかもしれない。

「どういうことですか」

「そういうことなんだろう。おそらくな」

日向はコーヒーを一気に飲んだ。

パイプ椅子を軋《きし》ませて立ち、大きく伸びをする。

「ただ、大っぴらには出来ねえ。わかんだろ。だからよ。お前に行って来いって言ってんだ。こっからはお前の仕事だ」

俺は寝る、と宣言して日向は会議室を出て行った。

暫《しば》し、涼真は呆然《ぼうぜん》と立ったままだった。

足を動かすまでに、少し時間が掛かった。

床に張り付いたような重い足を動かした力は、なんだったろう。

刑事の覚悟、意地、誇り、いや、正しき情義、正義。

――言うじゃねえか。さすがに、あの女傑の息子だ。

初めての捜査会議で、佐々岡刑事部長も認めてくれたもの。

一歩が動けば、二歩目も出た。三歩目は簡単だった。四歩目には駆け足になった。

ロードバイクで来ていてよかったとつくづくと思う。

風が、頭も心も冷ましてくれた。

湾岸署の自分のデスクに戻り、自身の覚醒を促すように頬を二度、三度と張った。

大部屋には刑事課の同僚が何人もいたが、声を掛けてくる者は皆無だった。

そんな形相、雰囲気だったかもしれない。

久し振りに腰を落ち着けて、涼真はPCを立ち上げた。

それからビッグデータの中を彷徨《さまよ》うようにして、各種の情報やリストを入手した。

時間にして、三時間は動かなかったかもしれない。

入手したものを整理し、その中から、まずとにかく必要だと思われる写真をプリントアウトした。

〈ミチオ〉からの連絡があったのは、午後に入ってからだった。

早朝までアフターで出歩いていたそのキャバ嬢が、やっと起きて連絡してきたようだった。

──アポ取っといたぜ。情報料とは言わないが、そのまま同伴と口開けの入店くらいは、付き合ってやってくれよな。

安くしとくからよ、とミチオは続けた。

──なあ、日向さんの息子なんだって？　どうりで、天パも顔つきも、似てる兄ちゃんだなとは思ったんだ。

よろしくお願いしますと言えば、

──そんなこたぁ、もうあんたの父ちゃんからとっくに言われてるよ。よろしく頼むってな。おっと、なんでぇ。俺ぁ日向さんから頼まれてんじゃねえか。ええい。兄ちゃん。日向さんの倅《せがれ》。挨拶代わりだ。同伴代と口開け一時間、ワンドリンク付きで、俺がサービスすらあ。

なんだかわからないうちに勝手に話はまとまった。

「有り難うございます」

なんだかわからないまま、涼真は電話口で頭を下げていた。

二十六

キャバ嬢、〈月星《つきほし》セイラ〉との待ち合わせは陽も暮れ始める頃、京成関屋《せきや》駅前の小さな喫茶店だった。

相手は、すぐにわかった。店内に客はその女性しかいなかったからだ。

店のホームページで見たド派手な見た目からは想像も出来ない、細く小さな女性だった。

どうやったらああなれるのかは摩訶《まか》不思議で実に興味深かったが、本筋ではない。

「お忙しいところすいません」

そんなことを言えば、枝毛をつまみながら、大丈夫、と少しばかりいがらっぽい声で言った。

「ミッチーに聞いてるし、歩合も決まってるから」

「了解です」

では、と涼真はワンショルダーから一枚のプリントをクリアファイルごと取り出した。

テーブルの上をセイラに向けて滑らせる。

「この人、見たことありませんか」

セイラは眉間に皺《しわ》を寄せて覗《のぞ》き込んだ。

目が悪いようだ。

すぐに、あ、この人、と手を叩いた。

「この人。今いるスタイリッシュの上のお店でさ。昔、麗美《れいみ》さんってナンバーワンに嵌《はま》ってた人だ」

「嵌ってた？」

「そう。麗美さんって、同伴もアフターもだけど、すっごいお金掛かるのよ。でも、嵌ってる人はもう何人、何十人もいたけど」

「へえ。凄いね。何十人。セイラさんはそれ、全部覚えてるんですか？」

聞けば、セイラは細い首を左右に振った。

「そんなわけないでしょ。私、頭悪いモン」

「じゃあ」

「便利な奴でなって、ママの彼氏が言ってたのを聞いたから。他の人のことも言ってたかもしれないけど、私が聞いたのはこの人のことだけ。だから覚えてる」

「そうですか」

十分だった。

そこから二人で北千住に出た。

京成関屋駅は目の前に東武スカイツリーラインの牛田《うしだ》駅があり、北千住まではわずかにひと駅だった。

同伴らしく飯を食った。セイラの指定する店だったので、ミチオに繋がっている店なのだろう。

店を出る段になって、お代は結構です、となったが、立場的にはそういうわけにもいかない。

俺が叱られますとごねる店長に、自腹を覚悟で強引に支払った。

金額は、おそらく一人分にもならないだろうと思われたが、それでもなかなかの額だった。なので、払うことに意義があると割り切る。

それから、口開けのスタイリッシュに向かった。

先に入ってて、と言ってセイラはどこかへ消えた。

口開けのスタイリッシュに、さすがに客はいなかった。黒服が寄ってきたが、酒もジュースも、ウーロン茶さえ断った。ここは捜査の一環として立ち寄っただけ、という体裁にしないと財布がさすがにもたなそうだったからだ。

やがて、チラホラと客も入ってくる頃になって、

「お待たせ」

と言って、今までのセイラとは別人がやってきた。

ホームページで見ていたから驚きはしない。が、間違いなく仮面ライダーやウルトラマン級の大変身だ。

「何も呑まないんだって？」

「まだ仕事中なんで」

「ああ。そうなんだ。警察さんも大変ね」

「ミチオさんに、よろしくお伝えください」

涼真は席を立った。

「ああ」

ふと思い出すように、ソファのセイラを見下ろした。

「えっ。ミチオさんって、どういう字を書くんですか？」

「ああ。ミッチー？　どうだったかな。たしか、満に夫、だったかな」

「ああ。――ありがとうございます」

頭を下げ、店外に向かう。

ねえ、とセイラの声が追ってきた。

「何か」

「私、清美《きよみ》」

「えっ」

「清美。覚えてたら、また来てね」

「――機会があったら、是非」

「機会は作るものよ」

セイラ、清美が手を振った。

一礼を返し、それで涼真はスタイリッシュを辞した。

捜査本部に戻る頃には当然、捜査会議などもうとっくに終了している時刻だった。

二日連続で捜査会議に参加出来なかった。そんな背徳感はかすかなりともあって、会議室に入るときには背が少し丸まった。

何人かはまだ作業をしていた。大森署の吉本はいた。本庁の霧島もだ。湾岸署の捜査員は誰もいなかった。

日向が端の方で、一人で何かをしていた。PCのモニターを前にしている。

ブルーライト遮断のサングラスを掛けている、と思ったら老眼鏡のようだった。

使っているのは初めて見た。

老眼鏡も、PCもだ。

ガチャガチャと音がする以上、マウスを扱っているのは間違いない。

近づく涼真に気付き、日向は老眼鏡を取って顔を上げた。

「おう」

パイプ椅子の背もたれを軋ませ、目頭を指で摘《つ》まんだ。ずいぶん長いことそうしていたのかもしれない。

鼻筋にノーズパッドの跡がクッキリとしていた。

「どうだった？」

ジャケットのポケットから目薬を出し、差しながら日向はそう言った。流れた分は手の甲で拭く。

「ええ」

声に覇気がないのは自分でもわかった。

「そうか。まあ、その浮かねえ様子からすりゃ、そうなんだろな」

「聞いた途端、動機はすぐに飲み込めました。なんとなくですけど」

「そんなもんだ。どだい、人を殺してまでなんかしようなんてえ動機は、全部をわかろうとする方が無理ってもんだ。途中までに本人なりの理屈はあってもよ。そっから殺人を行動に移すところで、人には有り得ねえ方に捻じ曲がるんだ」

理解出来る。そういうものだろう。

涼真は頷いた。

「それにしても飲み込めたのは、その半端な動機までです。物証はありません。その、ミチオさんの店の、セイラさんに聞いたことの物証もです」

ふうん、と言って日向は目を細めた。

なんの後ろめたいことがあるわけではないが、涼真としてはどうにも、視線に対する居心地は悪かった。

ま、とにかくよ、と日向は膝を叩いた。

「徹頭徹尾、物証だな。そこだよ」

PCの近くにあった、ペットボトルの緑茶を口にする。

「まあ、それについちゃ、実枝主任からちょっと聞いたことがある。そんでよ。文明の利器に頼ってみようと思って、ずっと触ってたんだが」

そう言って日向はPCを叩いた。

「最初は悪戦苦闘で二進《にっち》も三進《さっち》もいかなかったんだが、いや、動かしてみると、なかなか面白《おもしれ》えもんだな」

「ああ。そうそう。さっきから思ってたんですが、何してんです？」

話の転換をこれ幸いと、涼真は日向の脇から覗き込んでみた。

どこかの道路の画像だった。なんの変哲もない一枚だ。

遠くに大田花き市場屋上の、花のモニュメントが見えた。

「なんです？」

「見てわかんねえか」

グルグルマップに決まってんだろ、と日向は続けた。

「――それ、本気で間違えてます？」

日向はふん、と鼻で笑った。

「企業名や商品名を口にすんのは、負けたみてえで好きじゃなくてな」

「それこそ本気で言ってます？」

「さぁてな」

頭の後ろで腕を組む。

煙に巻くような風情だが、日向らしいと言えばらしい。

「なんにしてもよ。調べてきたことはあるだろうが、取り敢えず今日は大人しくしてろ」

「えっ。いや、公言出来るようなことじゃないのはわかってますけど。でも、中村管理官や椎名係長にもですか」

「当然だ。今、自分でも言っただろ。物証がねえって」

「そりゃあ」

「持ってこいって言われるのがおちだぞ。頭が固えとか、そういう話じゃねえ。動機、殺害方法、人間関係、色々なところから目星は付けられる。けど、目星は目星だ。送検には至らねえ。俺らは捜査が大事だ。けど、中村や椎名辺りは、送検が大事なんだ。まあ、この辺は役割分担ってとこだな」

その通りではある。

その通りではあるが——。

日向は立ち上がり、両腕を高く伸ばして伸びをした。

そのまま落ちてくる右手を涼真の肩に乗せる。

「まずは明日だ。ここに集合でミーティングの後、現場周辺を歩くぞ。足で稼ぐってな。刑事の本分だ」

「了解です。なんか、PCを覗き込んでるより、その方が安心しますけど」

「馬ぁ鹿。俺だって、新幹線の予約くれえなら普通にネットでやるんだぜ」

「ホントですか」

「おう。上手く取れたことはねえけどな」

片目を瞑《つぶ》り、日向はおそらく自分のための〈予算〉で獲得した寝床に向かった。

二十七

翌日は八時からのミーティングの後、予定通りに涼真達は現場周辺に向かった。この日は日向も一緒だ。

どこで用意したものか、日向はなにやらの紙袋を下げていた。羊羹、のようだ。

「おう。なんつうか、現場百遍日和だな」

手庇で高くなり始めた朝陽を見上げ、日向は眩しそうにした。

二人で一列になり、滝王子通りから競馬場通りに入る。

そのまま大井競馬場前駅のガードを目前にして、

「おっと。今日はまず向こうじゃねえ。最初はこれに乗るぜ」

となった。

どこへ行くのかは疑問だったが、ひと駅だった。隣の流通センターで降りた。

そこから京浜運河方面に向かうのかと思いきや、一旦、交差点を反対方向に渡った。

そちらには、平和島地域安全センターがあった。あるのは知っていたが、初めての場所だった。

縦貫する高速一号線を割る形で走る環七の、北側が斉藤達の通った団地倉庫前のコンビニがあるルートであり、この安全センターのある南側はノータッチだったからだ。

日向に言わせれば、

――このくれえの距離ならエリアだろうぜ。大井ふ頭に実枝主任がいるなら、任せとけばいい。ま、任せなくともまとめてくれる。そういう人だ。怒らせっと怖《こえ》ぇがよ。

ということになる。

前夜に日向が言っていた、〈実枝主任からちょっと聞いたこと〉とは、実枝がこのセンターに勤務する〈元同僚〉の言として小耳に挟んだことだった。

――地域安全センターには、地域の交流の意味合いもあってな。様々な人が訪れる。

中でも、この平和島のセンターには、遠近問わず、釣り好きが多く立ち寄るのだ。勤務の連中も釣り好きが多くてな。かく言う俺も、まあ、嫌いではない方だ。

実枝はそんな連絡を入れてきたらしい。そして、

——その平和島センターに顔を出した常連の二人が、事件当夜のことを話していたという。いい夜で、十二時過ぎに来て四時近くまでキャナルサイドの公園で釣りに興じていたそうだ。その四方山《よもやま》話《ばなし》なんでなんとも言えないが、ただ、気になる船があったそうだ。

伝聞ではあったが、実枝は引っ掛かったらしい。

当然、船は何艘《なんそう》も出ていたようだ。季節的に、東京湾のハゼやアナゴにはいい時期だ。

——それにしても、あの火事だ。係留で釣りに興じていた船も、騒ぎで釣りを諦めたか、釣りより火事に興味を持ったか。いずれにせよ、みな場所を移動して、東海ふ頭公園近辺に集まったとか。それはそれで見ものだった、と常連は言ったらしい。ただ一艘を除いてはな。

その一艘は真っ直ぐ、逆に火事や火事に集まった船から離れるように、本当に〈真っ直ぐ〉に京浜運河を出て行ったようだ。

「でもそれは、あれです」

涼真は説明に口を挟んだ。

捜査本部でも、それは初期の段階で議題には上がった。

「でも、護岸は落下防止が徹底しているって報告があったはずです。子供を連れたファミリーも多い場所ですから。しかも、釣り場になっている場所も敷石が水中にも遠くまで入っていて、実際には船も寄れないと」

加えるなら、例えば簡易的な桟橋を伸ばしたり、ハリウッド映画よろしく岸から船へダイブしたり、あるいは対岸まで泳いだり――。

結論から言えば、不可能ではないが目立つというリスクと天候に左右されやすいという不確実性が高過ぎ、現実的では無いという判断になった。

「まあな。わかってるよ。ただな」

お前は気にならないか、と実枝に言われたらしい。

「気にならないかといわれりゃ、なる。俺ぁ、なっちまったんだ。でまあ、何ごとも、決めて掛かるのはよくねえと思ってな。それでな、グルグルマップを眺めてみたんだ。見たら余計気になっちまってな。そんな今日だ。ま、前回のリハビリの続きだと思って、付き合ってくれや」

顎を撫でながら、モノレールの中でそんなことを日向は口にした。

流通センター駅で降りれば、平和島地域安全センターは交差点のすぐ向こうだった。

「こんちわあ」

日向は御用聞きのような挨拶で一人、センターに入っていった。涼真は外で待った。今日の目的の多くはこのセンターではなく、センターに立ち寄った目的の人物も今日は出勤でないと、先程の話と一緒にこのことも聞いていたからだ。

〈熊川《くまかわ》さんには、くれぐれもよろしくお伝えください〉

恐ろしいほど涼真と同じ挨拶で、後退《あとじさ》るように日向は出てきた。

「さて、行くか」

「はい」

日向が先に立ち、二人はまず大和大橋《やまとおおはし》の西詰めに立った。

そこから京浜運河の向こうに大田市場を望めば、右手は巨大な東京団地冷蔵の建物の並びになり、その間の運河沿いに走る遊歩道が、〈おおたキャナルサイドウォーク〉になる。

そこは大田区が東京団地冷蔵前の護岸に整備した、細長い公園だ。平成三十年四月の完成というから、比較的新しい公園だ。

「ふうん。この辺はベンチもあって、ちゃんとした遊歩道になってんだな」

「そうですね。さすがに新しいだけあって、考えられてる感じですか」

「防犯カメラもきっちりしてらあ」

日向は周囲を確認し、先に立って公園に降りた。

ときどき立ち止まり、ときに細かい植え込み等にも顔を突っ込んだりしながら、日向は一往復した。そこから今度は大和大橋に乗り、左右の歩道を三度ばかり往復する。

涼真も涼真なりの視点で周囲に目を配りつつ、日向の後に従った。

ただ、周囲の状況以上に留意したのは当然、日向の行動だ。

果たして日向は、何を見ようとしているのか。

聞くことは簡単だが、聞いたところで教えてくれるとは限らない。逆に言われたからと言って、覚えられないものもある。

見て覚えるもの、背中から感じ取るもの。

捜査にはまだまだ、そういう職人気質な部分も多い。

いずれはわからないが、だから今のところ、どんなにハイテクが進んでも、地取り鑑取りの汗を掻く地道な捜査が空中戦に駆逐されることはない。

「さて」

日向は左腕を上げ、オメガのシーマスターを見た。時刻は十一時を大きく回っていた。

「現場の方に行っちまうと飯屋もあんまりねえしな。流通センター駅の近辺になんかあっただろう。食っておくか」

「了解です」

入った店はファミレスだった。

ただのファミレスだったが――。

涼真としてはなんとも、尻の据わりが悪かった。

これまでは立ち食い蕎麦か、コンビニで何か買って立ち食いか、そんなことの繰り返しだった。面と向かって対面に座り、〈ランチ〉などを注文すると、少なくとも日向に、ただの上司ではなく父親が見えた。

通路をドリンクバーに走る子どもがいて、たしなめる母親の声がした。

それだけで何やら、自分も気恥ずかしい気がするから妙だ。

「なんだよ。もう少しゆっくり食えよ。立ち食い蕎麦じゃねえんだぞ」

日向は呆《あき》れた声を出すが、涼真としてはなるべく早く外に出る必要があった。

それで、チーズ in ハンバーグランチをそれこそ掻き込むようにした。

熱かった。舌も喉も焼けた。

「ほら。だから言ってんじゃねえか」

日向が悶《もだ》える涼真に水を差し出し、それで余計アットホームが演出される始末だ。

日向は笑っていた。

飲んだも食ったもあまりない昼食を終え、外に出てからは、今度は真っ直ぐに京浜運河を渡った。

橋の東詰めで再度、日向は周辺をもう一度自分の目で確認し、

「じゃ、まずはこっちから行くかい」

と、足を放火のあった東海ふ頭公園の方に向けた。

左手側はそのまま公園まで大田市場の敷地で、右手には長々とした空地のフェンスが続いていた。

左右の対比が実に面白い場所だった。

左手の大田市場は当然、中に人の生気というか活気に溢《あふ》れるが、右手はほとんどが手入れを怠った雑草地だ。更地でさえない。

さらにその奥は京浜運河になるが、運河どころか、伸び放題の雑草のせいで対岸のキャナルサイドウォークも見えない。

どこかの会社の所有地も途中にはあったが、そんなところはすべて綺麗《きれい》に管理がされていた。防犯カメラも確認出来た。

そうではない場所に限って、フェンスに縛られている板看板にはこうあった。

〈都有地につき　関係者以外　立入禁止
　　東京港管理事務所〉

「ほう。この辺はたいがい、都の持ち物か。少しは掃除しろってんだよな。虫ばっか

り湧くぜ。大田市場のすぐ近くだってのによ」

板看板に手を伸ばし、日向は青々とした雑草に目をやった。

涼真が見る限りにも、手入れどころか特にこの都有地は、人の入った形跡があるところは皆無だった。

目指す東海ふ頭公園は、橋を渡ってから真っ直ぐな道の先に見えているせいもあって近く感じられたが、歩いてみると意外に遠かった。一キロメートルはあった。

この東海ふ頭公園は、石積みの人工磯を本当に水辺まで出られる公園で、京浜運河の四辻《よつつじ》に面した釣り場として名高い場所だ。放火で燃えた木々の跡はまだ生々しいが、もともとが広場と人工磯しかない公園だから、見る限り、機能としては火災前と特に何の変わりもないようだった。

日向は水辺の際まで出て立ち、遠く近く、運河を眺めた。

涼真も脇に立った。

海風が心地良かった。

「それにしても、わざわざこんなとこ燃やすなんてな。何考えてんだか」

日向の声が、渡る海風に混じった。

磯の香りが、思ったより風に強かった。

思考はクリアだ。

「何を見せたかったのか。あるいは、何を隠したかったのか」

涼真の何気ない呟きに、反応する日向の声はなかった。

ふと、隣を見た。見下ろす格好になった。

身長差は二センチほど、と踏んでいたが、もう少し小さい、いや、小さくなったのかもしれない。

日向は黙って、涼真を見ていた。刺さるような目だった。

「正しい疑問だ」

言うなり、満足げに頷いて破顔した。

「お前ぇ、やっぱりいい刑事になるよ」

涼真の肩を右手で叩いた。

左腕を翻《ひるがえ》すようにして時間を見る。

「さて、じゃあ、その答えを探しに、また歩くかい」

日向は動き出した。

訳も分からず、涼真はまたその後についた。後について背中を見た。

今度は来た道を、まず戻った。

上から下から、また大和大橋を丹念に眺め、殺害現場を遡るようにして移動した。

その辺りで、日向が何をしようとしていたのかを涼真も理解した。

「わかったかい」

日向は満足げだった。

大井ふ頭中央海浜公園緑が浜に向かい、新平和橋では橋上の左右にまで出て運河を確認した。

そこから同公園夕やけなぎさを回り、最後にみなとが丘ふ頭公園を巡って実枝のいる安全センターに腰を落ち着けた。

日向は小休止、と言ったが、割に長くなった。

思えば朝からほとんど歩いていた。

パイプ椅子に座った日向は、さりげなくふくらはぎを揉んだ。

見て見ぬ振りで実枝は、コーヒーを淹れてくれた。

「どうなんだ。進展はあったのか？」

「ええ。色々とね。わかりましたよ。やっぱり出てみるもんっすね。パソコンのマップだけじゃあ、確認出来ませんでしたから」

日向が今日しようとしたことはつまり、そういうことだった。

グーグルマップで現場周辺を洗った。その画像だけでは死角になっているところが当然、たくさんあった。

それを一つ一つ確認し、潰し、または拾い上げるのが今日の作業だった。

「そんなものだ」

実枝は大きく頷いた。

「いつになってもな。犯罪がリアルなら、捜査もリアル。その息遣いや肌合いが、一番大事なのではないかな」

「至言ですね」

「最近は爺いの戯言《たわごと》と、迷惑がる向きもあるが」

実枝は自嘲気味の笑みを浮かべつつ、コーヒーカップに口をつけた。

「それより、わかったのならもう、これで決着か？」

どうですかね、と腕を組み、日向は難しい顔をした。

「もうひと山。その先でしょうかね。仕上げは。何事も、そう上手くはいきませんや」

「もうひと山、峠か。ふむ」

「けど、もう少しです。ああ。そうそう。実枝主任の上には、キャリア連中がうじゃうじゃいましたよね」

「まあ、いるにはいるが。うじゃうじゃと。そろそろ鬼籍に入ったのもうじゃうじゃいる」

それはいいっす、と日向は手を振った。

「もしかしたら、繋げてもらうかもしれません」

「どこへ」

「まだ確定じゃないっすけど」

神奈川県警、と言って日向はコーヒーを飲んだ。

「神奈川、か。なるほど」

「くれぐれも、まだ確定じゃないんで」

日向は繰り返した。

呼吸というやつか。そこからは互いに口を閉じた。

どちらもコーヒーを飲み終わりそうだった。

「ごっそさんでした」

日向が席を立った。

実枝は特に何も言わなかった。

残照を真正面から浴びながら、二人で大井署に戻った。

ちょうど、古沢署長の定時会見の終わった頃だった。

捜査会議では、窓に近い隅の方の席に座った。

涼真は黙って他の組の報告を聞き、日向は隣で星空を眺めていた。

解散になってロードバイクに乗り、涼真は待機寮に戻った。日向は仕出し弁当を二個抱えて手を振った。

その後だった。

飯を食い風呂に入り、寝ようとしたところで携帯が鳴った。

日向からだった。

――明日ぁ、葛西《かさい》に行くぜ。

「葛西ですか」

――そうだ。

マリーナだよ、と日向は言った。

――城東の水神森《すいじんもり》安全センターの先輩が教えてくれた。

明日は、色々忙しくなるぜ。

そう言って日向は、電話を切った。

二十八

捜査本部でのミーティングの後、涼真は日向と二人で葛西を回った。夢の島の大型マリーナだ。

東京メトロの有楽町線に乗り、新木場駅で降りる。

水神森地域安全センターの先輩、水田《みずた》とは駅前で待ち合わせた。

水田は、日向にとっては池袋警察署刑事課暴力犯係時代の主任だった。最終的には本庁の組対に回り、警部で上がった男だ。

「よう」

片手を上げる水田に、日向だけでなく涼真も頭を下げた。

三日前、日向の代わりに柔らかめの煎餅と水羊羹の詰め合わせを運び、涼真も面識が出来ていた。

たしか、能城会のフロントについて詳しいという人だ。その後で送るということになっていた記憶による資料は、涼真も捜査本部で確認していた。微に入り細を穿ち、驚くほど詳細なものだった。

「わざわざ来てくれなくてもよかったんすけど。子供じゃねえんだから」

「いいじゃねえか。土日は基本、休みなもんでな。暇なんだよ」

「こっちは捜査っすよ」

「俺はレジャーだ。そのくらいの気持ちでいいんじゃねえのか。これから行くのは、ほぼ夏のマリーナだぜ」

歩きながらそんな会話はあったが、実際のマリーナでは水田は自ら離脱した。

「眺めのいいレストランで、コーヒーでも飲んでくるわ」

きちんと弁《わきま》えているところは、さすがにOBということだろう。

管理室を訪ねて証票を出し、捜査であることを伝える。

運営会社に連絡を取ってもらい、すぐに施設内への立ち入りの許可は得た。ビジター・メンバーを問わず、個人の所有物には触れないこと、マリーナ職員立会いのこと、という条件はつけられたが、妥当なところだろう。名簿の閲覧が許可されたのは、おまけにしては上々だ。

マリーナでの見聞は、午前中には楽に終わった。

このときはとにかく、確認すべきものが決まったということを確認出来れば、それでよかった。

水田に昼食を奢《おご》るという日向とはマリーナで別れ、午後一時過ぎに、涼真は湾岸署に立ち寄った。

予定通りだ。

日向は昼食の後は、先に捜査本部に戻ると言っていた。

「中村やあの椎名はよ、お前じゃ報告は出来ても、動かせねえだろうからな。いや、これは文句じゃねえ。仕方ねえことだ。経験と実績と、それに裏打ちされた図太さがねえと、ああいう理詰めや根性論や、とにかく頭でっかちな輩《やから》には太刀打ち出来ねえからな」

と、肩を叩いてくれたものだ。

湾岸署の大部屋に、この日も相変わらず刑事課長は不在だった。

土曜日なのにということはまったく関係ない。

その代わり、杉谷署長は在室だった。こちらは逆の意味で、土曜日なのに、ということは大いに関係がある。

先程の葛西を離れる直前、日向が、

――土曜だろ。いねえかもしれねえから、俺が連絡しとく。俺が呼び出す。

そう言って胸を叩いた結果の、少々強引な在室かもしれない。

と同時に、

――そうだ。ついでに、杉谷に大森署の署長も呼んどいてもらうか。杉谷の元部下だろ。俺の部下の部下なら、多少の力技は許されるだろうぜ。無理なら無理でも最低限、電話でもなんでも、とにかく話だけは無理くりにでも通させるわ。

とも言っていたが、どうやらこれは杞憂《きゆう》のようだった。

涼真より先に到着したようで、大森署の牧田署長は私服姿で、署長室で応接のソファに座っていた。

白い半袖のポロシャツに生成りのコットンパンツで、素足にデッキシューズという恰好は、当然だが制服よりずいぶん若く見えた。

二人を前にし、すいませんと涼真は頭を下げた。

「私は特にはまあ、何をする予定もない土曜日だったけどねえ。先輩からの命令のような依頼だったし。でも一応はさあ、堂々とした公休日だったからねえ」

杉谷はデスクに肘をついた。

手を組み、その上に顎を乗せる。

聞くポーズなのだろうが、言葉の柔らかさとは裏腹に、目の光は怖いほどだった。

「さて、月形君。そんな公休日に呼び出されるほどの何があったのか、聞かせてもらおうかね」

と杉谷が言えば、牧田は応接のソファで腕を組んだ。

「私は用事がありましたよ。ええ。小六の末娘に、ダイバーシティのユニコーンガンダムの立像演出を見せるっていうね。だからたしかに近くにはいましたけど、これで一時の回は駄目になりました。でもまあ、まだ三時と五時の回がありますから、ひとまず良しとしますけどね」

涼真より先にいた理由はわかったが、聞くとなかなかきつい。

捜査は何を犠牲にしてもすべてに優先すべきだ、とは涼真も思ってはいない。時と場合に拠るだろう。

ただ、たいがいの何かを犠牲にしても、納得してもらえるだけの材料は整えたという自負はあった。

日向英生と二人、親子で揃えた自負だ。

「はっ。それでは――」

腕を後ろに組み背筋を伸ばし、涼真は息を吸った。

それから一気呵成《いっきかせい》に事の経緯や、日向と共に調べ上げてきたことを滔々《とうとう》と並べ立てる。

どういう順序で話すかは、葛西から湾岸署までの道すがらで組み立ててあった。時間も計算済みだ。

話し終えるまでにおそらく、八分から九分を要した。

推論も交じりはしたが、積み上げた材料は推論を補完して余りあり、予断、と切り捨てることはもはや誰にも出来なかったろう。

杉谷も牧田も、涼真の話に口を挟むことはなかった。

逆に八分から九分、同じ姿勢のまま身じろぎさえしなかった。

その後、幾つかの質疑に時間を使って、都合で十五分ほど。

それからまた、杉谷も牧田も黙った。

話の途中、どうにも涼真には説明が出来ない日向の行動は飛ばした。

普通なら綻《ほころ》び、欠陥だ。

しかし、杉谷も牧田もそこには疑念を差し挿《はさ》まなかった。

質疑の始まりに、

——ああ。あの人だからね。

杉谷がそう言えば、牧田も大きく頷くばかりだった。

ほぼ涼真の張る声だけが響く十五分あまりの後は、後ろ手を組んだ涼真一人だけが彫像のように立つ、十分ほどが署長室の中で過ぎた。

緊迫した空気が、重く凝《ここ》ってゆく。

それはそうだろう。

日向と涼真が辿り着き、積み上げた材料は、間違いなく警視庁の大きな汚点になることが明白になる、その証明だった。

だから捜査本部に持ち帰って大々的にぶち上げるのは躊躇われるのだ。

ただし、その重い空気を破ったのは、

「なんとまあ」

という杉谷の腰のない嘆息だった。

涼真としては少々拍子抜けの感があったが、それが警察署の長たる者の胆力だと思えば、改めて称賛に値するものとして理解もされた。

「それで、両署長にお願いがあります」

杉谷の嘆息に、涼真は切り込んだ。

――なにかな。

二人の声は揃っていた。

湾岸署には――。

大森署には――。

それぞれに別のことを、涼真は依頼した。

「ふうむ。なかなかだね」

唸《うな》ったのは大森の牧田署長だった。

「はい。もっとも、ご助力頂くのは、捜査本部の承認が取れてからにはなりますが」

「でも、日向主任が月形君に、それを頼んで来いって言ったんだよね」

これは杉谷だ。

「はい」

「捜査本部へは、自分が話すとも言ったんでしょ」

「はい」

杉谷と牧田は顔を見合わせた。

牧田がコットンパンツの膝を叩いた。

――じゃあ、決まりだねえ。

これも、二人の署長の声が揃っていた。

「仕方がない。末娘が楽しみにしてた、ユニコーンガンダムのデストロイモードは、またにしよう」

牧田がソファから立ち上がった。

出てゆく背に、涼真は頭を下げた。

自分も出ようとすると、月形君、と杉谷署長の声が掛かった。

「日向主任は、どうだい？　絶対にマイペースを崩さない人だけど」

「勉強させてもらってます。もの凄く強引ですけど」

杉谷は笑って、椅子を軋ませた。

「なによりだ」

涼真は杉谷にも一礼し、それで湾岸署を後にした。

二十九

その足で涼真は、大井署の捜査本部に戻った。ロードバイクは朝、大井署に向かって駐輪したままだ。そうなると少し、移動はもどかしかった。

大井署への到着は、三時を大きく回った頃だった。

警察署はたとえ日曜・祝日でも休むことはなく、真夜中でも眠ることはない。これは捜査本部も同じだ。

それでもさすがに、事務職員も含めた総人数が減るからか、それとも十一日目に突入したからか、空気は淀むようで重かった。

逆に言えば、見るからにマスコミの囲みが手薄になっているのは有り難かった。

どこかの人気芸人が六本木で傷害事件を起こし、麻布署に連行されたということも一助にはなったようだ。

社会正義とゴシップを視聴率という秤《はかり》に掛ければ、彼らの答えはかえって気持ちがいいほどに明らかだったろう。

捜査本部には、先に戻っているはずの日向の姿が見えなかった。中村管理官や椎名係長の姿もない。

「あの、すいませんが」

入ってすぐの長机で、大井署の本宮主任が捜一の相棒と資料をまとめていたので聞いてみた。

「いや、知らないな。別の会議室じゃないのか。それか署長室だろう。さっき一課長がこっちに顔を出して、その後で管理官と一緒に入っていったようだし」

「そうですか」

日向もそこだという確信が、この会話だけで涼真の中に生まれた。

一課長がくる、いるということは、そういうことだろう。

腹が鳴って初めて、昼飯抜きだったことを思い出す。土曜ということもあり、仕出しの数は少なかったようで、残りがなかった。仕方なくもう一度外に出て、近くの中華屋に入る。

戻ってからは窓際の、いつもの位置に陣取る。

後は待ちだ。ひと息ついて目を閉じる。

それで、少し眠ったかもしれない。

目を開けると、西陽の傾きが大きく違っていた。

目覚ましのコーヒーを淹れ、席に戻る。いつの間にか、本宮組の姿が見えなかった。

その代わり、別の二組の姿があった。

やがて、四時半過ぎになって、古沢署長が捜査本部に入ってきた。中村管理官も一緒だった。

二人とも、難しい顔でひな壇に並んだ。

何を言うこともなく、それきり腕を組み、瞑目《めいもく》した。

「よう。首尾はどうだった？」

日向が涼真の隣にやってきて聞いた。手に自分のコーヒーを持っていた。

「オールグリーンです」

「そうか。ま、そうだろうな」

「そっちは。ひな壇に並んだ顔が気になりますが」

「ま、人は顔じゃねえっていうか、顔だけどな。文句は出たが問題はねえ。みんな、なんだかんだ言ってもよ。しなきゃならねえことはわかってるってことだ」

「そうですか。——ああ。一課長が来てたって聞きましたけど」

「とっくに帰ったぜ。奴にゃあ本庁に戻ってから、部長への連絡とか、杉谷に頼んだおフダに、少なくとも夜間執行文言とか、そのくらいの後押しはしてもらわねえとならねえからな」

「そうですか」

「さて。俺らも仮眠なり、飯食うなり、休むなりしとくか。今日は長くなる。いや、長くしなきゃならねえからな」

飯は食ったばかりです、と涼真が言えば、

「署長」

と階下から、総務課長が古沢を呼びに来た。

「そろそろ、定例会見の準備をする時間ですが」

古沢はやおら目を開けると、胃の辺りを摩《さす》りながら力なく立ち上がった。

「胃が、痛い」

それだけ言うと、総務課長に支えられるようにしながら出ていく。

「ご愁傷様」

色々なものが混ざった日向の呟きを聞く。

たしかな哀憐《あいれん》、少しの愉悦、覚悟、興味、好奇心。

それはそうか。

間違いなくこの事件は古沢のキャリアに汚点を残し、大井署だけでなく警察そのもののの威信にも傷をつける。

「じゃ、俺は寝るよ。飯は起きてから食うわ」

日向は仮眠室に向かった。

管理官も何をするものか、会議室を出て行った。

五時を回ると、順次、外に出ていた捜査員達が戻ってくる。大森署の吉本や本庁の霧島、大井署の荒木も戻ってきた。

だが、特に明るい顔は一つもなかった。

なぜか霧島が、ときおり涼真の方を気にするような視線を送ってきた。

そうして、湾岸署の上川係長が戻ってきたのは、五時半になる頃おいだった。

古沢の定例会見まで、あと三十分足らずだ。

「月形。何か進展があるとか聞いたが」

上川が入ってくるなり、そのまま小声で聞いてきた。

「えっ。早耳ですね。誰にです」

「俺の相方だ。捜一の方から回ってるようだが」

「ああ。俺も聞いたぞ。お前と親父《おやじ》さんが、なんか見つけたのか？」

近くの席に座っていた荒木も身体ごと振り向ける。

「なあ。おい。有力な手掛かりか」

本庁の霧島もタイミングと見てか近寄ってきて、畳み掛けるように聞いてくる。

先程からの視線はなんだったのか。思えば、この椎名係長期待の若手巡査部長とは、会話をするのは初めてだった。

「ううん。どうでしょう」

涼真は頭を掻いた。

「手掛かりってほどじゃないんです。その手前って言うか。ただ、日向主任がですね。運河はどうかって言い始めまして。防犯カメラも地取りも、とにかく緑が浜のガイシャに接触して以降、マル被の足取りがまったくつかめない以上、やっぱり水の上も真剣に考える必要はないかって。まあ、本当の言い出しっぺはうちの、湾岸署地域安全センターの実枝さんですけど」

「運河って。だがよ、月形。運河は——、いや」

上川は一瞬眉根を寄せたが、すぐに開いた。

「駄目もとか。そうだな。現状に多くの進展が見られない以上、それも手か。実際にも、俺らが見過ごしてるだけの、何かがあるかもしれないしな」

叩き上げの捜査員は、理解も行動に対する覚悟も早い。

「そうですね。何か見つかれば、今後の捜査が広がります。無くても無いと言うことが確認出来る。この期に及ぶと、そういう潰しも必要かもしれないですね」

霧島も同感を示して強く頷いた。

「待てよ。もしそうだとしたら、そうか。放火も、陸の方に陸の方にと人の目を向けるため、とか。そんな動機が考えられるようにならないか」

荒木は推論を口にして手を打った。

涼真は三人を順番に見た。

「かもしれない。だから本当に推論だが、もしそうなら血痕の一つ、足跡の一つくらいなら残っているかもしれないって、そんな話なんだ。主任がしてるのは、多分」

「血痕、足跡か」

荒木は顎をさすった。

「そう。深夜の時間帯のことだ。暗いし。少なくとも、マル被だってその確認は、どんなに用意周到な奴でも百パーセントは無理なんじゃないかな」

涼真は、顔を上川に振り向けた。

「係長。なんにしろ、そろそろ署長の会見です。どうするかまでは俺も聞いてませんが、さっき日向主任と管理官が長いこと話してました。会見を聞けば、あらましはわかるんじゃないですかね」

「ん？　そうか。じゃあ、聞きに行こう」

「あ、俺も」

俺も俺もと、上川、荒木、霧島を始め、八人ほどが階下に向かった。

涼真も一緒になって下に降りた。

「ええと。それでは定例会見を始めます」

青い顔、弱々しい声。

それでも古沢は、自分の職務を間違いなく全うした。

〈手掛かりがないからこそ手掛かりを求め、順次、エリアを区切っての大捜索を開始する。まずは八潮中通りを中央公園前交差点から新平和橋方面に向かい、主に京浜運河沿いに重点を置いて大動員を掛ける。この会見直後から準備を始める今夜を第一回・一夜とし、最終的には第四回・四夜で、火災のあった東海ふ頭公園まで進められればと考える。片側通行の交通規制もやむなしと考える関係上、捜索は夜間の時間帯のみを使って行うものとする。なお、明日第二回は、今第一回終了時点から引き続きの捜索を行って大和大橋方面へ進む。繰り返すが、手掛かりがないからこそ、手掛かりを求めての大捜索である。くれぐれも、特定の目的を持ったものではない。捜索終了時に何もなければ、五日目からはもう一件の火災があった野鳥公園周辺から、みなとが丘ふ頭公園方面へ北上するルートの探索に入る。なお、マスコミ関係にはこれまでの正午と午後六時の記者会見を、この期間は午前九時と午後六時に変更して執り行うこととする。当然、付近への立ち入りは関係者以外、絶対厳禁とする。以上だ。何か質問のある者は――〉

そうしてこの夜、日付が変わる前までに電源車や発電機が八潮中通りに大量に持ち込まれ、大々的な捜索が深夜零時から始まった。

古沢の会見通り、捜査本部に詰める捜査員のほとんどすべてと、三署及び本庁から鑑識が、捜査員以上の人数で動員された。合計で八十名を優に超える。

それでも捜査範囲は間違いなく、そんな人数ではカバーし切れないほど広かった。

電源車や発電機に繋がれたライトが照らすエリアがそれを如実に物語った。

空に月もなく、京浜運河の河岸一帯は、光と闇のコントラストが実にはっきりとしていた。

と――。

そんな作業現場近くで、涼真の携帯が振動したのは、作業開始から一時間半が過ぎた頃だった。

「はい」

受ける。

上川からだった。

――やっこさん、動いたぞ。

「そうですか。了解です」

自分の口から出た声の固さに、涼真は自分で驚いた。他人事《ひとごと》のようだが、緊張していることを理解した。

「お前んとこの係長、なんだって」

向かいの席で、実に平素と変わらない日向が、冷めた三杯目のコーヒーを飲み干した。

涼真達はこのとき、捜索隊とは京浜運河を挟んでだいぶ離れた、東京モノレールの流通センター駅前付近にいた。

昨日、正確にはもう二日前になるが、日向と二人、親子で昼飯を食ったのと同じファミレスだ。

ただし、この夜はそのときの浮かれ気分は皆無だ。

捜索隊が動き出すほぼ三十分前、湾岸署からの緊急な呼び出しということで、涼真は日向と二人して大井署を離れた。

その足でとある場所に先行し、その後に入ったのが、この流通センター駅前にあるファミレスだった。

そして、そのまま待機した。

湾岸署からの呼び出しは当然、ブラフだった。

上川からの連絡をファミレスでじっと待った。

携帯への着信音は、最終ラウンドのゴングも同じだった。

「さて」

署から持ってきた大型のハンドライトを手に、日向が先に立ち上がった。涼真も続く。

店を出て、二人でゆっくりと東に向かった。

「へへっ。そう気負うなよ」

「気負ってますかね」

「ああ。俺にはそう見えるよ」

気が付けば、並んでいたはずの日向が後ろにいた。

日向が遅い――いや、涼真が早いのだ。

東の夜空に星が少なかった。有明の月が上り始める頃のようだ。

ゆっくりと深呼吸をする。

今度こそ慌てることなく歩を進め、大和大橋の西詰めで一度立ち止まった。

河口側に近い歩道の上だ。

欄干に手を掛け、外側から橋向こうの、東詰めの橋下を見た。

そこは、橋上の都道三一六号線を回避して橋下をU形に回り込み、南北に抜ける細道になっていた。

涼真の位置から見えるその辺りに、ときおりほんの一部だけ、蛍火のようなか細い光が明滅した。

それでもう、間違いなかった。

予定通りというか、そう誘い出すべく、湾岸署の捜査員だけを巻き込んで起こした一連の行動だった。

上手く掛かった。

が、掛かったがためにかえって涼真の気分は浮かない。重く沈む。

やはり、釣りではないのだ。

肩に、日向の武骨な手が置かれた。

温かいとかそういうものではなかったが、足と顔と心を、大和大橋の東詰めに向ける力にはなった。

「じゃ。行くぞ」

「はい」

息も足音も殺し、それこそ細心の注意を払って橋を渡る。

先に立って渡り終えた涼真が、まず橋のたもとからU字路に回り込んだ。

これも決めてあったことだった。

涼真を確認した日向が、橋上からほぼ真下にいる人物にハンドライトの光を当てた。

強い光だ。

道路フェンスの向こう、腰高の護岸ブロックの手前に蹲《うずくま》っていた男の、スーツ姿の背中が浮かび上がった。

手先にラテックスの手袋も垣間《かいま》見《み》えた。

「おい。何してんだい」

橋上から掛かる日向の声に、男は一瞬、身体を強張《こわば》らせた。

そしてゆっくりと立ち上がり、顔を振り上げ、背後に涼真の気配を知って振り返った。

風にそこはかとなく、ムスクの香りがした。

男は大井署の、荒木竜彦だった。

エピソード　4

そもそもは、あの中嶋の馬鹿がいけなかったのだ。

それはゴールデンウィークも近い、四月の日曜日のことだった。

マージンの問題でゴネ始めた丸茂を懐柔すべく、能城が荒木も斉藤も交えた宴席を設けたのだ。

能城会会長の能城が、直々に招集を掛けた席だった。荒木としても辞退するわけにはいかなかった。

能城は剛胆を装ってはいるが、小心で猜疑心《さいぎしん》が強く、しつこい男だということはわかっていた。そうでなければ今のヤクザの世界で伸し上がることなど出来ないだろうし、荒木自身もズブズブになる、いや、されることはなかったろう。

最初は、何気なく遊びで入った北千住のキャバクラだった。本当にたまたまだ。

卒配からそのままの、原所属が葛飾署の生安になった。待機寮が足立区の東保木間《ひがしほきま》にあった。北千住は、近在で一番栄えている繁華街だった。その割に勤務署からだと少し遠めで、署内でリサーチしたが通っている署員はいなかった。

それで、安心して休日は出掛けた。先輩や同期と呑み歩く、などという愚行は端《はな》から考えなかった。

先輩も同期も、要はライバルだ。弱みは機会があれば摑《つか》みたいが、醜態は絶対に見せたくなかった。

〈クラブ・Queen's Cafe〉は、北千住で呑むようになってから見つけた店だ。テナントビルの最上階というだけで決めた。

なんにせよ、一番はいい。

何気なく入ったが、すぐに嵌った。ナンバーワンの麗美というキャストに入れ揚げた。

そもそも学生時代から、荒木は夜遊びとは無縁だった。誘ってくる友達もいない。

別にどうと言うことはないが、荒木は友達自体が昔から極端に少なかった。

——何か困ったことがあったら、言ってこいよ。俺さ、何やってる人間かわかる？

卒配に毛が生えた程度の荒木の懐には、大して余裕はなかった。それで麗美の気を引こうと、葛飾署生安課の刑事であることを教えた。

若気の至りとはいえ、これがいけなかった。

麗美が寄ってきてオーナーママが寄ってきて、最後にママの彼氏、本当のオーナーだという男が寄ってきた。

これが能城保一だった。

能城が能城会の会長にして、上野桜木会の若頭だと知ったのは、麗美とのベッドの写真や動画だけでなく、麗美と能城と裏カジノで遊び、負けが込んで能城への借用書まで書いた後だった。

――荒木さん、夜の店で刑事、しかも所属まで口にするから、俺みたいなのに引っ掛かるんだぜ。自業自得ってやつで、後悔先に立たずって寸法だ。くくっ。どうだい。俺ぁ、学があるだろ。頭は切れるぜ。少なくとも、あんたよりな。

その後、能城から丸茂と斉藤を紹介された。

以降はもう、能城の言いなりだった。言いなりでいなければ、刑事でいられなかった。

丸茂は荒木が所属する葛飾署管内の、葛飾区新小岩で小さなリサイクルショップを営むという男だった。元相撲取りで、能城とはその頃からの知り合いで、膝を壊して辞め、そのときからの付き合いだと言う。

――こいつはつまり、故買屋だ。わかるな。

能城は荒木にそう言った。

当然、わかる。故買、故買屋とは、盗品扱いのことだ。貸金業や質屋、古物商の許認可と監視・監督は、生安の担当なのだ。

聞けば丸茂は、秘《ひそ》かに能城が飼う盗品の流し屋だった。

その丸茂に、実際の盗品を持ち込むのが斉藤だ。元は能城会より上位の、上野桜木会系二次団体のチンピラだという。組が壊滅し、燻《くすぶ》っているところを、これも個人的に能城が拾ったようだ。

斉藤は昔の仲間を集め、北関東に手広く展開する窃盗団の元締めだった。

斉藤の実家も、〈ワル〉だった頃のエリアも、宇都宮らしい。

毒を食らわば皿まで、とは口にしなかったが、そんな心境だった。

だが、覚悟を決めれば、悪は楽だった。蜜の味がした。能城からいくら出ているか知らないが、麗美は呼べば来る女になり、他の女を摘まみ食いしても怒らない女になった。

監察の手前、生活を派手にすることは出来なかったが、荒木も、能城の関係の店ならどこへ行ってもタダ飯、タダ酒にありつけた。

そもそも一緒に遊ぶ仲間も、特に警察関係にはいなかったから、この荒木の生活を知る者は皆無だった。

能城からの要求は日を追うごとにエスカレートしていった。ただし要求には必ず、その価値に見合った見返りが付いた。

そのたびごとに荒木の心身は犯罪に染まり、いや、鈍麻していった。

葛飾署管内の質屋や古物商の捜索日時や、振り込め詐欺を始めとする悪質詐欺の人定や、風俗及び売春、賭博に関する捜査の進捗状況まで、能城は荒木から引き出せそうな情報はすべてを吸い上げた。

その関係は当然、荒木が生安を離れ、葛飾署から異動になってからも続き、配属になった先々でも何かと重宝に使われた。もちろん、古巣である葛飾署の生安に関する情報は無理筋でも引っ張らされ、丸茂と斉藤との関係も変わらない。

逆に異動になったことで、荒木の〈仕事〉はその都度増えたと言っても過言ではなかった。

ヤクザである能城の商売は当然、北千住の店だけでなく、生安に関係するものだけでもない。実際にはもっと手広く、後ろ暗いものだった。

そんな持ちつもたれつの関係が、もう三年近く続いていた。

この日は、久し振りの集まりになった。

午後も早い時間からで、場所は押上《おしあげ》にある、能城の別の女が経営する高級焼肉店だった。

スカイツリーを当て込んで作った店で、入り口は小道からだが客席はパノラマが展開し、〈隠れ家〉的な人気もあって売り上げは上々らしい。

「まあ、わかるけどよ。丸さん。最近はこっちも年々、シノギがきつくてよ」

能城は終始、丸茂の隣で猫撫で声だった。そのくせ丸茂がトイレに立つと、口をへの字に曲げて紹興酒を呷《あお》った。

丸茂は丸茂で、何度能城に頼まれてもはぐらかしはするが、譲ることはなかった。

なんにせよ荒木には、こんなマル暴関係との宴席自体がいい迷惑だった。出来るだけ高い肉を食い、高い酒を飲み、二人の下手な腹の探り合いが終わるのをただ待った。

最終的には能城が折れる形で、「色々と考えとくわ」となってやっとお開きになった。

外に出ると、空全体が赤く染まり始めていた。そんな時刻だった。

「じゃ、頼んますよ。連絡、待ってますわ」

丸茂は手にしていた小振りの携帯電話を振った。プリペイドＳＩＭを入れた他人名義の携帯だ。能城会のフロントが用意した物だ。

斉藤も荒木も、能城絡みの連絡専用に似たような機種を持たされていた。

「会長。長い付き合いを、これからもさらに長く続けましょうや」

上機嫌に酔って、丸茂は帰っていった。

能城を先頭に、丸茂とは逆方向に歩いた。

「けっ。あの相撲崩れ、いい気なもんだ」

これは、能城ではない。焼肉屋での注文以外、ひと言も発しなかった斉藤の言葉だ。

「このままでいいんすか」

能城の脇に並んで口を尖《とが》らせた。昔から、斉藤はあまり丸茂が好きではないようだ。

「そうだな。近頃奴は、船場一之江に近い方に擦り寄ってるみてえだ。そんで調子に乗ってんだろうが」

能城は斉藤の肩を叩いた。

「まあ、考えとくわ。色々な。さっきもそう言ったしよ。気ぃ使わせたな」

「いえ」

「帰りに北千住で呑んでけや。俺の名前でいいぜ」

「えっ。へへっ。すいやせん。じゃ」

頭を下げ、斉藤は溶けるように脇道に逸《そ》れていった。

これで、荒木は能城と二人になった。

二人と言うことは、ここからが能城の本性になる。

「いい気なもんだって？　ふん。手前ぇのことは棚に上げてよ。どの口が言うんだか」

言いたいことは荒木にもわかった。というか、そんな情報を能城の耳に入れたのは荒木だった。

斉藤の配下の、細い枝先のコソ泥が、群馬の方でドジを踏んだらしい。末端だが手口から組織だった関係を勘繰り、今回は県警が本腰を入れそうな雰囲気だと、これは防犯の本庁ルートを使って聞いた。

ということは、芋蔓《いもづる》を辿っていつ斉藤に辿り着くかはわからないのが現状だ。

「いつどんなときも身綺麗に、自宅でさえクリアにしとけたぁ言ってるが、どこまでわかってるもんだか。俺がいくらいいったって、都内のキャバで呑んでいく場合かってんだ」

能城が吐き捨てるように言った。

そのとき、背後の丸茂が去った方向から、走り寄る自転車の音がした。

「おい、荒木」

いきなり名前を呼ばれ、咄嗟《とっさ》に反応する。

「えっ」

あろうことか、私服で自転車に乗った、同期の中嶋健一がそこにいた。

なんとか表情は取り繕ったが、気まずいと思った瞬間の顔を、さて見られたかどうか。

「やっぱり荒木だ。ははっ。遠かったけどな。これは俺の得意技だからな。そうだと思ったんで追い掛けてきた」

トロいが、中嶋は警察学校の頃から人の顔の記憶と識別は評価の高かった男だ。

「なんで、お前がこんなとこにいるんだ」

つい、そんな馬鹿なことを聞いてしまった。

「え、なんでって。この辺りは俺のテリトリーだぞ。俺ん家、青砥だからな。歩いても帰れる。ちょっと買い物に来たら、お前がいた。それだけだが」

その通りだ。同期のデータは頭に入っている。落ち着けばわかった。愚問だった。

中嶋が目を細め、荒木を見ていた。

「なんだよ。見てわからないか。俺は今忙しいんだ」

落ち着いて言ったつもりだが、非難の色は濃かったか。

一瞬中嶋は能城に目を動かし、頭を下げるが、能城は当然そっぽを向いて黙っている。

「ああ。お前も非番みたいだな。悪い悪い。じゃあ、一つだけ。あれだ。さっきのな」

「さっきの？」

嫌な予感があり、荒木は訝《いぶか》しげに聞き返した。

「そう。ああ、直前の若い方じゃなくて、その前の、最初の」

中嶋は自転車にまたがったまま、背後に顔を向けて頷いた。

「あれは、新小岩のリサイクルショップの親父じゃないか？　いつ通り掛かっても客がいなくてな。と言うか、客商売の雰囲気もなくて。どうにも変だと思ってたんだが、お前の知り合いなのか？」

「ああ？」

考える振りはするが、内心では冷や汗ものだった。

知らねえよ、と素っ気なく言えば、

「そうか。じゃあ、仕方ない。休みの日に、悪かったな」

案外あっさり引き下がってはくれたが、だからと言って済むものではなかった。

中嶋が去ってから、能城が聞いてきた。

「言い方からするに、奴は葛飾署だな」

荒木は頷いた。

「地域課か」

これもYESだ。

「同期のようだが、どんな奴だ。得意技とか言ってたが」

隠すわけにはいかなかった。さっき思ったことをそのまま口にした。

人相の記憶と、識別。

「少し、しくじったな」

能城の呟きは、先ほどまでとは打って変わって、暗く沈んでいた。マル暴の声だ。

「何がです」

「一瞬だが、目が合っちまった」

「はあ」

「考えなきゃいけねえことが増えちまった。丸茂のことも、斉藤のことも、あのマッポのことも」

それから少し、黙って歩いた。

四ツ目通りに出る直前で能城は足を止めた。

いつもこうだ。

能城は荒木や丸茂達、手足のように動かす駒と一緒には陽の下にも、防犯カメラの下にも出ない。

実は、手足でさえないのかもしれない。

トカゲの尻尾——。

いや、尻尾だとしても、切るまでは身体の一部だ。一緒に動き、一緒に陽の下にも出るだろう。

それ以下なのだ。

能城は正面に顔を上げ、目を細めた。

夕陽が、スカイツリーの向こう側にあった。

「荒木よぉ。こりゃあ、始末しねえとな」

始末、という言葉に言い知れず身体が硬くなる。

「丸茂の動きくれえ、前から分かってた。故買屋の代わりなんざどうとでもなる。斉藤は、ありゃあ弱い人間だ。捕まりゃ泥を吐きまくる。ま、最初からそうなるまでのつもりだった。もっとも、捕まらなきゃ死ぬまでの付き合いも出来た。だからこれぁ、あいつの運だ。運の尽きだ。——で、あのマッポだが」

荒木は唾を飲み込んだ。

「中嶋、気になりますか？」

「馬鹿野郎。丸茂は最初っからだとして、斉藤や俺も顔を見られてんだ。覚えられたと思って動かねえとな、危ない橋ってのは渡れねえもんだ。それにあのマッポは、得意なんだろ。そういうのが」

なら、全員始末だよな、と能城はスカイツリーに息を吹き掛けるように囁いた。

「えっ全員」

「当たり前だ」

出来るな、と言われ、肩に手を置かれて目を丸くする。

「えっ。お、俺がっすか！」

「大丈夫。大船に乗った気でいな」

能城は猫撫で声で急に肩を組んでくる。こういうときが一番怖い。一番逆らえない。

逆らったら、おそらく荒木竜彦という〈存在〉がこの世から消える。

「細工はこっちで考える。お前はただ、手ぇ汚してくれるだけでいいんだ。後でその手を洗う、真水の用意までこっちですらあ。なっ」

そうだった。もうズブズブの関係だった。

自業自得。

後悔先に立たず。

そして、毒を食らわば皿まで。

「準備が出来たら、連絡するぜ。もちろん、あっちの携帯にな」

荒木も顔を上げ、目を細めた。

夕陽がまるで、スカイツリーに串刺しだった。

エピソード　5

後日、能城会の若い衆とどこと言うこともない公園で会った。

若い衆は何枚かの紙の入ったクリアファイルと、見慣れた飛ばしの携帯電話を一台、持っていた。ファイルには、びっしりと打ち出された文字が見えた。

「覚えろって伝言っす。会長から」

若い衆は、表情もあまり動かない寡黙な小男だった。それを能城は落ち着きと取って信用しているらしいが、荒木にはただ愚鈍なだけに見えて仕方なかった。大型一種運転と二級小型船舶と三級整備士の免許は取得しているらしいが、どれも大したことはない。誰でも取れる。

それで、今までも特に自分から話し掛けたことはない。

紙面には、能城が考えた殺人計画の詳細が記されていた。

能城は小心で猜疑心が強く、しつこい男だ。計画はそれこそ、荒木の呼吸のタイミングまで落とし込むかのような細かさだった。

「三十分。これも会長からの伝言っす」

そう言って若い衆はいったん公園を離れた。

荒木はファイルに集中した。

三十分でファイルは取り上げられ、おそらくそのまま破棄される。覚えなければ、すべてを失うことになるのは明白だった。

内容は、まず中嶋を引っ掛けるところから始まっていた。話をする場所も、交番勤務中に巡邏《じゅんら》に出たところで、と決められていた。

荒木はすぐ、実行に移った。

「実は、お前と出会ったときに一緒だった人な。潜入って言うのか。表に出ない公安の捜査員なんだ」

会話の導入はそんな感じだった。能城は仮に、喜屋武《きゃん》という名前にした。これは、このいつもの愚鈍な若い衆の名前だ。

丸茂ともう一人は、台湾ルートの盗品を仲介する商売人で、象牙やべっ甲、今なら金地金などの消費税ビジネスにも手を出す大掛かりな組織に通じている。

と、そんな辺りを内偵中で、

「この前は冷や汗が出たぞ。お前が声を掛けてきたのが、あの連中と別れた後でよかった。警察だってばれるわけには絶対にいかないからな」

などと言って、反応を窺《うかが》う段取りだ。このとき赤信号なら一時撤退だが、黄信号にもならなかった。

へえ、大変だな。お前も。

中嶋はそういうやつだった。

荒木自身は教習中に見込まれ、ときに秘密裏に動く公安候補だということにする。当然、公安案件なので絶対に口外はタブーだと言っても不審に思われることはない。言わなくとも警察官ならマル秘扱いだと理解するだろう。

加えて、

「偶然も運で、縁だ。中嶋、手伝ってみないか？　喜屋武さんからＯＫも出てる。上手くいけば、地域課から私服組に引き上げてやれるかもしれないぞ」

これで乗ってくるなら、殺人計画はスタートだった。

「本当か。やる」

中嶋は一も二もなく乗ってきた。

飛ばしの携帯は、この後で渡すことになっていた。

「じゃあ、連絡はこれで」

〈公安〉の携帯だ。これもマル秘だということは念を押すまでもない。

その後、中嶋と何度かの遣《や》り取《と》りがあって、計画の段取りと実行の日を決める。

中嶋に告げる日時はすなわち犯罪の摘発に関してのブラフで、正しくは中嶋達三人の命のリミットだ。

決まった後、一度だけ中嶋本人と接点を持った。待ち合わせは、繁華街の雑踏の中にした。

「中嶋。どうやら今月の二十五日に、連中と台湾ルートの間で、なんらかの動きがあるようだ。大掛かりな取引の下交渉とか。喜屋武さんがつかんできた」

「おっ。いよいよか」

「どうだ。手伝えるか」

「二十五日だな。――うん。明け番だから問題ない。大丈夫だ」

当たり前だ、と荒木は内心で舌を出す。それとなく聞き出した中嶋の勤務スケジュールに合わせたのだ。駄目なはずはない。

「それで、どうやら連中はな。大井のトゥインクルに遊びに出るようなんだ」

「トゥインクル？　トゥインクルって、あの大井競馬のか？」

「そうだ」

「競馬場で取引があるのか？」

「そうじゃない」

「じゃあ、なんなんだ」

「そう焦るな。おそらくトゥインクルに遊びに出るってことが、その夜に動くってことの割符みたいなものなんだろう。向こうの連中も大井に来て、簡単な面通しくらいはするのかもしれないな」

「じゃあ、下交渉そのものは競馬場じゃないのか？」

「当たり前だ。商品のアイテム数は不明だが、そんな簡単に手で運べる量じゃないはずだ。おそらく――」

京浜運河を挟んだふ頭の方だ、と荒木が説明した。

中嶋も、トロいが馬鹿ではない。なるほど、たしかに人気《ひとけ》は少ないな」

「大田市場の方か。なるほど、たしかに人気《ひとけ》は少ないな」

ただ、馬鹿ではないが利口でもない。深読みは出来ない。

「それだけじゃない」

と荒木は続けた。

「下交渉用のサンプルを例えばコンテナで運んだとして、あそこら辺なら違和感がない。外に人気は少ないが、大田市場は二十四時間眠らないところで、トラックやトレーラーは常に出入りする。路駐もほぼほぼ黙認だしな。あそこらへんは、そんなコンテナが路駐しても、二十四時間違和感がない場所だよ」

「なるほど」

「ただ、当日は二人がいつまで、どこまで一緒かは、これは不明だ。悪いが、どっちか一人だけが交渉に向かう可能性も捨て切れない。ふ頭の方、と言うのはこちらの読みだ。だから、そうなったときは二手に分かれる。そこまで考えに入れておいてくれ」

　当日用に、と中嶋に能城から預かった新しい飛ばしの携帯をインカムとセットで渡す。

「携帯なら預かったが」

「定期的に変える。これは公安の鉄則だ。傍受する側は、傍受される危険も常に考えるもんなんだ。それと、インカムは当日用だ。携帯との相性も調整されてる」

　言葉は違うが、話した内容は同じだ。猜疑心が強い能城は、いったん中嶋に預けた携帯を回収して、何かの仕掛けや解析をした痕跡がないかをチェックすると言っていた。

　つまり、中嶋が警官のくせにただのお人好《ひとよ》しかどうかを徹底的に調べると、そう言うことだ。

「当日は、自分のは電源を切っておけ。いつ鳴るかわからないし、万が一のとき相手方に辿られる危険がある」

「万が一か」

「そういう任務だ」

「わかった。了解だ」

「それと、この日の大井の開場は午後二時だが、すぐじゃなくてもいい。場所はとにかく、ダイアモンドターンだ。そこを連中も予約してるらしい。喜屋武さんの情報だ」

このダイアモンドターンは、大井競馬場四号スタンド四階にある観戦型レストランのことだ。全席指定だが、ブッフェスタイルで二人席からグループ席、パーティールームもあり、レストラン内で馬券の購入も払い戻しも出来る。

「俺は時間が読めないから、明け番ならちょうどいい。先に入ってもらうとして、お前の名前で予約しておく」

「わかった」

「入ったらまず、二人を確認しておいてくれ。丸茂はあれとしても、もう一人も顔はわかるか?」

「ああ。この前はちらっとだったが、忘れない。俺の特技だ」

中嶋は胸を張るが、荒木としては内心、やっぱり覚えていたかと冷や汗が出る思いだ。

こういうところの能城の慧眼、いや、小心は恐れ入る。

当日は、出来るだけ早めに俺も入る、とだけ約束して段取り確認は終了だった。

その後、能城から最終的なGOが出された。回収した携帯は、中嶋がお人好しのおまわりさんであることを証明したようだ。

この段階で、計画は第二ステージに入る。

中嶋に告げた丸茂と斉藤の摘発は、そのまま中嶋という警官を餌に丸茂と斉藤をそれぞれ、計画の骨格は同じものだが、引っ掛け動かすデコレーションを変える。

ただ、動きはそれぞれだが、誰も向かう先が同じ、地獄だということを知らない。

荒木はこのとき、殺人という禁忌を犯すことに対する恐怖より、三人の運命を自分だけが知る、一手に握るということに、〈浸《ひた》った〉かもしれない。

そうして、いよいよ計画の当日になった。

五月最後の火曜日は、麗《うら》らかに晴れ渡る外出日和になった。

午後六時を回った頃に、中嶋の飛ばしの携帯にメールを入れる。

〈こっちの業務に支障が出た。遅れる。閉門までには行く〉

実際には支障はないが、そう打つ。

これがまずは、能城に指示された段取りだ。

実際として、実行前に荒木に署から緊急の呼び出しがあった場合には計画自体を中止にする。

なんといっても、普段の生活が最優先だ。

普段と違う動きは、不審を招きかねない。特に荒木の職場は所轄の刑事課だ。怪しまれていいことは何一つない。

不測の事態が発出したときは、近々の中嶋と荒木のスケジュールを何食わぬ顔で再調整すればいいだけのことだ。時限タイマーの火事は止めようがないが、燃えたら燃えたで、それだけのこと。本来の目的とは直接的な関係はない。

ただ同じ工程を、日時か場所を変えてやり直せばいいだけのことだ。

能城の考えた計画は、汎用性に富んでいる。

八時半の最終レース前になって、荒木はまた中嶋にメールを打った。

〈遅くなった。ここからは通話でいけるか〉

とはいえ、荒木本人は競馬場近くにはいない。実際にはまだ署にいて、外に出たところだった。不測の事態は、今のところ起きなかった。

決行だ。

すぐに中嶋から電話が掛かってきた。

――よかった。間に合ったな。

「悪いな。連中はどうだ」

――丸茂が若い女を一人連れて五時前くらいにきた。それとなく話を聞いてたら、銀座のホステスの同伴らしい。

「ああ。たしか、丸茂には行きつけのクラブがあったはずだ」

――いい気なもんだ。これから取引があるんだろうに。

「取引じゃない。下交渉だ。それにしても、そうか」

――なんだ。

「ホステスも同伴なら、店に行く気かも知れない」

――どういうことだ。

「下交渉はよっぽど遅くか、あるいは斉藤一人か」

――斉藤は、丸茂より一時間くらい後にひとりで来たな。

「そうか。じゃあ、そういうことも有り得る。お前と二人で助かったかもしれない。運、お前の運かもな」

――ははっ。そうかな。そうならいいな。

調子に乗るな、と通話の外に吐き捨てる。

――何か言ったか？

「いや。それより、まだダイアモンドターンか？」

――違う。最終レースだからってのもあるだろうが、バイキングも食い飽きるもんだな。外に出てる。ゴール前だ。

「そうか。それだと、さすがにゴチャつくな。行き違うといけない。レース後に、そっちから出てくる様子を教えてくれ」

——了解。

電話を切って、荒木は悠然と歩き出した。

大井競馬場までは一・五キロメートルほどだが、それにしても向かう先は競馬場ではない。

鮫洲《さめず》にある自身の待機寮だ。

この後の段取りも、能城の計画では丸茂と斉藤を巻き込んで決めてあった。

レース後、丸茂と斉藤はすぐに二手に分かれる手筈《てはず》だ。

二人とも中嶋という馬鹿な警官を自分が引っ掛けるつもりでいるが、能城の計画では先導するのは斉藤で、つまり、自分が先導した気で、最初に消されるのが丸茂だった。

最終レースが終わり、閉門が近づく頃おいで中嶋から連絡が入った。

予定通りだ。

——おい。連中が二手に分かれた。どうする。

大井競馬場には北門と正門ある。丸茂が女性を連れて北門、斉藤が一人で正門と中嶋も説明するが、これも決めてあった通りだ。

「俺は署から来て、交差点だ。人の流れに乗るなら北門が近い。中嶋。お前は斉藤を追ってくれ」

――了解。

しばらくは通話状態を継続した。中嶋はインカムを付けていることだろう。

その後も、適宜、遣り取りがあった。

――荒木。マル対は徒歩で、どうやら平和島方面に向かうようだ。どうする？

マル対とは、対象者を指す警察の隠語であり、この場合は尾行の対象者、つまり斉藤のことだ。一人になったので使ったのだろう。

「追ってくれ。こっちはタクシーに乗るようだ。銀座に向かう気だろう」

――じゃあ、下交渉に向かうのはこっちだけか？

「わからないが、さすがにこれからすぐはないだろう。深夜か明け方か。鍵はこっちの丸茂の動きか。なんにしろ、ここから先は慎重にも慎重に。しばらくは通話は無しだ。着信のバイブも気を付けろ。それで、大きな動きがあったら連絡を取り合おう。急ぎでなければメールが先でだ」

電話を切り、別のいつもの飛ばし携帯で丸茂と斉藤にメールだけ入れる。

〈予定通り、馬鹿警官がついてる。よろしく。返信無用〉

丸茂には嘘で、斉藤には本当だ。

送信し終えると、ちょうど待機寮が目の前だった。

「おう。荒木。今帰りか」

同じ寮に住む、新宿署の先輩巡査が玄関から出てきた。

「あ。お疲れさんです。お出掛けですか」

「へへっ。ちょっとな」

「いいっすね。行ってらっしゃい」

入れ替わりに、寮の玄関から入る。

そうして部屋に戻り、手早くシャワーを浴び、テレビを見ながらゆっくり飯を食う。

両手を広げてみた。

これから三人の命を奪う。

丸茂は中嶋を先導し、中嶋を消すだけだと思っている。

斉藤は中嶋を先導し、丸茂と中嶋を消す計画だと勘違いしている。

中嶋は斉藤を尾行し、密輸と故買屋の摘発を夢見ている。

(ふん。馬鹿ばっかり三人だ。いや、三匹か)

広げた手を握る、開く。

震えなどは一切なかった。

レトルトだが、温かい飯は美味かった。

エピソード　6

荒木はその後、目立たない服装に着替えて外に出た。これが午後九時半頃だ。場所も角度もわかっている寮の防犯カメラなど、避けるのは簡単だった。その後も道中の人目には最大限、気を付けた。

捜査の手が及ぶとは露ほども考えていないが、細心の用心だ。能城の計画でも何度も繰り返された課題だ。

京急鮫洲駅から電車で品川に出る。

そこで指示されていたのは、駅前から五分ほど歩いた交差点だった。

近くに能城会のフロントがあり、勝手知ったる場所ではあった。

例の能城会の若い衆、〈本物〉の喜屋武が乗った軽トラックが待っていた。

「へえ」

乗り込むと、喜屋武がまじまじと荒木を見た。

「なんだ」

「ここに来たってことは、あのファイル、全部覚えたんっすね」

「そりゃそうだ。だからなんだ」

「いや。俺には無理っすから」

馬鹿なんで、と言って喜屋武は軽トラを発進させた。

この量の会話も今まで喜屋武とはしたことがなかったが、今はそれどころではない。

車内でまず、荒木は能城が用意したナップザックの中身を確認した。

薄手のラテックス手袋が何組かと、ナイフが三丁。二丁は十センチほどの折り畳みナイフで、もう一丁は刃渡り十五センチはあるサバイバルナイフだ。ケースに入っている。あとはジッパー付きのビニル袋が数枚とペットボトルの水、タオルが二枚とウェットティッシュがひとパック。ハンドライト一本。それだけだ。

軽トラが向かったのは、夜のみなとが丘ふ頭公園近くだった。

「しっかりやれって、これぁ、会長からの伝言っす」

特に答えず、荒木は軽トラから降りた。

これが十時半頃で、ちょうど中嶋からもメールが入った。

〈マル対。平和島のカラオケ屋に入った。待機する〉

とりあえず、〈了解。こっちもマル対が銀座の店に入り、待機中〉と返す。

ここまでは荒木の姿は鮫洲の駅及び品川駅前の防犯カメラ以外にはなく、市場近辺に似つかわしい軽トラでの移動、しかも十時半頃という時間帯なら、いざNシステムのチェックとなっても範囲には該当しないだろう。

そして、この軽トラを降りた場所からなら、事前に調べたルートに従い、防犯カメラを掻《か》い潜《くぐ》って移動出来た。

そもそもが公園と巨大市場、ロジスティクス系の倉庫ばかりが多い埋め立て地だ。橋という橋の向こう側に向かおうとさえしなければ、防犯カメラそのものはさほど多くはなく、あっても広く周囲を映すというより、侵入に対する〈防犯〉のカメラがほとんどだ。

荒木はみなとが丘ふ頭公園に潜み、そのまま待機した。睡魔はいっこうに襲ってこなかった。緊張もない。かえって興奮、いや、高揚感があった。

日付をまたぎ、午前一時過ぎになって中嶋からメールが入った。

〈マル対。店を出て徒歩。おそらく新平和橋で京浜運河を渡る模様。引き続き追尾する〉

了解、とだけ返し、背中のナップザックを下ろす。

ラテックスの手袋をし、折り畳みナイフの一丁をポケットに忍ばせて待つ。

予定通りなら銀座の店を出た丸茂が、中嶋の尾行を誘導していると勘違いしたまま、公園に来る時間帯が間もなくだった。

一時過ぎに店を出、タクシーを摑まえるのに手間取ったとしても二時前には――。

これが決められた、死へのスケジュールだ。

歩道の街灯に、荒木が潜んでから初めて、人の影が揺れた。

大柄だ。丸茂で間違いなかった。

「おう。来たぜ。マッポははぐれないで、ちゃんと俺についてきてっかい？」

楽しげだ。馬鹿が。

「それは、どうかな」

「どうかなって、なんだ。最後まで確認してないのかよ」

「確認はする。これからな」

「わからねえな。おい。マッポはどこだ」

「こっちだ。静かにな」

先導するように公園の奥の、展望台方面へ。

発見は早いよりは出来るだけ遅い方がいい。殺してから運んでもいいが、生きているうちに自分で歩いてくれた方が手間が省ける。楽だ。

すぐに展望台前の噴水広場に辿り着いた。

丸茂から見えないように折り畳みナイフを取り出し、一歩だけ下がる。

「おい。荒木。それで、どこだって？」

丸茂は暗闇に首を伸ばすようにして、まったくの無防備だ。

背中から心臓に狙いを定め、思いきり刺し込んで肩を組む。実に簡単なことだった。

「どこって言うか、先に逝って待ってろよ」

丸茂からはもう、声はなかった。

肩を貸すようにして歩けば、もう少しで向こう側の雑木林というところで丸茂が力尽きた。ひっくり返って仰向けに転がりそうなところを、渾身《こんしん》の力で支えて引き摺る。

「くそ。もうちっとじゃねえか。重てえな」

そのままの体勢で縁石を越え、雑草の茂みの中にまず俯《うつぶ》せに放り捨てる。

その後、背中から折り畳みナイフを抜き、蹴転がして念のため前から胸をひと突き、ふた突きする。

それで終わりだった。人の死など呆気ないものだと痛感する。大げさに考えていた自分自身が笑えた。

実際、笑っていた。

ナイフは畳まずビニル袋に入れ、その上からタオルでくるんでナップザックへ。それから手袋を取り、また別のビニル袋に入れて仕舞う。飛ばしの携帯も回収し、最後にハンドライトで周囲を確認する。

時刻は、ちょうど二時だった。

これは、野鳥公園とふ頭公園の至る所に仕掛けたエレクトリック・マッチが、静かに作動し始める時刻だ。

さて、どの程度の〈花火〉になるのかは見ものだが、所詮は能城が考えた、夜釣りの客や大田市場関係者の陽動の類だ。

野次馬や渋滞を出来るだけ増やして時ならぬ騒擾《そうじょう》を起こし、捜査を攪乱する。能城の考えそうなことだが、荒木のしなければならない〈作業〉に変わりはない。

その後、また中嶋からメールがあった。

〈マル対は新平和橋を渡って五百メートルほど北上した。競馬場に入る前からそこの、スポーツの森第一駐車場に車を止めていたようだ。一瞬焦ったが、移動ではなくトランクから竿《さお》を出し、運河側の公園に入って釣りを始めた。釣り人は他に二人ばかり。紛れのないように注視する〉

怖いほどに予定通りだった。順調過ぎて時間が余ったほどだ。

ただ、こういうときこそ、好事、魔多しだ。気を引き締める。

〈こちらは同伴の相手とアフターに出て、そのままシティホテルに入った。斉藤一人かもしれない。そっちに移動する〉

と返信した。

それからはしばらく、みなとが丘ふ頭公園内に潜んで時間の調整をした。

急ぐわけではない。急いではいけない。

付近に人通りは、絶えたままだった。車はトラックやトレーラーが適宜通る、その程度だ。

ペットボトルの水を飲む。

三十分ほども経った頃、遠くにかすかなサイレンが聞こえた。

(さて)

それが合図、第二ラウンドのゴングだった。

おもむろに公園から出て、決めてあったルートをブラブラと歩いた。

主には裏通りを選んだ。事前にチェックした限り、そんな辺りはどこも、道の真ん中を歩けば防犯カメラには絶対に映らないという確信があった。

携帯を取り出し、中嶋にメールを打った。

〈近くまで戻った。出来るなら通話に戻そう〉

インカムをつけると、すぐに電話が振動した。

――この季節でよかった。真冬ならもう凍えてたな。

中嶋はまずそんなことを言った。荒木は無視して本題に入った。

「こっちは競馬場通り側から海浜公園に入る。今、どこだ」

――夕やけなぎさ辺りだ。そっちから南下してくると歩道橋があるだろう。

「ああ。あるな。知ってる」

――運河側で、その歩道橋のスロープを降り切った辺りだ。公園のガードパイプっていうのか？　とにかく、そんな間仕切りの内側だ。なあ、やけにサイレンがうるさくなってきたが、近くで火事か。

「ああ。そうみたいだな」

──そのせいで、他の釣り客が早々に竿を畳んだ。マル対も竿を上げるかもしれないぞ。それより、火事のアクシデントで下交渉が中止になったりしないか。

「それはないだろう。釣りも、きっと斉藤は止めないな」

──なんでそう言い切れる。

お前の餌だからだよ。

思っても口にはせず、ただ荒木は歯を剝《む》いて笑った。

「まずはそっちに行く。細かい話は合流してからだ」

言いながら、新しい手袋をし、背腰のベルトにケースごとサバイバルナイフを仕込む。

丸茂や斉藤には折り畳みナイフで十分だが、格闘戦に対して鍛えのある中嶋には相応の備えが必要ではという能城の深慮だろう。さすがに若い時分から喧嘩《けんか》慣れ、場慣れは十分しているようだ。

その後、連絡のあった場所に、果たして中嶋は潜んでいた。周囲の中では一番樹木が密になっている辺りから、浜に出た斉藤の様子を窺っていた。

手を上げれば、荒木の姿を認めた中嶋も無言で片手を上げた。

荒木は中嶋の斜め後ろから近付き、浜に顔を向けた。

「どこだ」

「あそこだ」

水際に置いたライトの小さな明かりに、釣り竿を投げる男の影が浮かんでいた。

「で、荒木。さっきの続きだが、なんで釣りも下交渉も中止しないって？」

荒木は背腰に右手を回した。

「そりゃ、火事は計画の内だからだよ」

サバイバルナイフの柄を握る。

「は？」

中嶋が振り返ろうとするが、そうはさせない。背後から抱え込む。

「な、ばっ！」

暴れるが、有無を言わさずサバイバルナイフでひと突きする。ふた突きで中嶋は大人しくなった。

絶命を確認してサバイバルナイフを抜き取り、そのまま背腰のケースに仕舞い、手袋を外して新しい手袋をはめる。

ナップザックから丸茂の凶器を取り出して中嶋に持たせ、その手を操ってここで初めて折り畳み、そのまま本人のポケットに入れる。

代わりに飛ばしの携帯を回収し、外した手袋と一緒に今まで丸茂の凶器を入れていたビニル袋へ入れ、ナップザックに仕舞う。

荒木自身が中嶋との連絡用に使っていた携帯も、もう要らない。ナップザックに放り込む。

インカムはそのままにして、中嶋本人の携帯に繋ぐ。

最後に、ここまでの作業に使った手袋はしたままで、未使用の最後のナイフをポケットに入れ、丸茂のときと同様、周囲をハンドライトで確認する。

これが、ちょうど午前三時頃の〈作業〉だ。

同教場で、同じ釜の飯を食った同期。その感慨の分だけ立って見下ろす。

時間にして一分と保《も》たなかった。

その間に、ライトの明かりで気付いたのだろう、斉藤が竿を担いで寄ってくる。

「無事に終了かい？」

「そういうことだが、この後、最後に火事の様子を見てかなきゃならない。少し付き合ってくれ」

頷き、斉藤は中嶋の死体を見下ろした。

「インカムはいいのかい」

釣竿を担いで斉藤が問い掛ける。

「いい」

斉藤の問い掛けに雑に答え、荒木は夕やけなぎさから歩道に出た。そこから東海ふ頭公園方面に歩く。

新平和橋を越えると、遥か南側の空が焦げるように見えていた。消防車の往来とサイレンの音が、遠くだが喧《やかま》しい。

「こっちだ」

やおら、荒木は緑が浜へ出る小道を曲がった。

「なんだ？」

「ここも燃やすはずだったんだけどな。ちょっと確認だ。あ、そっちを見てくれ」

「ああ？」

「そっちの奥だ。発火装置があるはずなんだが」

「ちっ。面倒臭えな」

斉藤が奥に向かって背を向け、釣りに使っていたライトを点灯する。

荒木は辺りに誰もいないことを確認し、おもむろに斉藤を折り畳みナイフでひと突き、ふた突き。

もう〈作業〉には何も感じなかった。かえって雑にならないよう心掛けた。

中嶋を刺したサバイバルナイフをケースごと斉藤のベルトに通して持たせる。それから、自分のインカムを斉藤の私的な携帯に繋ぎ、アルコールのウェットティッシュで丁寧に拭い、斉藤の耳に装着した。

これも能城の指示にあった捜査攪乱用のひと手間だ。捜査陣が生真面目なら、ガイシャと犯人以上のそこはかとない匂いが、中嶋と斉藤に立つかもしれない。

同様に攪乱の目的で、釣り竿は回収しない。付近に転がったままにする。その代わり、今まで使っていた荒木達との連絡用の飛ばし携帯は回収し、他の物と同じビニル袋に仕舞う。

少し考え、斉藤を刺した凶器も同じビニル袋に入れる。

これで〈作業〉は終わりで、なんの紛れもなかった。ナップザックは中身ごと、後は処分するだけとなる。面倒な分別ももう、必要ないだろう。

その後、特に慌てることもなく、百メートルほど下った大和大橋東詰めの、橋桁を潜る一方通行の細い道に入る。

市場の北側を東西に走る海岸通りの、都道三一六号線には中央分離帯があり、この脇道を潜らないと八潮中通りは南北の往来が出来ない。

その割に道幅はトラック一台が通れば一杯なほどで、歩道は中途で切れている。

その橋のちょうど真下辺りが、荒木にとっては最終目的地だった。ガードレールのすぐ外にコンクリートの擁壁が露《あら》わな箇所だ。その外は水中への捨石の打ち込み幅が浅く、付近で唯一、運河を通る船が岸まで二メートルに寄ることが出来る場所だった。

荒木はガードレールをまたぎ、腰の高さの擁壁から京浜運河を覗き見た。

「うっす」

暗闇の水上に、フィッシングボートが浮かんでいた。ボートから釣り糸を垂らした、喜屋武がいた。

新木場の大型マリーナに能城の、匂いもほとんどしないフロント企業が二十三フィートのフィッシングボートを係留していた。これはそのボートだ。

エンジン六十六キロワット。ボートの全深は一・九メートル。五千RPMで二十ノットの速さが出せる。

小さな川船や、最近流行りのゴムボートに二馬力の船外機を取り付けたものでは、たしかに東京湾が時化《しけ》たときに、船の運航が心もとない。下手をしたら、そのせいで計画が中止に追い込まれてしまう危惧さえあった。

立派なフィッシングボートでの出迎えは、これこそ能城の細心、小心の賜物《たまもの》だった。

軽トラから荒木を降ろした喜屋武は、その足で新木場に向かったのだ。

計画通りなら、そこにはフロント企業の男が待っていたはずだ。

喜屋武はその男からカードキーを貰い、船を出す。

この新木場の大型マリーナはカードキーで二十四時間、いつでも係留バースから船の出し入れが可能だった。

この日は特に三角波を立てる風もなく、東京湾は穏やかだった。

喜屋武は大和大橋の橋桁の下にアンカーを落としてボートを留め、季節のハゼやアナゴの釣りをしていたはずだ。

「本当に釣ってたのか」

「へへっ」

「釣れたのか」

「うっす。大漁っす」

とにかくこれが三時半で、ボートに飛び移れば、荒木の〈作業〉はこれで滞りなく終了だった。

そこから、ボートで新木場へ向かえばいい。そうすると誰も、荒木の行動は追えない。各所の防犯カメラでもだ。

丸茂から中嶋へバトンのようにナイフを繋ぎ、最後の斉藤を殺した男は、ここから消息不明のゴーストになる。

動き出したボートから見る東海ふ頭公園の近くは、市場から出てきた、あるいは市場のセリを目指してやってきた群衆で賑わっているように見えた。

海面に映る炎が盛大だった。

野鳥公園は湾岸署で、ふ頭公園は大森署の管轄になる。荒木の所属する大井署はひとまず、この火事には関係がない。

ボートで能城が用意した服に着替えた。靴も新しい物に交換した。

四時過ぎには新木場のマリーナに到着した。海上交通はあっという間だ。

ここからは喜屋武が、また別の車で待機寮近くまで荒木を運ぶことになっている。

ナップザックは証拠品ごと、取り敢えず船内に放置した。ここからは日の出に向かう時刻でもある。持って移動するわけにもいかない。

後は喜屋武と能城会に任せればいい。

「処分しといてくれ」

「処分、すか」

「そうだ」

「俺がっすか」

「他に誰がいるんだ」

「うっす」

喜屋武が運転する車は、荒木の成功を祝するように、ベンツだった。

乗り込んだ途端に睡魔が襲ってきたが、眠っている暇はなかった。

新木場から鮫洲の待機寮までは、時間帯を考えれば二十分もあれば着く。

そのあと少し、眠ろうか。

明日、遅くとも明後日には間違いなく、本庁から捜一も入って、大掛かりな捜査本部が湾岸署か大森署か、大井署のどこかに立つだろう。

なんのことはない。

何も起こりはしない。

荒木の役目は終わったのだ。

丸茂も中嶋も斉藤も死に、荒木は生き残った。

肩の重い荷は降りた。

すべては終わった――はずだった。

三十

「えっ。月形。あ、いや、これはな。いや、なんだよ、いきなり」

ラテックスの手袋を取りながら、荒木がフェンスの向こう側から戻ってくる。

「そう。何してるって言われても。ははっ。困ったな。ほら、いきなりだと、何かとだな。ははっ。説明がさ」

日向が投下するハンドライトの光の中で、荒木が笑った。

歪な笑いだった。必死に笑う。そんな感じだ。

人は、そんな笑顔が作れるのか。

いや、警察学校の頃、嫌な奴ではあったが、荒木は一度もそんなふうに笑ったことはなかった。

何があった。

何が変えた。

人は、そこまで変われるのか。

人はそこまで、簡単に落ちられるものなのか。

「だからさ。月形」

フェンスのこちら側に入っても、荒木は止まらなかった。

なおも近づいて来ようとする。

作って作り切れずひび割れて表情さえ失った、人外《じんがい》の笑顔のままで。

「動くなぁっ」

涼真は〈犯罪者〉に向ける声を出し、腰をわずかに落として構えた。

格闘術、特に柔道は警察学校に入校してから習い覚えたものだが、それで大学にまで進んだ中嶋仕込みだ。中嶋の代わりだ。

荒木などには、こんな荒木などには負けはしない。

「で、月形の同期君よ。繰り返しになるけどな。もう一回聞くぜ。――何してんだい？　こんなところでよ」

ハンドライトの光と共に、橋上から日向の普段と変わらない声が降った。

なんとはなしに、涼真の肩から力が抜けた。

知らず、抜けるほどに力が入っていたと実感する。どうにも、何度言われても気負ってしまうようだ。

涼真の様子を見て、注意を促す意味でも掛けてくれたものだろう。

日向は犯人とのこんな対峙《たいじ》の場面でも、ちゃんと涼真を見ていてくれる。

（ああ。そうか）

合点がいった。

荒木には、涼真に対する日向のような、指導係がいなかったのだ。

（なんだ。そういうことか）

思わず、笑えた。

もう大丈夫だった。

荒木が顔を、橋上に向けていた。

「それは。――あの、前から気になってたシミがありまして。捜索と聞いて、もしかしたらと思ったものですから、それで」

「シミ。血痕みてえな、かな?」

「そ、そうです」

上げたままの荒木の顎が上下した。

「それはねえよ」

対照的に、橋上の日向が首を左右に振った。

「そいつぁ、いくらなんでも無理筋だ」

「は、えっ?」

「なあ。月形の同期君よ。いくつあった? いや、いくつ消した?」

「えっ。あの」

「掠《かす》れたのとか点々としたのとか、数で言ったら全部で十個あったはずだぜ」

「それは、あの――」

助けを求めるように、荒木はいったん顔を涼真に向けた。

なんの話だか分からないのだろう。

もちろん、涼真が答えることはない。

荒木は諦めたように、顔をもう一度橋上に向けた。

「あの、日向主任。それは、どういう」

「どういうって、そりゃお前ぇ。どうしたって十個なんだ。間違えるはずはねえんだよ。写真にも撮ったし。だいたいそれぁ、鑑識に作ってもらった色の血糊《ちのり》を、さっき俺と月形で付けたもんなんだからよ。言っとくが、その前はゼロだった。いいか、ゼロだったんだぜ。月形と二人で日中、目を皿にして探したがな」

けくっ、と妙な音で荒木の喉が鳴った。

「ああ。その代わりと言っちゃなんだが、ゲソ痕はどうだい？　消せたかい？」

「え、あ。足跡。えっ」

「なんだ。知らなかったのかよ。それこそは本物なんだけどな。まあ、それにしたって、慌てることたぁねえよ。もう鑑識も入って全部が全部、お前ぇが来る前に終わってっからよ」

そう。

そういうことなのだ。

この夜、捜索隊が動き出すほぼ三十分前、湾岸署からの緊急な呼び出しという名目で、涼真は日向と大井署を離れた。

実際には、大森署の鑑識班から秘かに三人を連れ出した。

当然、中村管理官の許可は得た行動であり、三人を選別したのは牧田署長の意を受けた加藤係長だ。

そして、その足で先行した〈とある場所〉というのが、この大和大橋の桁下だった。

昨日、日向が涼真を連れて歩き回ったのは、両岸から護岸を越えて運河に出られる箇所がないか、京浜運河沿いに広く確認するためだった。

正確には日向からすれば、そのさらに前日からの作業だったと言える。

ただし、グーグルマップでは川岸や擁壁の、痒《かゆ》い所に手が届くほどの距離や角度までは無理だったらしい。

それでも流通センターまでモノレールを使い、最初にこの大和大橋を渡ったのは、日向なりの感覚でこの橋に当たりをつけていたからだ。

日向は橋上からまず運河と擁壁の境の辺りを確認し、U字路に回り込んでからも先に立ってフェンスを飛び越えた。

擁壁の前に蹲ってすぐだった。

「ビンゴォ」

だから、最初に発見したのも日向だった。

見てみろと促され、涼真もフェンスをまたいで越えた。

幅十五センチもない擁壁の上に、なるほど引っ掻いたような、かすかではあるが足跡らしきものがあった。

普通では有り得ないのは一目瞭然だった。

足跡は、飛び込んだか跳んだか。

いずれにせよ、運河に向けて擦れていた。

おそらく荒木が能城会と関係があるとは、北千住のセイラの証言で推測出来た。

ならば、丸茂や斉藤と顔見知りでもおかしくはない。

唯一中嶋だけが能城会や事件そのものとの関係性という意味で浮き掛けていたが、荒木をハブにすればすべてが繋がった。

大井署での勤務記録も、この日の朝には秘かに調べてあった。

事件前夜の上がりは午後八時少し前だった。その後、ほぼ直帰で間違いないと思われる時刻に、鮫洲にある待機寮の玄関付近で同寮に住む新宿署の巡査と言葉を交わしていた。

その後は、寮を含む付近の防犯カメラを湾岸署の村瀬に出来るだけ確認してもらったが、手掛かりは皆無だった。

朝まで寮から一歩も出ていない、と考えればそれまでだが、日向は有り得ないと断言した。

涼真も大いに賛成だった。

それで、マリーナの記録から能城会の遠いフロントがボートを動かしたことを確認して後、〈機会提供型〉の捜査が日向から提案された。

要するに、トラップだ。

荒木はまんまと、誘い出された。

涼真は声を静め、小刻みに震える荒木に向かって声を掛けた。

「なあ、荒木」

「お前がやったのか」

途端、荒木の震えが見事に止まった。

涼真の言葉から、まだ完全に追い詰められたわけではないと一瞬で看破したのだろう。

「なんのことだ。俺が何をしたというんだ」

やはり、優秀なのだ。返す返すも、道を間違ったものだ。

「ここにいたからって、なんだ。俺もこの足跡は気になってたんだ。だから確認しに来た。ゲソ痕、取ったって？　いいじゃないか。それがどうした。血糊？　たまたま触ったかもしれない」

畳み掛けるように言い連ねて、荒木は手の平をライトの明かりに晒《さら》した。

ラテックスの手袋が、だいぶ汚れていた。

「だいたい、月形。この暗さで、俺は血糊のことなんか知らなかった。足跡を気にしてここに来ただけだ。そう。俺が見たときも、そんな血糊なんかなかった。だから気にせず、平気で手をついたんだ。いけないのはお前らだぞ。お前と、お前の親父だ」

言い逃れ、に過ぎない。いずれ徹底的に荒木を、それこそ警視庁総動員で洗えば、能城組との関係で荒木が今まで何をしてきたか、埃《ほこり》が立つどころか燃え上がることは確定だろう。

時間稼ぎのつもりか。

それともその間に、能城が優秀な弁護士でもつけてくれると確信しているのか。

その弁護士が、すべてを丸く収めてくれると夢想しているのか。

「荒木。いいんだ。もう、いい」

涼真は首を横に振った。

荒木は眉間にしわを寄せた。怪訝な表情だ。

「一人だったんだな。お前。一人で藻掻《もが》いてたんだな。——だったら言えよ。同期だろ。言えばよかったんだ」

荒木の顔が、また歪《ゆが》んだ。

「俺とお前は、紙一重だよ。俺には仲間もいた。いい指導係も」

へっ、と頭上で柄にもなく照れた声が聞こえた。

と――。

ポケットで涼真の携帯が振動した。液晶には、清水《しみず》と浮かんでいた。

「お久し振りです。課長」

――挨拶も能書きもいい。忙しいんだ。

湾岸署の刑事課長は端的に淡々と、成果だけを告げた。

「有り難うございます」

電話を切って荒木に向き直る。

「夢の島の、大型マリーナ。うちの署からの申請で、令状を取ったんだ」

まずこれだけを言った。

これだけでもまた、荒木ならすぐに不利を理解するはずだった。

歪んだ顔が、歪んだまま引き攣《つ》れたように細動した。

「運営会社の人の立会いで、一艘のボートを捜索させてもらった。当然、お前も知ってる船だ。そう、二十三フィートのな。俺達は今の今まで、その船でお前がここから現場を離れたんじゃないかって、憶測だけだったがな。それがたった今、憶測は確信に変わったぞ」

「な、なんだ。お、俺は別に――」

「出たそうだ。ナップザックって言えば、わかるよな。衣服、靴、携帯、凶器、ハンドライト、飲み掛けのペットボトル、使用済みのウェットティッシュ、手袋」

荒木は固まった。

すべての動きを止めた。

「お前の指紋やゲソ痕が出ればひとまず十分だったんだけどな。——お前、なんで処分しなかったんだ」

「それは——あ、いや。——そう、なのか」

ようやく観念したものか、荒木が膝からその場に崩れ落ちた。

「やっぱりあいつ、愚鈍だったんだな。——チクショウ。どいつもこいつも、俺の周りは馬鹿ばっかりだ。本当に馬鹿と、嫌な奴ばっかりだ」

下を向き、か細い声でそれだけを言った。

それだけを言って、荒木は自分の太ももを叩いた。叩き続けた。

「そうか」

もう、掛けるべき言葉は尽きていた。

涼真は顔を上げた。

遠く近くに、駆けてくる仲間達の足音と、ＰＣのサイレンが聞こえた。

三十一

事件は急転直下、現職警官の犯行という、あってはならない結果を迎え、幕を閉じた。

署長が自身で大見得を切った以上、午前九時に変更された定例会見はマスコミで溢れ、大井署は大わらわ、と思いきや、実際にはそうはならなかった。

これは後に、中村管理官に聞いた話だ。

荒木の任意同行から逮捕状発行、連行まで、大井署内捜査本部には、言いようのない緊張感が張り詰めていたという。

短いようで、重苦しいことによってとても長く感じる時間というやつだ。

真っ青な顔ではあったが、それでもひな壇を動かず、泰然自若として見えた古沢署長が、おそらく重圧に耐えかね、泡を吹いて卒倒したのだ。

救急車が到着したのは、午前四時三分のことだった。

「頭が痛い」

と、そんなうわ言を繰り返しつつ、ストレッチャーで運ばれたようだ。

さて、どうなるか。

部下の不始末、どころでは済まない、正真正銘の凶悪犯罪だ。キャリアに傷が付くのかどうかは、キャリアではない涼真にはわからないが、古沢の頭痛がしばらく止まないのは間違いないだろう。

三十三歳の腰掛け署長には、ある意味正念場かもしれない。

もっとも、入院などしていては正念場もへったくれもない。

来年度順当に警視正に上がれるかどうかはひとえに、今後の行動、いや、ロビー活動次第と言ったところか。

ただ一点、古沢にも大井署にも救いの一手になったのは、この直後、午前四時半の段階で事件のすべてが本庁扱いとなったことだ。

事の大きさから記者発表の場は警視庁本庁となり、佐々岡刑事部長が直々にマイクの前に座ることになった。

実際の会見は圧巻と言うか、佐々岡の独壇場になった。

なるほど、本庁刑事部で事件を引き取っただけのことはある。他の者では間違いなく、その役を成し得なかっただろう。

豪快さは鳴りを潜め、その分殊勝さと猛省を滲《にじ》ませる佐々岡の会見は、それこそ警視庁の良心を体現し、未来までを想像させて、圧巻だった。想像するだに、古沢の比ではない。

柱の陰で聞いていた日向などは、

「嘘臭ぇ」

と本当のことを言い放ったが、記者クラブなどの辛辣な質問は実際、佐々岡の態度と挙措があってこそ擦り抜けられたと言ってもいい。

実に、〈鮮やかな手並み〉だった。

そうして事件そのものは、荒木の勾留から起訴まで、なんの支障もなく進んだ。

押収したナップザックは、中身のほとんどから荒木の指紋やDNAが検出された。

飲み掛けのペットボトルや、ナップザックそのものからもだ。

その中に、ガイシャである丸茂や中嶋、斉藤の指紋やDNA、ビニル袋や凶器からはガイシャ達の血液まで採取されては、もう実行犯である荒木に関しては、動きようも動かしようもなかったろう。

この事件に関しては本庁の組対も強い興味を示してきたようだが、それは後日、あっさりと消えてなくなった。

能城会から、喜屋武という若い衆が自首してきたからだ。

丸茂と斉藤、荒木と自分に関する、故買の話だった。そもそもは喜屋武が、組に対する上納を稼ぎ出すためにそそのかして組んだ四人だという。

そこから、丸茂が抜けようとした。

時を同じくして、斉藤の手下が北関東でドジを踏んだ。

そんなこんなの話を四人でしていたところを、中嶋に見られた。

——だから、なんとかしてくれって荒木さんに頼んだっす。まさか三人とも殺すとは思わなかったっすけど。あんな怖い人だと知ってたら、頼まなかったっす。

間違いなく、本人として語る部分はすべて、能城に置き換えられるに違いない。

喜屋武は自首してきた当初から、荒木の手伝いをしただけで、殺人までは知らないとしらを切り通した。例えばナップザックについても、ペットボトルやビニル袋、ハンドライトの用意は頼まれたが、後は知らないの一点張りで、着替えや靴も同様だった。

実際、フィッシングボートの中に本人の指紋があり、マリーナの防犯カメラにも犯行当日にナップザックを携帯した喜屋武の姿があるくらいで、それくらいだ。

遠い能城会のフロントも、普段なにかとお世話になっている荒木さんからボートを貸せと言われただけ、ということだ。

おそらくこれでは、能城の教唆も難しいだろうと本庁組対は判断したようだ。

無数の訴訟を抱える能城会は、契約の顧問弁護士も相当優秀らしい。

一人で背負い込むことになる荒木も、自分の犯行以外の口は重いようだ。

日向はしかつめらしい顔でこのことを、

「そりゃ、お前の同期君にも親や兄弟もあるだろう。こうなったらせめて、金だろうな。三人も殺しちゃ、先がねえのは本人もわかってるだろうし。弁護士通じて、その辺の打診すりゃ一発だ。例えば指を一本立てて、その半分でもすぐに振り込みゃ、同期君は能城の名前を、歯を食いしばってでも墓場まで持っていくだろうな」

などと分析した。

なんか、知ったような口ですねと言えば、

「知ってんだよ。長く生きてっとな。――いろんなことを知ってんだ」

と、やけに悲しい目をした。

この目と表情は、涼真には長く忘れ得ぬものになった。

とにかくこれで、大井署における捜査本部は解散となり、涼真は湾岸署での通常業務に戻った。

日向も、本庁に帰っていった。

なんでも、

「なんか、上の方に味を占められちまったみてえでよ。このまま別のとこに指導に回されるみてえだ。まったく、ゆっくりさせてもらうつもりで、本庁に帰ってきたんだがな」

ということらしい。

特に別れの挨拶も、再会の約束もしなかった。と言うより、出来なかった。

父は父で子は子で、どうにも警視庁というカイシャに扱《こ》き使われて多忙だった。

そうして時の移ろいも忘れて立ち働けば、すぐに七月に入り、間もなくカラ梅雨も明けるという、二週目の日曜日になった。

この日は、中嶋の四十九日だった。

法要は、滞りなく終了した。親族は遠方ということで集まりはしなかったが、セレモニーホールには献花も人も溢れた。

中嶋の名誉は〈近所〉でも回復されたようで、告別式に出なかった代わりにと、そんな下町人情が感じられた。

いい法要だった。

その後、美緒の父母が眠る千葉の公園墓地に移動した。納骨のためだ。

涼真が運転するレンタカーで、二人で向かった。

納骨も、無事に進んだ。

やがて石材業者の手で墓が閉じられ、線香が手向《たむ》けられた。

美緒と二人、墓前に佇《たたず》んだ。

流れる煙を見遣る。

中嶋、見えてるか。


答えはないが、風に墓前の献花が揺れた。

涼真達が到着する前から上がっていた花だった。

それぞれの花立てに、菊を中心にしたささやかな仏花だ。

到着してすぐ、美緒が石材業者の人に聞いていたが、知らないという。

「ねえ。涼真。これって、お母さんかしら」

風と花に、美緒が目を細めた。

「いや。違うね」

「どうして」

涼真は即答した。断言した。

「地味だ」

「──じゃあ」

美緒が小首を傾げた。

「いい勘ね。だいぶ、刑事らしくなってきたかしら」

声とともに、背後の石段にヒールの音が聞こえた。

「まあ。お母さま」

振り返って美緒は驚いたようだが、また、狙ったようにやってくるものだ。

鼻頭を掻きながら、涼真も振り返った。

明子が、また違う部下を引き連れて立っていた。

部下が抱えている大きな花束は、色鮮やかにして、種類も様々なカーネーションだ。

「そう。あの人よね。こういう、表に出てこようとしないド演歌な感じは」

「ああ。やっぱりね」

捜査本部が解散して以降、涼真自身、多事に忙殺されて特に連絡も取らなかったが、日向ならどうとでもこの日を知るだろう。

この場にいる、母・明子と同じように。

父も母も、涼真の目からすれば基本的に同じ人種だ。

二人の前に立った明子は美緒に頭《こうべ》を垂れ、その後、墓に向かった。

部下から受け取り、墓石に献花を供える。

暫し佇むと、先よりも強い風が流れた。

カーネーションが騒《ざわ》めいた。

明子は立ち上がると、もう一度美緒の前に立った。

「美緒ちゃん」

言いながら美緒の髪に細くしなやかな指を差す。

眼差しは温かい。

「傷跡は、決して無くならない。けど、痛みは消えるわ。いい女に成長しなさい」

それだけ言って、明子は背を返した。

「横山」

「あの、芝田《しばた》ですが」

「そう。帰ります」

「は、はい」

ヒールの音を響かせる。

風の向きは、その靴音をしばらく残した。

美緒が笑った。

「いつも通り、風のようなお母さんね」

「そうだね。まあ、違うとは言えないなあ」

涼真は苦笑しつつ、そう答えるしかなかった。


そうしてまた、季節は進んで残暑の頃になった。

この日、涼真は正式な辞令を受けて本庁に異動になった。

朝、八時十五分。

人の波に従って登庁し、六階へ上がった。

V字型の庁舎ウイングを桜田通り側へ歩けば捜査一課だが、涼真の足はそちらではなく、皇居側へ向かった。

六階の皇居側ウイングには、刑事部長室と刑事総務課があった。

警察庁への連絡通路があるのもこの六階の、皇居側ウイングだ。

警視庁刑事部刑事総務課刑事特別捜査係。

刑事部長の指示により各種の特命捜査を行う部署で、そこが命じられた新しい涼真の職場だった。

広い刑事総務課は、課内の大半を占める庶務係の他は、おそらく職務ごとにパーテーションでいくつもの小部屋に仕切られていた。

涼真は迷うことなく、その中の一室へ向かった。

簡単な話だ。

迷う必要もない、一番奥の小部屋だった。

ドアを開けると、まず涼真を真正面から迎えたのは、広げられたスポーツ新聞の一面と最終面だった。

なるほど、昨日は巨人がエースでサヨナラ負けを喫し、JRAの小倉二歳ステークスでは、花のような名前の馬がレコード勝ちをしたようだ。

「おはようございます」

声を掛ければ、新聞の向こうから覗く顔があった。

「おう。おはようさん」

日向だった。

ちなみに日向はこれまで同様に指導係でもあって、兼務ということらしい。

「おっと、それに昇任だったな。おめでとうさん」

そう。

七月下旬の最終試験で合格となった涼真はめでたく昇任し、それもあって九月の異動となったのだ。

ただし、この特別捜査係への異動は、

「俺も、まあ部屋は変わんねえけど、兼務って辞令が出た以上はよ」

日向は新聞をテーブルの上に投げ出した。

「あいつのことだ。誰かがっていうかよ。きっとお前が来るんじゃねえかって思ってたよ」

「俺も本庁と聞いてさ。あの人のことだから、案外オヤジがいるような気がしてた」

「ほう。オヤジって呼んでくれるかい」

日向は片目を瞑って顎を撫でた。

「今だけね」

涼真は背筋を伸ばし、頭を下げた。

「よろしくお願いします。日向主任」

「まあ、そうだな」

日向も片手を上げ、緩い礼を返した。

「むさくるしいとこだがな。ようこそ、月形巡査部長」

涼真の新しい生活が、今から始まる。

小学館文庫
好評既刊

凍原
北海道警釧路方面本部 刑事第一課・松崎比呂

桜木紫乃

ISBN978-4-09-408732-1

一九九二年七月、北海道釧路市内の小学校に通う水谷貢という少年が行方不明になった。湿原の谷地眼（やちまなこ）に落ちたと思われる少年が、帰ってくることはなかった。それから十七年、貢の姉、松崎比呂は刑事として道警釧路方面本部に着任し、湿原で発見された他殺死体の現場に臨場する。被害者の会社員は自身の青い目を隠すため、常にカラーコンタクトをしていた。事件には、樺太から流れ、激動の時代を生き抜いた女の一生が、大きく関係していた。『起終点駅（ターミナル）』で大ブレイク！　いま最注目の著者唯一の長編ミステリーを完全改稿。待望の文庫化！

小学館文庫
好評既刊

氷の轍
北海道警釧路方面本部 刑事第一課・大門真由

桜木紫乃

ISBN978-4-09-406723-1

北海道釧路市の千代ノ浦海岸で男性の他殺死体が発見された。被害者は札幌市の元タクシー乗務員滝川信夫、八十歳。北海道警釧路方面本部刑事第一課の大門真由は、滝川の自宅で北原白秋の詩集『白《はっ》金《きん》之《の》獨樂《こま》』を発見する。滝川は、青森市出身。生涯独身で身寄りもなかった。「二人デ居タレドマダ淋シ、一人ニナツタラナホ淋シ、シンジツ二人ハ遣瀬ナシ、シンジツ一人ハ堪ヘガタシ」。捜査の道筋で真由は『白金之獨樂』収録の詩「他ト我」と、被害者の心境を重ね合わせるようになる。滝川が人生の最後に、恋心と悔いを加速させ縋ろうとした縁――。解説は、俳優の塩見三省さん。

小学館文庫
好評既刊

教場2

長岡弘樹

ISBN978-4-09-406479-7

必要な人材を育てる前に、不要な人材をはじきだすための篩《ふるい》。それが、警察学校だ。白髪隻眼の鬼教官・風間公親のもとに、初任科第百期短期課程の生徒達が入校してきた。半年間、地獄の試練を次々と乗り越えていかなければ、卒業は覚束ない。ミスを犯せば、タイムリミット一週間の〝退校宣告〟が下される。総代を狙う元医師の桐沢、頑強な刑事志望の仁志川など、生徒たちも曲者揃いだ。その中でも「警察に恨みがある」という美浦は、異色の存在だった。成績優秀ながら武道が苦手な美浦の抱えている過去とは？　数々の栄冠に輝いた前代未聞の警察学校小説、待望の続編！

小学館文庫
好評既刊

伊達政鷹
刑事特捜隊「お客さま」相談係

鳴神響一

ISBN978-4-09-406841-2

元捜査一課のエース刑事・伊達政鷹は困惑していた。異動初日、ろくに挨拶も終えていないまま、小笠原亜澄巡査長に苦情申立人を押しつけられたのだ。訳も分からず苦情を聞く羽目になった政鷹に、「うちの娘が自殺なんてするはずないんだっ」、神保長治と名乗る男は声を荒らげた。娘の眞美は八ヶ月ほど前、箱根の芦ノ湖に浮いた亡骸となって、見つかったという。自殺でない決定的な証拠があるのか？「あっちの特四」と掃き溜め扱いされ、「県警お客さま相談室」と皮肉をもって呼ばれる、神奈川県警刑事特捜隊第四班。一癖も二癖もある刑事五人が難事件に挑む！

小学館文庫
好評既刊

国防特行班E510

神野オキナ

ISBN978-4-09-406866-5

三輪出雲一佐は、出頭を願い出たスパイを保護するため、現場へ向かっていた。数年前に「死んだはず」の出雲は、防衛省内の不祥事を始末する秘密部署の隊長を務めているのだ。だが現場に入ると、目標の男は殺されていた。訝しむ出雲の前に現れたのは、公安警察の「ゼロ」と呼ばれる非合法部署の班長・荻窪冴子。互いに銃を構えたまま、睨み合いが続くふたり。先に動いたのは――どちらでもなかった。突然、屋外から火炎瓶が投げ込まれ、さらに狙撃が加わる。いったい何者が？　最近、不穏な動きを見せている中国の諜報機関なのか？　ハードな防諜工作アクション！

――本書のプロフィール――

本書は、小学館文庫のために書き下ろされた作品です。

小学館文庫

警視庁《けいしちょう》特別《とくべつ》捜査係《そうさがかり》

サン&ムーン

著者 鈴峯紅也《すずみねこうや》

二〇二一年三月十日 初版第一刷発行
二〇二三年四月二十四日 第三刷発行

発行人 飯田昌宏
発行所 株式会社 小学館
〒一〇一-八〇〇一
東京都千代田区一ツ橋二-三-一
電話 編集〇三-三二三〇-五九五九
販売〇三-五二八一-三五五五
印刷所――――中央精版印刷株式会社

この文庫の詳しい内容はインターネットで24時間ご覧になれます。
小学館公式ホームページ https://www.shogakukan.co.jp

ISBN978-4-09-406894-8